中国语言文学的多维视野研究

王一朱 易祁 朱琪 ◎ 著

线装书局

图书在版编目（CIP）数据

中国语言文学的多维视野研究 / 王一朱，易祁，朱琪著. -- 北京：线装书局，2021.11
　　ISBN 978-7-5120-4771-6

Ⅰ．①中… Ⅱ．①王… ②易… ③朱… Ⅲ．①汉语－语言学－研究②中国文学－文学研究 Ⅳ．①H1②I206

中国版本图书馆 CIP 数据核字(2021)第 222240 号

中国语言文学的多维视野研究
ZHONGGUO YUYAN WENXUE DE DUOWEI SHIYE YANJIU

作　　者：	王一朱　易　祁　朱　琪
责任编辑：	林　菲
出版发行：	线装書局
	地　址：北京市丰台区方庄日月天地大厦 B 座 17 层（100078）
	电　话：010-58077126（发行部）010-58076938（总编室）
	网　址：www.zgxzsj.com
经　　销：	新华书店
印　　制：	北京四海锦诚印刷技术有限公司
开　　本：	787mm×1092mm　16
印　　张：	12
字　　数：	239 千字
版　　次：	2023 年 6 月第 1 版第 1 次印刷
定　　价：	58.00 元

线装书局官方微信

前言

　　语言文学是中国的文化瑰宝,是传承中华民族几千年历史的重要方式之一。我们应该保护见证中华文化传承的语言文学,不能任其消逝。语言作为人们交流信息的工具,在人类社会实践中发挥着重要的作用。语言文学不仅能为语言的发展提供理论支撑,还能为人类探索语言文学注入新鲜的力量。

　　对于文学思想史而言,它是以文学语言观念的发展为中心的,文学语言对于文学存在的意义,已越来越成为理论界的共识,即认为文学作品是由语言构成的,语言的文学性是作品获得文学性的决定因素。这样的认识来源于对历史与当代诸多文学现象的解析,它能帮助我们理解这些文学现象。因此,文学思想史的研究应当以文学语言观念之形成与发展为中心,将文学发展史和文学批评史结合在一起,使创作中体现的语言观念与批评中体现的语言观念互相映衬、阐发。

　　当代文学研究的语境意义已经不仅仅局限于本质上的流动性含义,更多的是反映当代文学研究的一种宽阔的思维范式。审视的研究对象从文学的语境渐渐上升为背后层次的深刻的文人社会观念。在理论上当代文学语境的多元视野对于后现代的研究意义也是具有价值的。语境的含义天生具有阐释的功能。不过在日常的行为语言和文学语言中,这个功能是截然不同的。语境在日常语言的含义是清晰、明确的,含义的解读只是一次性的。但是,文学语境研究却恰恰相反,语境的意义是丰富多彩的,视野方向更加倾向于多元化,例如,不同时期的文化创作语境接受文学语境、文学时空语境以及读者阅读时的开放式文学语境,无一例外地彰显文学意义。因此,研究文学语境的多元视野倾向以及学习是非常有价值和意义的。

　　本书在编写过程中,曾参阅了相关的文献资料,在此谨向作者表示衷心的感谢。由于水平有限,书中内容难免存在不妥、疏漏之处,敬请广大读者批评指正,以便进一步修订和完善。

目 录

第一章 文学语言的结构与特点 …………………………… 1
 第一节 语言在文学中的地位 …………………………… 1
 第二节 文学语言的结构 ………………………………… 7
 第三节 文学语言的特性 ………………………………… 12
 第四节 文学语言的文体类型 …………………………… 15

第二章 文学语言本体意识的确立 …………………………… 21
 第一节 注重内质的语言美追求 ………………………… 22
 第二节 语言对描写对象的升华 ………………………… 28
 第三节 文学语言本体意识的确立 ……………………… 32

第三章 文学语言变革与中国文学文体的现代转型 ………… 36
 第一节 文学语言变革与文体功能的现代转型 ………… 37
 第二节 文学语言变革与文体形态的现代转型 ………… 39
 第三节 文学语言变革与文体格局的现代转型 ………… 44

第四章 文学语言变革与文体渗透的现代转型 ……………… 49
 第一节 语言变革与文体互参原则和审美取向的改变 … 50
 第二节 语言变革与文体互参表现形态的形变 ………… 53
 第三节 语言变革与文体互参审美内涵的转变 ………… 55
 第四节 文学语言变革与诗文互参的现代转型 ………… 57

第五章 现代汉语言文学研究的多维视角探索 ……………… 62
 第一节 现代文学小说流派的形成 ……………………… 62
 第二节 现代散文的开端与发展 ………………………… 68

第三节　现代美文与抒情散文的发展 …………………………………… 69

第六章　网络文学语言的狂欢化 …………………………………………… 74

　　第一节　网络文学的内涵与特质 …………………………………………… 74
　　第二节　网络文学与传统文学的区别 ……………………………………… 82
　　第三节　网络文学语言的狂欢化 …………………………………………… 88
　　第四节　网络小说语言的弊病及其纠正策略 ……………………………… 96

第七章　新媒体时代的中国文学生产机制 ……………………………… 105

　　第一节　新媒体改变了中国文学的生产方式 …………………………… 105
　　第二节　新媒体改变了文学创作观念与形式 …………………………… 112
　　第三节　新媒体改变了文学传播方式 …………………………………… 117
　　第四节　新媒体使中国文学产生新的接受与批评方式 ………………… 122

第八章　汉语言文学教学的思考 ………………………………………… 130

　　第一节　当前汉语言文学教学中存在的问题及对策 …………………… 130
　　第二节　汉语言教学中文化教学的必要性 ……………………………… 135
　　第三节　语文教育与汉语言文学教育地的接性思考 …………………… 139
　　第四节　现代媒体对汉语言教学的影响 ………………………………… 143
　　第五节　审美教育在汉语言文学教学中的渗透 ………………………… 149
　　第六节　汉语言文学教学改革与创新 …………………………………… 151

第九章　新媒体环境下汉语类教学创新 ………………………………… 159

　　第一节　新媒体时代现代汉语教学资源的整合与利用 ………………… 159
　　第二节　大学现代汉语课程教学模式探索 ……………………………… 163
　　第三节　新媒体时代古代汉语教学方法的创新 ………………………… 170
　　第四节　新媒体在对外汉语教学中的应用 ……………………………… 175
　　第五节　新媒体下移动学习在汉语国际教育中的应用 ………………… 180

参考文献 ……………………………………………………………………… 185

第一章 文学语言的结构与特点

第一节 语言在文学中的地位

在谈论文学起源时，人们可以舍弃任何因素，但有一个因素绝对不可忘掉，这就是语言。文学的发生可以在任何时候，但这个时刻必是在语言之后，顶多与语言同时。没有语言就没有言说，而没有言说就绝对不会有文学。文学对语言的这种休戚与共的依赖关系，就必然促使人们思考这样一个问题：文学为什么如此倚重语言？语言到底在文学中居于什么地位？起着什么作用？尤其是研究文学语言的人，更要首先考虑这个问题。因为，对这个问题的思考和理解将作为总体的文学语言观渗透和体现在他对文学语言的所有其他问题的研究之中，并且在某种程度上制约和决定着他对这些问题的解答。如果说语言在文学中的地位问题是个"纲"，其他问题就是"目"，"纲举目张"，"纲"也规定着整个文学语言理论的基本形态和基本特色。

一、对已有的三种文学语言观的评析

作家要运用语言创造作品，作品以语言的方式呈现出来，而读者也要通过阅读作品的语言理解和欣赏作品，这些都是客观存在的事实，恐怕不会有人否认。但若让人们谈谈语言在文学中到底处于什么地位和发挥什么作用，大量的分歧意见就产生了。人们会从不同的文学观、语言观乃至世界观出发，给予这个问题以各种不同的回答，总括起来说，历来人们对这个问题的解答可归纳为三大类，我们称之为载体论、本体论和客体论。

载体论就是把文学中的语言看作是传载、运载和装载某种思想内容的东西。这种东西有些像我们为了达到某种目的而使用的工具，如打鱼的网、捕兔子的夹、装运货物的舟和

车；也有些像我们为了盛装酒和水而使用的瓶子或罐子；还有些像为了取暖和美观而穿在我们身上的衣服。总之，语言在文学中充当的角色类似于某种工具、容器、外在的装饰，也就是一种载体。载体不能说不重要，没有这个载体，被载物就无法传达，无处容身，也无法现身。但载体无论多么重要，与被载物比较起来总是第二位的、次要的。因为在载体和被载物的关系中，载体充其量只是手段，而被载物才是目的。手段永远是为目的服务的，受目的的支配，处在从属的、辅助的、次要的地位上。由此来看，在载体论的背后总是隐含着这样的文学观念：文学是为了传达某种思想内容而存在的，这种思想内容可以是对外部世界或社会现实的再现和认识，也可以是对作家的主观精神世界的表现和流露。传达这种思想内容就是文学的目的和使命，舍弃了这一目的和使命，文学就失去了它的严肃性和神圣性，也就失去了它赖以生存和发展的最基本的根据和理由。为了传达这种思想内容，文学必须使用语言，文学是利用语言来完成它的目的和使命的，在这种文学观念的支配下，语言就必然成为一种工具、一种载体、一种表达内容和显示内容的形式。因此，历史上所有的以内容为重的文学理论，无论是再现论的，还是表现论的，对语言的基本看法都不会超出载体论的范畴，它们对文学语言的重视和研究，也只能是在如何运用语言更好地表达内容这个限度之内，尽管它们的具体观点、关心的具体问题以及对语言的重视程度可能存在着种种差别，但在语言在文学中的地位这个实质性问题上都可归之为载体论。

我们再来讨论本体论的观点。本体论是直接针对载体论提出来的，在文学观上反对传统的内容决定形式的观点，尤其反对把文学视为现实生活的反映。它主张文学就是文学，与外部世界无关，文学的"文学性"就体现在语言形式上。按照这一见解，语言在文学中的地位就从"仆人"一下子提升到了"主人"，而原来的"主人"，即那些从外部获得的素材、题材、思想等等，反倒成了被语言随意摆布的对象，成了语言显示自身的一种凭借和衬托。就是说，文学中的一切都是为了显示语言本身，语言的运作和某种效果的呈现就成为文学的目的，就成为文学之所以为文学的全部依据：一句话，语言不再是传达内容的工具，不再是盛纳内容的器皿，不再是装饰内容的衣服，语言成了文学本身，成了唯一标示着文学的存在和价值的本体。这种本体论的观点最先是由俄国形式主义发起，后来又得到了"新批评"派、结构主义文论以及符号论美学连续不断地推动，终至取代了传统的载体论的主导地位而成为20世纪前半期最具影响力的理论话语，同时也使其他理论流派都或多或少地受到了它的渗透和浸染。

与语言在文学中的地位问题有关的第三类观点，是我们称之为客体论的观点。这种观点与本体论有着明显的不同。如果说本体论是对载体论的反动，那么客体论则是对本体论的偏离。当然，客体论并没有因此而回到载体论，它与载体论存在着本质的差别。载体论把语言视为运载内容的工具，为某种外在的目的服务，本体论把语言提升为文学的本体性存在，语言的本体性就在于它的自我指涉的自足性，无须与任何外在事物相关联。而客体论则把文学文本与读者的接受联系起来，把文本语言看作是为了读者的阅读而存在的客体。因此，在20世纪文论中，所有以读者为重、突出读者作用的理论流派，如阅读现象学、文学解释学、接受美学等，在语言在文学中的地位问题上都持有客体论的观点。当然，从某种意义上说，本体论也是把语言视为客体的，但本体论所说的语言客体是一种为自身而存在的客体。这正如韦勒克说的，文学作品不是"一个经验的事实"，虽然它"可以成为一个经验的客体"，"但它又不等于任何经验"，"它有特别的本体论的地位"。客体论所说的语言客体并不是指纯粹物质性的客体，而是一种为了阅读经验而存在的客体，一种只能在阅读经验中获得现实存在的客体。

二、语言是文学活动中的中介

"中介"的词典意义是指使双方发生联系的人或事，或指居间起调解、调和作用的人或事。黑格尔首次把它作为一个哲学概念广泛地应用于他的思辨哲学中。黑格尔认为中介与"直接性"相对，是指事物之间或者过程之间的间接联系。他指出，这种间接联系普遍地存在于现象世界之中、存在于事物或过程之间的相互联结和转化之中。中介的环节……在一切地方、一切事物、每一概念中都可以找到。他认为，正是中介作用的普遍存在，形成了世界的"无限的中介过程"，这种无限的中介，同时也是一种自身联系的统一，而实际存在便因此发展成为一个现象的整体和世界，成为一个自身回复了的有限性的整体和世界。这就是说，由于一系列中介环节的存在，使世界构联成一个普遍联系的整体。黑格尔尤其重视中介在对立面的相互转化过程中的作用，认为对立面之间的联系"乃是一种直接的否定的自身联系，而且也可说是一种自身中介的过程"，通过这种自身中介的过程，对立面最终达到和解乃至融合。

马克思主义的唯物辩证法也同样重视中介在事物的普遍联系和运动发展中的作用。恩格斯说："一切差异都在中间阶段融合，一切对立都经过中间环节而互相过渡。"列宁在研读黑格尔的《逻辑学》时，也对其中的中介理论极为赞赏，他指出，"一切都是经过中介联成一体，通过转化而联系的"，"关系的真理就是中介"，"需要有中介（联系），这就是在应用因果关系时所涉及的问题"。

看来，中介的概念在所有的辩证论者那里都占有重要的位置，没有中介就没有世界万物之间的普遍联系，就没有差异和对立面的转化和统一，就没有事物的运动发展过程。而中介的存在和作用也是在事物的整体联系和运动过程中显示出来的。

根据以上对辩证法的中介概念的理解，我们认为，语言在文学中的中介地位的确立取决于三个问题的认识：一是文学是否是一个整体和过程？二是文学如果是一个整体和过程，那么它是一个什么性质的整体和过程？三是语言在文学的整体和过程中如何起着中介的作用？前两个问题涉及文学观的问题，总的观点就是认为文学是一个审美交流的活动过程。下面我们主要探讨第三个问题，这个问题的解决不仅确证着语言的中介地位，而且还可以反过来印证我们关于文学是一个审美交流的活动过程的总体文学观。

语言的中介作用首先体现在语言把构成文学的诸要素联结为一个整体。在艺术家与欣赏者之间、艺术家与世界之间、欣赏者与世界之间的联系，都不是直接的，都要通过作品这个中间环节的过渡才能得以实现。所以，作品就成了其他三个要素之间发生联系的中介。这里说的作品，就是以书面形式存在的文本，也就是作为言语成品的文学语言。这就是说，文学中的其他三个要素中的任何一个要素都必须先与作品语言构成直接性关系，然后才能通过这种关系与其他要素发生联系。

从艺术家与世界的联系来看，我们可以说艺术家再现了这个世界，或者表达了他对世界的认识和体验。但是这种对世界的再现、认识、体验，必须经过他的创作活动才能实现，也就是他必须创作出作品，我们才能说他反映、认识和体验了这个世界。这就是说，创作主体与创作客体的这种联系必须以作品的存在为中介。如果没有作品，那些所谓的反映、认识和体验只存在于作者的脑子里，并没有与他们所反映、认识和体验的世界结成现实的以作品语言体现出来的联系。因为任何读者只能通过作品才能发现和断定这种联系。比如说，我们认为曹雪芹再现了他那个时代的一个贵族大家庭的兴衰过程，并且表达了他内心的某些情感体验。我们这样说主要是依据《红楼梦》这部作品，如果曹雪芹没有写这部作品，我们无论如何都不能说曹雪芹与他的世界发生了那样的联系。当然曹雪芹也与他的世界有联系，但那是一种心理性质的联系，而不是一种文学性质的联系。在文学中，一个作家与世界发生联系，必须要以他的作品为中介。这也正如曹雪芹自己说的"满纸荒唐言，一把辛酸泪"，他对社会现实的这种"辛酸泪"是用"荒唐言"来表达和体现的，所以没有"荒唐言"这个中介，就没有他与世界的真正的文学性质的联系。

在艺术家与欣赏者之间，以语言为中介的间接性则更容易被看到。无论艺术家还是欣赏者，与之直接发生关系的都是作品，艺术家把他要表达的所有的信息都灌注在有形的作品语言中，而欣赏者要了解和接受这些信息也是从对作品的阅读开始的。两者之间不可能发生面对面的直接接触和交往。也可能有这样的情况，一个欣赏者可以直接找到艺术家，跟他当面交换关于作品的见解。但这种行为已超出了常规的文学活动。即使算作常规的文学活动，双方的这种当面交流依然要通过语言，通过关于作品的议论和对话，就是说，还是要以语言为中介。通常的情况是，我们与作家之间的交流、了解乃至产生敬慕或厌恶之情，都是通过阅读他写的作品来实现的。许多作家可能早已去世，可能远在别的国度，但我们仍可以通过阅读他的作品与他进行交流，或建立起某种精神上的联系。作家写出的作品并不像他平时说的话语,话音落后即刻就在空间中消失了,他写的作品可以超越时空而获得永久的存在。当然,这种超越的程度也取决于这部作品有多少流传价值以及所具有的流传条件。屈原虽然早已去世达两千多年之久,但他仍旧凭借着《离骚》文本的存在在向我们诉说,在发出他那充满着无限幽怨而悲愤的声音。而我们,现代的人们,也同样可以通过对《离骚》的阅读与这位伟大诗人发生心灵上的联系,了解他那博大的胸怀以及他所生活的那个特定的时代。这就是以语言为中介的创作主体与接受主体之间的间接联系的特点,这种联系虽然失去了当下交谈的具体性和灵活性,但也因此获得了超时空的客观性和永久性。而且,由于语言中介的存在,由于双方联系的间接性,也使得意义的传达和交流表现出更多的曲折性和复杂性。一个作家向他的读者究竟传达了一些什么样的意义,并不完全取决于他的主观意图,还在很大程度上取决于作品的特定的语言结构在客观上所蕴含的意义,这种意义可能与作者想要表达的意义一致,也可能不完全一致,甚至也可能完全不一致。这种一致或不一致又取决于在特定历史语境中的读者对作品语言结构的特定理解。这就是说,读者最终从作者那里得到了什么,既与作者的主观意图有关,也与读者的主观理解有关,但最重要的起客观规定作用的因素,还是作品的语言结构。因为无论作者的主观意图还是读者的主观理解,都是直接与作品发生关系的,作者的意图要体现在作品里,读者的理解也要从作品开始。作品的这种中介地位就使得意义的传达和交流出现了复杂的变化,同时也使得作品的语言结构本身在意义的传达和交流中成为客观的依据和标准。

再来看欣赏者与世界的关系。在文学活动中,欣赏者是通过作品与世界发生联系的。这种联系有两方向的含义:一是指读者通过作品的阅读了解到作品所反映的世界,比如通过对《安娜·卡列尼娜》的阅读,了解到当时俄国在民主主义革命的背景中贵族社会所发生的一些变化,或者从更深的层面了解到人生在爱情和婚姻的冲突中所招致的必然的悲剧命运;二是指读者由于受到作品的影响,又反过来对他所生存的那个世界产生影响。这两种情况都是读者与世界之间以作品为中介而发生的间接联系。这种间接联系的特点就在于读者所面对的直接对象是作品而不是世界。一般来说,读者的原初动机并不是为了与世界发生联系而去阅读作品的。他之所以阅读作品只是为了阅读本身,阅读可以给他带来审美的愉悦。他选定一本作品阅读,只是认为这本作品对他具有可读性,这部作品也就成为他的直接的客体对象。他能否通过这个客体对象而与在其之外的另一个客体对象——世界发生联系,完全取决于这部作品所反映的内容以及他对这种内容的理解。作品所反映的内容越具有现实性,读者对这内容的理解就越能激发他的直接的生活经验,他对外部世界的联系也就越密切越深入。否则,他只能滞留在由作品引发的纯粹想象的世界中难以自拔,无法对外部世界发生联系。正因如此,有人断言文学是对现实的逃避和遗忘这种说法显然是不全面的，因为他完全否认了作品在读者和世界之间的中介作用。当然，也应看到这种中介作用的复杂性，它既有连接的一面，也有隔离的一面。而且无论欣赏者和世界之间的联系多么密切，这种联系都是在欣赏者与作为他的直接客体的作品的审美关系中潜移默化地实现的。

简而言之，由于语言的居间连接作用，使其他三要素中的任何一个要素都与语言直接关联，并与其余的两个要素发生间接联系。这样文学的四个要素就构成了一个不可分割的有机的整体。在这个整体中，语言显然成为一个核心要素，成为全部关系的纽结点，这是由它在整体中的中介地位决定的。但是，本体论的观点由于不能从整体上看问题，因而也就看不到语言的中介性。只是把它的核心地位孤立地突出出来，加以无限夸大，终至把它抬升为文学的本体。载体论和客体论也是一样，都不能从整体着眼，都是仅仅抽取出整体中的某一种关系就做出结论，当然就难免有片面性。比如，载体论偏重的是世界与作品的关系（再现论）或作者与作品的关系（表现论），其结论必然是把语言当作传递内容的工具。客体论偏重的是读者与作品的关系，其结论必然是把语言当作与读者经验有关的意向性客体。所以，只有把文学看成一个由诸多要素和关系构成的有机整体，才能克服载体论、本体论、客体论各自的片面性，才能把语言的载体性、本体性、客体性统合为中介性，而语言的中介性又把文学的诸种要素和关系联结成一个有机整体。

语言的中介作用还体现在沟通了文学活动的各个阶段，使之续接为一个完整的过程。文学不仅是一个有机的整体，它还是一个完整的过程，这两者都是文学系统性的表征，前者是从空间联系上说的，后者是从时间运动上说的。确立语言的中介地位，不仅要把语言放到文学整体中考察，还要把语言放到文学过程中考察。正如文学整体是由各个要素按其相互关系构合而成的，文学过程也是由各个阶段按其先后次序连接起来的。美国文艺理论家刘若愚提出了文学四阶段的理论。他认为：在艺术的过程的第一阶段，宇宙影响、感发作家，作家对之做出反应。由于这种反应，作家创作出作品，这就是艺术过程的第二阶段。作品与读者见面，立即对它产生影响，这是艺术过程的第三阶段。在艺术过程的第四阶段，读者因阅读作品的经验而对宇宙的反应有所调整改变。这样整个过程就构成一个完整的圆圈。

除了联结文学整体和沟通文学过程之外，语言在文学中还表现出第三种中介作用，这种中介作用应该说更加重要，这就是语言具有可以把文学活动中出现的对立关系加以整合使之实现统一的作用。黑格尔在谈到对立面的统一时，也非常重视中介的作用，但他所说的中介作用是指概念之间的辩证运动，是一个在主观中进行的过程。唯物辩证法则认为，对立面的相互转化和统一是宇宙中普遍存在的客观过程，因而实现这一过程的条件或中介也必须是客观实在的，而术能是主观臆想中的概念推演。基于这一认识，我们认为，文学活动中的诸多对立方面，必须经过某种客观实体性的中介因素的整合作用，才能获得真正现实的统一和融合，这种客观实体性的中介因素就是语言。

综上所述，语言在文学中的地位，既不是载体，也不是本体，又不是客体，而是中介。语言的中介地位是在文学活动的系统性中见出的，又是在对文学整体的联结作用、对文学过程的贯通作用、对文学活动的对立关系的整合作用中确立起来的。中介论在吸取了载体论、本体论、客体论的合理性的同时，也避免了它们各自的片面性。因为它不是仅仅依据文学活动的某一种要素和关系而得出的结论，而是着眼于文学活动的全部要素、全部关系和全过程得出的结论。中介论将作为我们的一个总体观点，贯彻于对文学语言的其他问题的研究中。

第二节 文学语言的结构

像所有的语言一样，文学语言也是由一系列字、词、句组合而成的构成物。那么，这是一个怎样的构成物呢？这就是文学语言的结构问题：毫无疑问，每一部文学作品的语言都有自己的独特结构方式，但是，我们要研究的不是某一作品的具体的语言结构，而是所有的文学作品显示出来的语言结构的共同特点。这有点像索绪尔所说的"语言系统"。索绪尔为了确定语言学的研究对象，把一般笼统称之的"语言现象"区分为"语言"（langue）和"言语"（parole）。语言是已经形成的自成一体的符号系统，代表着人们说话时必须遵循的语言规则，而言语就是具体的说话行为，受语言系统的制约和决定。因而，索绪尔认为，语言系统应该是语言学主要的研究对象。

所谓文学语言的结构，首先是指作品语言的结构。作品语言是文学语言的书面形式，也就是一般所说的"文本"。作品语言的结构也就是文本结构，这两种说法可以互换。但是，文学语言的结构并非仅指文本结构，依照我们对文学活动的系统性理解和对文学语言的外延界定，它还应该包括作者和读者的言语活动的结构。因而，我们所说的文学语言的结构就有了相互区别而又相互联系的三种形态，即文本结构、生成结构和读解结构。

一、文学语言的文本结构

在文学文本的构成问题上，一直存在着传统观点和现代观点的分歧。我们先来看传统观点。

西方古希腊、罗马主要持要素构成论，即把文学文本分析出一些要素，如情节、性格、思想、主题、措辞、韵律等等，其中有些要素起着更加重要的决定性的作用，就划归为内容的方面,其他的一些要素则属于形式的方面,是为表现内容而存在的这种观点以亚里士多德对悲剧六要素的分析为滥觞,后来又影响到文艺复兴时期的现实主义文论以及近代以后的浪漫主义和现实主义文论。尤其是以别林斯基为代表的一批俄国理论家和苏联的主流派理论家,更是把这一观点发展到完备的程度。哪些属于内容要素,哪些属于形式要素,都分得一清二楚,而且每一要素都有严格的定义,不容随意混淆。

中国古代文论中也同样存在着要素论和层次论两种不同的文本构成论。要素论主要体现在"质""志""道""言""辞""文"等这些广为流行的范畴中,而层次论则以中国特有的意境说为其代表。意境说的源头可以追溯到老庄和《易传》中的有关言、象、意的理论,老庄和《易传》的作者都认为,"道"是难以用语言说明的,"道可道,非常道;名可名,非常名""可以言论者,物之粗也;可以意致者,物之精也""意有所随、意之所随者,不可以言传也""书不尽言,言不尽意"。那么,怎么办呢?他们认为,只有设置某种"象"才能把"道"的精义传达出来,因为"道之为物"原本就是"惚兮恍兮,其中有象",故而"圣人立象以尽意,设卦以尽情伪,系辞焉以尽其言",这就构成了由意生象、由象生言、以言表象、以象表意的言、象、意三层次间的递联关系。

关于文学文本的构成问题,虽然西方和中国的传统文论中都有要素论和层次论两种观点并行,但从总的趋向看,要素论一直占着上风,尤其西方更是如此。要素论和层次论的主要区别在于,前者侧重于对文本整体的解析,把文本整体一分为二,一边是内容要素,一边是形式要素,而文本的语言则被归之为形式要素之一。后者则侧重于对文本的整体把握,它不像要素论那样从文本中肢解出各种成分,而是始终以文本的整体存在为出发点,从外向内地审视文本的由表及里的几个层次是如何联结为一体的。毫无疑问,层次论所体现出的这种有机整体的观念更加贴近文本构成的本体状态。然而,古代的层次论,包括象征主义的层次论,都是在要素论的根基上生发出来的,它不可避免地深受要素论的影响,不可能将有机整体的观念贯彻到底。所以古代的层次论虽然较之要素论有所进步,如更具整体观念、更重审美价值,但从总体倾向上看,并没有完全脱出要素的窠臼,即内容和形式的二元划分、语言的工具性地位,而这些恐怕就是传统的文本构成论的主要症结之所在。

现代的文本构成论就是针对传统文本构成论的症结而提出和发展起来的。俄国形式主义致力于抬高语言在文本构成中的重要性,认为文本的文学性取决于语言运用的技巧和手法,如反常化和形式创新。相对于语言运用的技巧和手法,文本中的一切都是被加工和利用的材料。这样文本的构成就是由手法组织起来的材料,而文本的存在也就体现为语言形式的存在。文学作品是一种纯粹的形式,它不是物,也不是材料,而是各种材料的关系。尽管俄国形式主义在文本构成上试图以手法与材料的区分来取代传统的内容和形式的区分，但它的文本构成论依然是一种要素论，只不过与传统的要素论的主张正好相反。传统的要素论是站在内容方面排斥形式，而俄国形式主义的要素论则是站在形式方面排斥内容。在俄国形式主义那里，文本构成的形式要素与内容要素依然处于分离状态。

"新批评"的文本构成论克服了俄国形式主义的某些缺陷而转向了层次论的观点。"新批评"在强调语言形式的同时，又力图把属于内容的题材和主题等因素统合进语言形式里，这样语言形式就构成了文本的外显层面，而文本的内隐层面则是语言形式所描绘的诸种形象及其包含的思想内容，文本就是由这些相互联结的层面构合而成的有机整体。

"新批评"的这种文本层次论比传统的层次论有一个明显的优越之处，就是把全部内容要素都融合进语言结构之中，使文本的构成真正达到了各个层面的有机结合的整体，但"新批评"的层次构成论也暴露出一个致命的弱点，即它在把文本结构看作一个整体的同时，又把这个整体同外部世界隔绝开来，甚至同作者的创作和读者的阅读隔绝开来，使之成为一个全然封闭的、自我满足的结构整体。这在我们看来是有悖于文本在文学活动系统中的关联性和开放性特征的。结构主义直接套用索绪尔语言学的方法来论说文本的构成，认为文学文本像语言一样也表现为语言符号的能指和所指两个层面的构成，而且这种构成又受着一个它本身特有的复杂的关系系统的制约。所以，结构主义的文本构成论也是一种层次论，它运用符号学的原理分析各个层次的结构，然后再阐明各个层次之间的整体结构，由此创建了独具特色的结构主义诗学和叙事学。

相比之下，在现代的文本构成论中，现象学学者英加登的观点似乎更妥当一些，因而也产生了更大的影响，被更多的人所认同。英加登从现象学观点出发剖析文学文本，提出了四层次构成的理论。关于这一理论，他在《文学的艺术作品》一书中有集中系统的阐述，并在其他的著作中也反复提及。他所说的文本四层次大致如下：第一，"语词声音和语音构成以及一个更高级现象的层次"；第二，"意群层次：句子意义和全部句群意义的层次"；第三，"图式化外观层次，作品描绘的各种对象通过这些外观呈现出来"；第四，"在句子投射的意向事态中描绘的客体层次"。按照韦勒克的解释，第四层次是指文本中包含的"观点"。另外，韦勒克认为英加登还提出了第五个层次，即"形而上性质"的层次，通过这一层面艺术可以引人深思，但这一层面也不是必不可少的，在某些文学作品中可以阙如。我们认为，英加登的这一四层次论的理论价值，不仅体现在它阐明了文本构成的四个层次，还体现在它强调了文本构成的整体性原则，即"从各个层次的材料和内容中产生了所有各个层次相互之间本质的内在的联系并因此产生了整个作品的形式统一性"。更为重要的是，英加登还把文本的构成理解为一个完全开放的过程，即文本结构不是自在自足的，它既需要作者的创造，更有待于读者的"具体化"。

鉴于此，我们的文本构成论在全面综合其他观点合理因素的基础上，将以英加登的层次论为主要参照系，同时我们也将借鉴中国古代的"言、象、意"理论，并采取言、象、意三层次划分的表述来替代英加登的四层次的表述。因为，在我们看来，这两种表述实质上没有太大的差别，前者的"言"对应于后者的第一、第二层次，"象"和"意"分别对应于后者的第三、第四层次，而前者却比后者显得更加精练和明确。这就是说，我们认为：文本结构是一个多层面有机构成的整体，这些层面可进一步归纳为言、象、意三个大的层次，这三个层次各有其相对独立的价值，又因其内在关联而联结成一个统一整体，共同担负和体现着文本结构的整体性功能。文学文本结构的整体性功能也决定了它的非自足性和全面开放性，它的产生和存在有赖于作者的创造，它的实现和完成以及在历史中的发展变化也有待于读者的阅读和接受。

二、文学语言的生成结构

文学语言的文本结构虽是一个开放性结构，但就它的本体存在看则是一个静态的结构，是一个由"言""象""意"三个层次同时并存而又相互联结的共时态结构。而文学语言的生成结构却是一个在时间中展开的历时态结构，是由先后相继的几个阶段构成的。这就是说，文本结构是静态的层次性构成，生成结构是动态的阶段性构成。由于生成结构的目的是指向于文本结构的，因而与文本结构的三个层次相对应，生成结构也有三个阶段，这就是"意"的酝酿阶段、"象"的构思阶段和"言"的书写阶段。在这里我们把"言"的书写放到第三阶段，并不是说作家的言语活动只是从第三阶段才开始的。其实整个生成的过程都是言语活动的过程，都是作家为了创作出语言的作品而"言说"的过程，只不过在"意"的酝酿和"象"的构思中，这种"言说"是内在的，只是到了"言"的书写阶段，"言说"才成为外显的。现代心理语言学认为，人们在认知、想象和思维活动中，总是伴随着不出声、不易察觉的言语活动，这种言语活动被称为"心理语码""内部语言"，它与外部语言（口头语和书面语）在形式上的差别就是"谓语化、发音的减少，意思比意义占优势，粘合法构词，等等"。所以，无论"意"的酝酿还是"象"的构思，都是离不开言语活动的。语言作品的生成过程，就是言语活动由隐到显的过程。

三、文学语言的读解结构

"读解"是指对文本语言的阅读理解，因而读解结构是与文本结构相对应的，可分为"言"的阅读、"象"的想象和"意"的感悟三个方面。如生成结构一样，读解结构也呈现为一个在时间中进行的过程。但读解结构作为过程是指循着文本语言的线性排列顺序，一句一句地、一段一段地阅读，而伴随着这种阅读也就逐次深入了"象"的想象和"意"的感悟。所以，读解结构作为过程，是以"言"的阅读为基础的三方面的同时推进，这与生成结构的三阶段的先后继起的过程是不一样的。另外，读解结构作为过程，还具有回返往复、反复进行的特点。比如，一部作品读到中间，如果有必要可以回头再读前面的，也可以越过一些章节先读后面的，有些作品如果读者愿意还可以反复阅读几遍。这种随意性、可逆性的特点，也是跟生成结构的过程不一样的。

文学读解的具体过程首先是文字的阅读。文字的阅读包括"阅"和"读"两个方面，即字形的视觉识别和字音的听觉分辨。只要这两个方面不出现障碍，阅读就会一直持续下去而不至于中断。而阅读的持续进行必将深入到对文字意义的理解。对文字意义的理解也包括两个方面，即语流的切分和整合。就是说当文字的读解由字形、字音的识辨深入到对字义的把握时，一方面要对所识辨的语流进行切分，即从语篇中切分出语段，从语段中切分出句子，从句子中切分出词。如果不能进行这种切分，阅读只能停留在对文字的"形"和"声"的纯物理特征的接受上，而不能把文字当作有意义的符号来把握，当然也就不能深入到对字义的理解。另一方面，文字意义的理解还需要与语流切分同时进行语流的整合。所谓语流整合就是把切分出来的词连接成句，把切分出来的句连接成段，把切分出来的段连接成篇，自然，这种整合与语流的切分一样都是依据一定的语法规则进行的。经过了切分和整合的相互作用之后，语流在读解者那里就具有了意义，然而这种意义还只是一种字面的意义。对文本的读解只达到字面的意义还不是最终的理解，因为文学文本是由"两级符号系统"和"双重意指"构成的。这样对文学文本的读解还有待于通过对文字的理解进入更深层次的对含有丰富意蕴的形象的理解，即对意象的理解。

对意象的理解也包括两个相互联系着的方面，一是对"象"的想象，二是对"意"的感悟。对"象"的想象直接由对字义的理解引起，这里的关键是"字义"能够触发读解者的联想和想象，没有读解者的联想和想象，就不可能有形象的浮现和存在。因为在文学文本中，"象"这个层次是潜在的，它潜在于"言"的意指功能中，读解者不可能在文本中直接看到"象"，只能在对文本字面意义的理解中想象出"象"来。而对"意"的感悟就是在对"象"的想象中发生的，因为"意"就蕴含在"象"之中，当读解者对"象"的想象和体验达到一定的广度和深度时，就自然而然地领悟到了其中的内蕴和含义，从而实现了对"意"的感悟。

通过以上简略分析，我们可以看到，文学读解活动结构形态的特点就在于：一方面是阅读活动的横向综合，另一方面是理解活动的纵向深化，这两个方面相互激发、相互推动，构成了读解活动的两根交叉的主轴，整个读解活动就是沿着这两根主轴展开的。从这种结构形态中，我们可以明显地看到文学读解活动的性质。首先，文学读解活动是对语言文本的解释和理解活动，即通过对文本的阅读而达到对意义的理解，因而具有"解释学"的性质。其次，文学读解活动又是一种特殊的读解活动，其特殊性在于它是在审美欣赏中进行阅读理解的,因而又具有美学的性质。这就是说,文学读解活动具有双重性质,它既是理解活动又是审美活动,这两方面综合起来,可以把它界定为审美的读解活动。

第三节 文学语言的特性

与文学语言的结构问题不同,文学语言的特性问题不是研究文学语言作为一个"语言系统"的构成形态及其功能作用,而是研究文学语言作为"言语"的特点,也就是研究文学是如何运用语言的,或在文学活动中语言运用上有什么特点。正如文学语言的结构不是指某一具体作品的语言结构,而是指所有的文学作品的共同的语言结构一样;文学语言的特性也不是指某一具体作品在语言运用上的特点,而是指所有的文学作品在语言运用上的共同特点。这就是说,我们是把文学活动中的语言运用的方式作为一个总体与其他活动中的语言运用方式加以比较而看到的特点,这其实是在寻求文学语言的基本特性,尽管这种基本特性也必然是从具体作品的语言运用的特点中概括出来的。

一、文学语言的基本特性

要想知道文学如何运用语言,必须先弄清语言能有些什么功能和作用。自不待说,我们每天都在用语言表情达意、与别人进行思想交流,这种表达和交流的功能应该是语言最常见的功能。但语言除了这种最常见的功能之外,还有其他一些功能。雅各布森曾提出语言有六种功能的理论,他发现任何语言交流活动都涉及六个因素:发话者、受话者、使用的代码、代码所传递的信息、交流采取的联系方式和交流所赖以进行的特定语境。与这六个因素相对应,语言就有了六种功能:指称功能(交流指向于语境)、表情功能(交流指向于发话者)、意动功能(交流指向于受话者)、交际功能(交流指向于联系方式)、元语言功能(交流指向于代码)、美学功能(交流指向于信息本身)。雅各布森讲的这六种功能,如果进一步归纳,实际上可以合并为两种功能:一种是把语言作为意指符号传达意义,可以称之为意指功能,即如雅各布森说的指称功能、表情功能、元语言功能;一种是指语言符号在传达意义的基础上又以自身的存在造成了某种效果或影响,可以称之为符号的效果功能,即如雅各布森所说的意动功能、交际功能和美学功能。英国语言学家戴维·克里斯特尔(D. CryWal)在更广泛的意义上总结了语言的功能,它指出语言可以有多种多样的功能,除交流思想这一基本功能外,它还列举了"情感表达""社交功能""声音的力量""控制现实""记录事实""思维工具""认同功能"七种功能。就他谈的这些功能来看,也可以归纳为意指功能和效果功能两大类。英国哲学家奥斯汀(J. L.)首先注意到了语言的"意指"和"效果"这两大功能的区别,在他的《怎样用词做事》一文中提出了言语行为理论。他认为,描述世界或传递语义信息并不是话语的唯一功能,话语完成之后还可以产生某种效果,可称之为成事性言语效果。如有人对一位士兵说:"你可要多留点神,不然就会列入给上级的报告里!"这句话传达了某种信息,同时也起着"警醒"的效果,可能会使这个士兵以后的行为更加谨慎。这就是说,人们不仅可以以言表义,还可以以言行事,让说出的话产生某种效果,这种效果当然是多种多样的、取决于说话者的目的,可以是承诺、命令、恐吓等等,也可以给听话者带来审美的愉悦,即美学效果。因此,日本美学家川野洋指出,人们说出的话语可能会带有两种信息,用他的话说就是:符号在再现自身之外的某种事物的同时,也通过这种再现表现自己本身。再现的东西是关于非现存的、非实体的世界的信息,表现的东西是关于现存的、实在的符号自身的信息。

他把前一种信息称为"语义信息",把后一种信息称为"审美信息"。参照上述有关语言功能的理论,我们认为,文学在语言运用方面的主要特点是偏重于追求某种语言表现的效果,具体地说,就是追求语言表现的审美效果,由此形成了文学语言的主要特性就是审美性。

二、文学语言的自指性

关于文学语言的自指性,最初明确提出这一问题的是象征主义诗人瓦莱里。他曾用一个很著名的比喻来说明文学语言的这一特征。他认为,非文学语言很像走路,而文学语言却像跳舞,尽管在这两种情况下都是脚的运动,但前者有一个外在目的,即走近一个目标,而后者的目的就在自身,它是为双脚的运动而运动的。这就是说,文学家用语言说出的话语是为了使这些话语突出和显示自身,这就是文学语言的自指性。

毫无疑问,现代形式主义关于文学语言的自指性的论述,像他们的其他论述一样,不可避免地带有形式主义的偏激性和片面性。但是,他们对于文学语言的自指性的突出和强调,是针对传统的"重内容轻形式"的内容主义文论的缺陷而来的,因而有理论上的进步意义,而且他们就此问题提出的许多观点也极富启发性和借鉴价值。我们认为,自指性的确是文学语言的一个极为重要的特征,这个特征在现代形式主义出现之前一直没有得到文论家们应有的重视和充分的理论阐述。但在文学创作实践中,许多作家、诗人都不自觉地对这一特征有较强烈的意识:因为单凭经验他们就知道,真正传世的好作品必须在语言表达上与众不同,要把话说得既"巧"又"妙",一下子就能引起读者的注意和兴趣。否则,内容再好也无济于事,难以成为传世之作。所以,杜甫有"语不惊人死不休"的誓言;明代的徐渭也说,如果把一首诗拿来一读,"果能如冷水浇背,陡然一惊,便是好诗,如其不然,便不是矣"。这两位诗人说的诗句的"惊人"性质正是谈论文学语言的自指特征。

三、文学语言的曲指性

文学语言的曲指性可从与科学语言的对照中见出。科学语言在表达上要求所表达的意思越清楚越显露越好，就是说，要求语符与语义之间的对应是直接的、明快的。正如韦勒克说的："理想的科学语言仍纯然是直指式的，它要求语言符号与指称对象一一吻合……语言符号又是简捷明了的，即不假思索就可以告诉我们它所指称的对象。"而文学语言的语符与语义之间的对应关系却不那么直接、不那么确定。文学作者经常采用一些曲折迂回的表达手法表达他的意思，使他所表达的意思不费一番思索和揣测就很难被读者把握到。这就是文学语言的曲指性。

造成文学语言曲指性的原因可从两方面分析。一方面文学语言所指涉的内容具有某种不可穷尽性。这些内容不像科学那样是些确定的概念和合逻辑的思想，而是作者对社会人生的某些复杂的感受和感悟，还连带着大量纷杂的情绪、情感的体验和感性的印象、表象。它本身是混杂的、流动的、易变的，像天空中的云一样处于不断的凝聚、进散和快速的变化之中，因而这样的内容是现有的语言难以直接表达清楚的，这也就是作家、诗人经常讲的，他们的某些感受和体验只能意会，难以言传。另一方面，文学语言的曲指性也与读者的审美要求有关。读者在阅读文学作品时，总希望作品能够给他们提供更多的想象和回味的余地，以便较长久地保持他们的阅读兴趣。为了满足读者的这种审美要求，文学作者在写作作品时就不能把话说死说尽，更不能把话说得过于直露，应尽量用较少的词语表达出更多的意思，即古人所说的"言近旨远""言在此意在彼""言有尽而意无穷"，这也使文学语言必须是含蓄的或曲指性的。

从以上两方面原因的分析，我们可以看到，所谓文学语言的曲指性其实包含着两个意思，一个意思是说通过形象间接地指涉意义，一个意思是说形象所指涉的意义是多重的。这两个意思相互联系，但又有区别。第一个意思涉及文学语言的比喻和象征的特征，第二个意思涉及文学语言的复义性。

四、文学语言的虚指性

当代德国美学家卡·斯蒂尔勒在谈到语言的用法时曾指出，语言除了有传递经验、知识和思想的外部指涉性用法外，还有一种他称之为"伪指"的用法。他认为，一切虚构文本都是伪指性地使用语言的文本，因而"我们应该超越准实用式的接受，方能认知虚构作品中语言的伪指作用"。在这里斯蒂尔勒指出了文学语言的又一个重要特征，即虚指性特征。所谓虚指性，是与实指性相对而言的，就是说，文学语言所指涉的内容不是外部世界中已经存在的实事,而是一些虚构的、假想的情景。文学语言的这种虚指性是由文学创作活动的想象和虚构的特性所决定的。所有的文学作品都带有或多或少的想象的、虚构的性质,这确实是不容争辩的事实。韦勒克在界定文学的本质时,甚至把"虚构性"看作是文学的"核心性质"。

虽说文学语言所指涉的内容都是虚构的情景,但体现在具体的文本里,这种虚构的情景又有诸多的差别,从与现实情景接近的程度看,可以区分为三大类。第一类是相似情景。这类情景,虽然也是虚构的,但这种虚构是以现实情景为参照的,就是说是按照现实生活的本来样子虚构出来的,因而这类虚构情景就与现实情景十分相似,如同真的一样。大多数以现实生活为题材的叙事作品中的情景,都属此类。某些非现实性的叙事作品中也往往包含着相似情景片段。第二类是可能情景。作品里的虚构情景虽在当下现实中并不存在,但在将来有可能发生,即亚里士多德说的"按照可然律和必然律可能发生的事情"。如表现社会理想的作品以及政治幻想小说和科幻小说中所设想的带有预言性的情景,都属于可能情景。第三类是不可能情景,即所构想的情景在人类生活中,无论过去、现在或将来,都是不可能出现的。之所以不可能出现,是因为这类情景都是荒诞不经的、不合情理的、过分夸张的、混乱无序的。诗歌作品里大量存在的那些经过了拟人化、隐喻化、梦幻化的情景,都属于这类不可能情景。

总之,在文学作品里,被设想的情景是各式各样的,从最接近现实的情景到与现实完全相反的情景都可能出现。这些情景又有一个共同特点,那就是虚构性,尽管虚构的程度和方式不同,但它们都是虚构的,都是对可能的或不可能的事态的构想,而不是对已然事态的纪实。如果是对已然事态的纪实,就成为新闻报道或历史记载了。正是从这个意义上,我们把文学陈述看作是伪陈述或虚指性的陈述。

第四节 文学语言的文体类型

一、关于文学文体

文体(Style)一词,原本来自语言学的学科范畴,是语言学研究中的一个重要方面。在语言学里,研究文体现象的学问被称之为文体学(Stylistics)。那么,什么是文体?人们说话、写文章(用语言交流),总是在一定的场合和情境中进行的,并且涉及一定的交流目的、交流信息和交流对象。交流的场景、目的、信息、对象不同,说出的话也就不一样,有着不同的风格和体式,由此就形成了不同的语体或文体。例如,同一个人,当众演说时说一种话，跟朋友私下聊天时又说另一种话。写作也是一样，起草一个官方文件是一种文本，写一首诗歌或者写一篇学术论文，又构成其他的文本。这些话语和文本在语言风格和体式上都有着明显的不同，分属种种不同的文体。因此，所谓文体大约可以这样概括：特定的言语主体，在特定的境况下，出于某种特定的交际目的，面对特定的交流对象而发出的具有某种特定内容和结构形态的话语或文本的风格和体式。或者简单地说，文体就是文章风格。

对文体概念的这种理解，显然涉及文体形成的六个重要因素，这就是"谁何时对谁说何种语言"。这就是说，某种文体及其与其他文体的区别性特征的形成都离不开这六个要素，即"谁说"（言语主体）、"谁听"（言语受体）、"何时说"（言语环境）、"为什么说"（言语目的）、"说什么"（言语内容）、"怎么说"（言语构建）。其中，第一个、第四个以及第六个要素都属于主观因素，其余的要素属于客观因素。作为主观因素的言语主体，在文体形成中是最能动的因素，言语主体按照传达和交流的需要，主动地选择、构建出一定的语言体式。当然，整个语言体式选择和组建的过程又受着其他各种客观因素的制约。这六个因素在文体形成中的作用并不总是平衡的，对某种文体来说，某个或某些因素可能起着更加决定性的作用，而对另一文体，其他一个或一些因素的作用可能显得更为关键，由此产生了有关文体形成的各种理论，如变异说（强调言语主体的创新）、选择说（强调言语主体的动机和目的）、个性说（强调言语主体的内在气质和品性）、功能说（强调对言语受体的作用和影响）、特指说（强调言语内容对言语形式的限定）等等。显而易见的是，无论哪种文体，都离不开这六个因素的协同作用，都是这六个因素综合作用的结果。因而，更为准确的说法应该是，某种文体的结构特征正是在这六种因素相互制约的综合作用下形成的。

二、叙事的小说语言

叙事，从字面上讲，就是"讲故事"。凡小说都必有一个故事，尽管这个故事是各式各样的，可大、可小、可复杂、可简单、可实在、可玄虚，可有一个完整的线索，也可以只是一个或数个小小的片段……无论如何，小说总得有一个故事，没有故事就不被称为小说。因为任何小说，无论是中国的还是西方的，究其最初源头，都是从上古的纪事和史传文体发生变化而来的，离开了叙事，也就等于失去了小说存在和发展的根基。现代主义小说的某些流派，如意识流、荒诞派、"新小说"等，不太讲究小说的故事性，多少背离了古典小说的故事性规范，但仔细分析他们的作品，仍可看出还是有点故事性在里面的，只不过这种故事的线索不太清楚、不太完整，有着更多的象征意味罢了。而从当代小说新近的发展看，小说的故事性特征重新凸显出来。这既可以从当代严肃小说的纪实性和写实性倾向见出，也可以从当代流行小说的追求趣味性、娱乐性、消遣性的功能见出。当代小说的最新发展表明，故事性依然是小说的不可动摇的根基。小说是以故事为最切近的指归，小说的一切功能、魅力和效果都是通过故事以及故事的讲述实现的。从这个意义上看，我们把小说文体的语言特征界定为叙事的语言，应该说是妥当的。

三、抒情的诗歌语言

把诗歌语言与小说语言摆到一起对照一下，我们会发现，两者之间最突出的差别恐怕要算一为有韵的语言、一为无韵的语言了。的确，凡是诗歌都是有韵律的，都要分行书写，而小说则不需要韵律，也不必分行，只要分开段落书写就可以了。但这种差别只是外在特征的差别，还不是内在本质的差别。要寻求这种本质的差别，还须进一步追问，为什么小说是无韵的，而诗歌是有韵的？造成这种外在特征差别的根源是什么？简而言之，小说语言"言说"的是什么？诗歌语言"言说"的又是什么？因为言说的方式总是以言说的内容为前提的，两者的本质区别应该体现在言说内容上。从言说内容看，如果说小说是"叙事"的，那么诗歌就是"抒情"的。当然，我们也不认为这种差别是绝对的。小说中也有抒情，甚至在现代小说中还产生了所谓诗化小说；诗歌中也有叙事，自古以来就有所谓的叙事诗但小说中的抒情，无论其含量多大，都只能是叙事的手段，最终目的仍旧是为了叙事。同样，诗歌中的叙事，也都是作为抒情的手段存在的，实际上就是一种特殊的抒情方式而已。所以，即使诗化小说，只要还是小说，它的本质特性就是叙事；叙事诗也一样，只要还是诗歌，它的本质特性就是抒情。

关于诗歌的抒情特性，古代的诗学理论早已认识到并反复论述过，特别是中国古代诗论更是有"诗言志""诗缘情"的明确界定，这都是我们所熟知的。标榜反传统的现代诗论，虽然极为看重诗歌的语言形式，甚而把诗歌界定为"反常化"的语言（俄国形式主义），或者界定为有韵律的语言构成（"新批评"），但对诗歌的抒情特性依然不敢轻易否认，有的论者甚或也给以特别地强调。例如，托马舍夫斯基一面在说"诗是大幅度变形的语言"，一面又承认"诗语是情绪高昂的语言"。"新批评"派的维姆萨特和比尔兹利说得更为明确和详尽。

诗是使情感固定下来的一种方式，可以说是让世世代代的读者都能感受其情感的一种方式，当不同文化环境中客观事物的功能经历了变化，或者是当客观事物作为单纯的史实，由于丧失了其迫切的时间性而丧失了情感价值的时候，尤为如此。

连形式主义的理论家们都如此肯定了诗歌的抒情特性，因而，我们认为，用"抒情"和"叙事"把诗歌语言与小说语言区分开来，应该说是抓住了问题的根本之所在。两者之间的根本不同就在于，一者偏于叙事，另一者偏于抒情。

四、对话的戏剧语言

戏剧语言是指构成戏剧剧本的语言,谈论戏剧语言不能不涉及对剧本在戏剧艺术中的作用以及对戏剧艺术本身的理解,戏剧是综合运用各种艺术手段的艺术:要创作一部戏剧,需要各种艺术家的共同参与,譬如要有剧作家写出剧本,要有美术家设计服装、道具、布景,要有音乐家配置乐曲(古典戏剧和歌剧中都有歌唱),要有工艺美术家制造灯光和音响效果,还要有演员在舞台上演出剧情。如此看来,戏剧是一门集文学、美术、音乐、表演等诸种艺术于一身的综合性艺术。在戏剧所综合的各种艺术要素中,演员的表演最为重要,因为戏剧的故事和情节就是靠演员的表演在舞台上直接呈现出来的。戏剧(Drama)一词,它的希腊语的本义就有"扮演""表演"的意思。亚里士多德在他的《诗学》(西方第一部研究戏剧的专著)中就指出,"悲剧是对于一个严肃、完整、有一定长度的行动的模仿",而它模仿的方式"是借人物的动作来表达,而不是采用叙述法"。小说采用"叙述法",所以小说是文学;戏剧"借人物动作来表达",也就是靠演员的表演来表达,所以戏剧是以舞台表演为根本的艺术。日本戏剧理论家河竹登志夫给戏剧下的定义就是:所谓戏剧,是以演员的形体为媒介、并在观众面前加以表现为其首要使命的。这是古、今、东、西永恒不变的本质,戏剧的优劣成败、剧作家的创作及归宿,盖出于此。

这个定义突出强调了戏剧的舞台表演性,并且认为戏剧中的包括文学在内的其他艺术要素,都是以舞台表演性为"归宿"的。所以,戏剧虽是一种综合性艺术,但其根本要素是舞台表演。要真正搞清戏剧语言的特性,就必须紧密结合舞台表演这一戏剧的根本要素来认识才行。这正如托马舍夫斯基在谈到戏剧体裁时所说的:戏剧文学是适于舞台表现的文学,戏剧表演的使命便是它的基本特征,因此,在研究戏剧作品时,不能不谈将其搬上舞台的条件,也不能不谈它的形式对舞台表演形式的依赖。

戏剧语言的形式取决于舞台表演的形式,那么舞台表演的形式是怎样的呢?

舞台表演是指:演员按照剧情与角色的规定在舞台上所设置的一定场景中演示角色的言语和行为,它由演员表演和周围的舞台设施构成。而演员表演又是由道白和动作构成的。总起来说,舞台设置的场景(包括道具)、演员的道白以及动作是舞台表演的两大要素。这两大要素的实现,必然要求其他艺术种类的配合,如要求美术、音乐等为舞台演出配置布景、道具、灯光和音响效果以及乐曲和歌唱等,当然,也要求文学预先为舞台演出提供一个可以参照的剧本。由此也决定了剧本写作的基本原则,这就是说剧本一般由两个部分组成,一部分是剧情说明,一部分是剧中人物的道白。所以,剧本的写作跟小说不一样,小说的故事情节完全是靠叙述人的叙述展开的,小说里主要是对场景、人物的心理和言行以及事件的过程的叙述和描写。而戏剧的故事情节是用舞台表演的方式直接展示的,之所以需要剧本，并不是让它负担叙述故事的任务，而是让它为舞台演出提供必要的文字依据和参照。"具体地说，就是说明舞台场景的设计和变化及在这一场景中演员的行为，创作演员要说的台词及伴随的表情、手势，以方便戏剧主题在舞台上的演示。这就形成了剧本的两个主要的构成部分"。托马舍夫斯基说。

戏剧作品的正文分为两部分。一部分是人物的道白，为了念诵的方便，道白一般写得很详细；另一部分是情景说明，它们为舞台表演的领导人——导演指明该用的舞台手段。

在托马舍夫斯基看来，剧本是一种非常特殊的文学样式，它可以被阅读，但它又不像其他文学样式那样是专为阅读而写的，它首先是为导演和演员而写的，是为舞台上的演出而写的，它在写法上只涉及人物道白和情景说明两个部分。所以托马舍夫斯基这样界定剧本作品："采用角色道白加情景说明的方式写出的作品，就是'戏剧形式'的作品。"按照这个界定，戏剧语言是以两种形态存在的，一种形态表现为角色道白，一种形态表现为情景说明。

五、自由的散文语言

广义的散文（Prose）概念，无论在西方还是中国，都是指与韵文对称的一切无韵的、散体排列的文体和文章。这样的散文概念包括的范围就相当广泛无垠了，不仅小说、话剧属于散文，就连各式各样的论文、公文、纪实文、散体抒情文等都应归于散文的范畴。但我们在这里所说的散文是指狭义的散文，这种狭义散文的概念是近代以后才形成的，它的外延范围已大为缩小了，首先是那些非文学性的散体文章，诸如论文、公文等，已被排除在外；其次，那些虽为散体但已独立成体且有鲜明特征的文学文体，诸如小说、剧本等，也被排除在外了。这样一来，我们说的散文是指除去诗歌、小说、剧本之外的一切具有文学性的文本。许多写散文的优秀作家也都是这样理解散文概念的。比如，巴金认为：只要不是诗歌，又没有完整的故事，也不曾写出什么人物，更不是专门发议论讲道理，却又不太枯燥，而且还有一点点感情，像这样的文章我都叫作"散文"。

所谓"不太枯燥""有一点点感情"，是对文学性的规定。叶圣陶也明确指出："除去小说、诗歌、戏剧之外，都是散文。"可以看到，即使狭义的散文，其涵括的文章种类也是非常繁杂的，如随笔、小品、杂论、时评、游记、特写，甚至日记、偶感等等，无论是记事的、议论的、抒情的，只要有文学性，又不是诗歌、小说、剧本，都可以归入散文这个范围。这些归入散文的文章，由于种类混杂繁多，除了散体排列和多少有些文学性这两点之外，我们很难再找到它们之间还有什么其他的共同性。所以，对于散文来说，我们只能给它一个否定性的定义，只能说它不是诗歌、小说、剧本，至于它是什么，就很难给以确定的概括了。由此可以说，散文作为一种文学文体，是最无定式、定型、定则的，如果说它有特征，那么，它最突出的特征就是不拘一格、自由自在。它不像诗歌那样非要有一定的韵律，也不像小说那样非要讲一个完整的故事，也不像剧本那样一定要为演出写出台词。诗歌、小说、戏剧在写法上都有些惯例和成规，这些惯例和成规早在作者写作之前就已存在，作者的文体创新只能在文体规范的基础上进行，因而总要受到或多或少的限制。但散文在写法上基本没有非要遵守的既定成规，或者说它的成规就是无拘无束、散漫自由，可以随意挥洒、率性而为。在文学体裁的大家族中，散文是一种最不讲固定的格式、章法的体裁。它的篇幅一般比较简短，但也可以有鸿篇巨制，如某些文学价值较高的历史散文、长篇报告文学等；它的取材范围极为广阔，上至天文地理、下至社会人生，小到花鸟鱼虫、身边琐事，大到民族命运、历史巨变，无所不可，几乎没有限制；它在语言表达方面也毫无限制，只要作者觉得需要，所有的语言表达方式，无论叙事、抒情、论理、摹状，都可任其使用。总之，散文的最突出的特征就体现在一个"散"字上，这里的"散"并非仅指散体的形式，而是意味着开放、杂容、流动、不断地变化，散文就是这样一种无定式的自由自在的文学体裁样式。散文文体的特性也就是散文语言的特性。作为古代散文大家的苏轼，在谈到他的散文写作时说："吾文如万斛泉源，不择地而出，在平地滔滔汩汩，虽一日千里无难。及其与山石曲折，随物赋形，而不可知也。所可知者，常行于所当行，常止于不可不止，如是而已矣。"

这段话虽是苏轼对自己文章写作的经验描述，却也道出了散文语言的最重要的特性。散文语言由于没有文体定式的束缚，可以直接从作者的心田流出，犹如从泉眼中流出的泉水，向四外自由地蔓延流淌，遇山石则回旋激荡，遇洼地则顺势急注，遇高坡则渗入地下、自行销迹。这个比喻说明了散文语言的最重要的特性就是自由性。

总而言之，在诸种文学文体中，散文是一种非常特殊的文学体裁，它的特殊性就在于它没有一定的体裁规范的限制，任凭作者的创作个性随意发挥，由此决定了散文语言的自由性、多样性、多变性、开放性等特征。散文成了一所"公共客厅"，可以允许人们自由出入。也许正是因为这样，散文在理论上历来重视不够，散文理论远远滞后于诗歌理论、小说理论、戏剧理论。但事实上，散文以创作个性为基准、无严格规范的特性，恰恰就是它的优势之所在，正是这一点使得散文在整个文学大家族中获得了举足轻重的地位，有力地影响着其他文学样式。散文语言也以其多样化的、自由创新的形式，"润物细无声"地浸染着其他文类的语言。因此，如何更全面、更深入地研究散文语言的特性，如何将散文语言理论提升到应有的高度，就成为今后文学语言的文体类型研究的一个重要课题。

第二章　文学语言本体意识的确立

汉末建安、魏晋南北朝到初盛唐是中国文学思想的自觉时期。和上一时期相比，这一时期的文学思想发生了很大变化。文学语言不再桎梏于儒经思想的统治中无法伸展，而是获得了较为独立的发展空间（虽然儒家文学思想的影响仍然不同程度地存在，但不管是与前还是后的历史时期相比，该时期文学的独立性都是颇具优势的）。人们对于文学语言本体特征的认识，也不再只是较为基本的摆脱音乐性依附，或是初步感知其美的特征，而是对之有了深入、全面的理解。

该时期文学语言本体认知的关键进展在于将审美情感确立为文学语言的表现目的，文学内容因此而成为具有审美特质的内容，表现此内容之语言也因此获得了文学性，建安时期文学语言的真实情感反映，魏晋时期文学语言超越的情感表现，南北朝、初唐时期文学语言的审美情感表现技能的拓展与基本完成，以及由此带来的文学语言以审美情感内容为表现目的的基本确立，乃至盛唐时期文学语言个性化的审美情感表现，该时期文学思想于这一方面的发展轨迹清晰可辨。"诗式"语言的充分完善是该时期文学思想发展的另一重要成果，以诗歌为中心并向辞赋、文章渗透，这种语言形式的完善为语言美提供了新的范式，也使语言文学性的理解达到了新的高度。

与前一阶段文学批评的零散形态不同，在这个时期的文学思想探索中，出现了不少较为系统的批评名著，如《文赋》《文心雕龙》《诗品》等，代表着该时期所达到的新的理论水平。这一时期大量涌现的文学创作更具创新精神，和赋在上一时期所处的中心位置不同，这一时期诗歌逐渐成为新的文学思想的最为敏锐和大胆的探索者；同时，和上一时期其他文类相对滞后于赋的文学语言发展状况也有所不同，这一时期诸文类都获得了较大发展，赋达到了古代赋史的最高水平，文也取得了辉煌成就。可以说，各种文类的文学创作都以其独特的方式探索更具美感的文学语言形式，推动了文学语言本体特征体认的深入与成熟。

第一节　注重内质的语言美追求

建安文学是指以三曹、七子为中心的汉末建安并延续到魏初的文学,后代文人常将之视为此后新的文学思想的发端。齐梁时沈约于《宋书·臧焘徐广傅隆传论》曰:"自魏氏膺命,主爱雕虫,家弃章句,人重异术。"汉代以来的宗经传统在建安出现了断裂,代之以对文学的爱好,这种风尚波及后代,"自黄初至于晋末,百余年中,儒教尽矣"。宋顺帝升明二年(公元477年),尚书令王僧虔上表,将当时乐舞之背离雅正归咎于建安:"今之清商,实由铜雀,魏氏三祖,风流可怀,京、洛相高,江左弥重。谅以金县干戚,事绝于斯。而情变听改,稍复零落,十数年间,亡者将半。自顷家竞新哇,人尚谣俗,务在噍杀,不顾音纪,流宕无崖,未知所极,排斥正曲,崇长烦淫。"(《宋书·乐志》)隋代李谔于上文帝书中严厉批评了六朝轻视儒学、崇尚文学的社会风气,所谓"竞一韵之奇,争一字之巧。连篇累牍,不出月露之形;积案盈箱,唯是风云之状","以傲诞为清虚,以缘情为勋绩,指儒素为古拙,用词赋为君子",认为其起源于建安,即"魏之三祖,更尚文词,忽君人之大道,好雕虫之小艺。下之从上,有同影响,竞骋文华,遂成风俗",由是而"江左齐、梁,其弊弥甚"《隋书·李谔列传》。虽然有关评论为反面批评,是对当时背离儒家文学思想之历史渊源的追溯,却客观指出了建安时期不同于以往的对于宗经思想的背离,及以此为基础的文学发展。

建安文学语言观念的主要发展在于,上一时期以汉赋为中心的华丽辞藻的繁复铺陈、句式的骈俪化等外在形式美追求,这一时期转向浑融的内质美感的追求,即力求使所表现的情感内容更加真实、强烈。与汉赋相比,建安时期优秀作品的语言不再是一种静态的罗列、平面的堆砌,而着意于语言内在的结构关系,以表现一种动态的力量,达到气势的流贯及所表现内容的立体整合,由此而达到自我情感的强烈表现。这是一种对于汉赋之平沓、铺张语言形式的反拨,以鼓动的力量将原本涣散、烦冗的语词凝聚在一起。与此同时,建安文学也继承了汉赋的语词华丽,只是比汉赋更凝练、更有效地为内在情感表现服务。

从建安开始,在新的文学思想的探索中,诗歌的地位越来越重要。诗歌地位的重要与其对音乐依附的摆脱密切相关。建安文人留下很多乐府诗篇,这些诗篇就显示出不少摆脱音乐依附的新的因素。如刘勰《文心雕龙·乐府》:"子建、士衡,咸有佳篇;并无诏伶人,故事谢丝管。俗称乖调,盖未思也。"其中曹植(字子建)乐府之"乖调",说明这一时期即使是乐府诗歌也开始体现出并不依附于音乐的特征。

曹丕《典论·论文》代表这一时期文学理论的最高成就，下文将以其中的"文以气为主"及"诗赋欲丽"概括建安文学的语言追求。

一、"文以气为主"：注重内质的语言美追求

曹丕指出"文以气为主"，并以"气"评述当时作家，认为"徐干时有齐气""孔融体气高妙"（《典论·论文》），"公干有逸气，但未遒耳"（《又与吴质书》），是受汉末以来人物品藻风气的影响而移之于文，体现出对作品整体风格及所内蕴的作家个性的关注。可以说，"气"的概括准确把握了当时不同于汉代的语言美转向，即由外在层面的语言美追求而转向内质层面，且因此而突出了个性特征。

文气说虽非专为文学而发，但若联系文学创作，建安文学所具有的真实而强烈的抒情特征正使其获得了不同于前代作品的生动气韵。建安文学的抒情性不仅不同于《诗经》时期的自在状态，也不同于汉代的抒情性作品。汉代的抒情性作品主要包括抒情小赋和抒情诗歌：抒情小赋虽较体物大赋语言凝练，但仍有与后者相近的语词涂饰及结构模式化特征，阻碍了情感的真切抒发；抒情诗歌相对质朴地抒发内心所感，虽也受到赋语言发展的某种影响，但情感的个性特征尚不明显。与之不同，建安文学的情感表现不仅较大程度地摆脱了汉赋中的语词涂饰和结构模式化特征，也较汉代诗歌语言更具经营。具体地说，就是建安文学将语言组织的关注焦点由汉赋的最基础、琐细的语词层面而转向更整体、内在的结构层面，从而使语言的内在个性得以凸现，以此表现出具有个体特征的情感内容。建安文学的"气"就主要指这种真实而强烈的情感个性。在当时的文学创作中，不管是个体情感的强烈直抒，还是寄情于景物描写，或者在事件的叙述中表现情感，都可见到这种"气"的流贯、充盈。

（一）个体情感的强烈直抒

建安文学"志深而笔长，故梗概而多气"（《文心雕龙·时序》），一向是后世文学内容的典范，这一内容特征首先来源于那些对个体情感做强烈直抒的作品。所谓直抒，当然并非直接写下内心所想，只是与前此作品相比，个体情感的表现显得直接、强烈。整体结构的紧凑有力是这些作品之个体情感得以强烈直抒的主要原因，而不同作家作品之结构经营又有不同，成为各具性情之"气"的主要依附。

曹操作品虽后人评价不算太高，但其推开前人束缚而坦诚、强烈地抒发内心感受的写作方式，却对这一时期的文学语言观念发展具有重要的廓清之功。

前一时期以汉赋为中心的语言形式从发生之初就包含着娱人、媚俗倾向，这种倾向在曹操那里被很大程度地抛弃，并造就了一种自然通脱的语言表现方式。《文心雕龙·章句》

曰:"又诗人以'兮'字入于句限,《楚辞》用之,字出于句外。寻'兮'字承句,乃语助余声。舜咏《南风》,用之久矣,而魏武弗好,岂不以无益文义耶!"曹公"弗好""兮"这样极具传统色彩的装饰语词(出现在汉代大量的抒情小赋中),正体现了他以内容表现为中心的语言观念。《文心雕龙·章表》又曰:"汉末让表,以三为断,曹公称为表不必三让,又勿得浮华。所以魏初表章,指事造实,求其靡丽,则未足美矣。"黜尽浮华,指事造实,也是曹操爽直文风的体现,并在当时产生了很大影响。

不受拘束是曹操语言观念的重要特征。《诗品》卷下:"曹公古直,甚有悲凉之句。"以"古直"而非藻饰的语言表现慷慨悲凉的情感,使其作品成为不受拘束的个体情感抒发,又以诗歌为著。曹操诗歌今存二十余首,全是乐府诗。曹操的乐府都是可以配乐的。曹植《武帝诔》有"躬著雅颂,被之瑟琴"的描述,《三国志·魏志·武帝纪》裴松之注引王沈《魏书》记载曹操"登高必赋,及造新诗,被之管弦,皆成乐章"。但曹操乐府与以往乐府有一个很大的区别。汉乐府曾以其叙事成就推动了诗歌语言的发展,但所表现的往往是某一类人的普遍情感,由此而观民间风俗,创作者的个体情感并不受到特别重视,且创作者也通常不留姓名;而曹操不仅开始创作这种原先由无名氏写作的诗歌,且第一次在乐府诗中突出自我的情感,并不遵守乐府原题的限制。所以,曹操的乐府虽然也能配乐,但其内容已经体现出对音乐依附的摆脱,而具有强烈的个体情感色彩。

《文心雕龙·才略》的王粲,其作品非常善于表现动人的悲怆之情,《七哀》第一首。

西京乱无象,豺虎方遘患。复弃中国去,远身适荆蛮。亲戚对我悲,朋友相追攀。出门无所见,白骨蔽平原。路有饥妇人,抱子弃草间。顾闻号泣声,挥涕独不还:"未知身死处,何能两相完?"驱马弃之去,不忍听此言。南登霸陵岸,回首望长安。悟彼下泉人,喟然伤心肝。

与以往描写战乱的诗歌相比,该诗有两个特点:一是突出"我"在战乱中的心理感受,个体视角的突出使情感表现显得真实、细致;二是诗歌结构的有效组织,以达到对悲怆感受的极力渲染。该诗由描写西京动乱的整体局面开篇,引出更为伤痛的个人处境,亲朋的牵挂又加剧了自我的悲凉感,而出门所见则是雪上加霜,在情感不断加剧的结构层递中,还细致描写了饥妇弃子的惨烈画面,诗末结以回首之凄楚。《诗品》卷上称其"发愀怆之词","愀怆"之动人是王粲诗歌的过人之处。或许是王粲诗歌常沉溺于这样的凄怆,曹丕称他"体弱,不足起其文"(《又与吴质书》),《诗品》卷上亦曰其"文秀而质羸",但这正是王粲诗歌独有之"气",其敏锐而深重的感伤代表着建安诗歌抒情水平所达到的新的高度。若与曹操相比,王粲诗歌虽也突出了主体感受,但结构显得精致和严密,刘勰称其"捷而能密""辞少瑕累"(《文心雕龙·才略》),这种细密、紧凑的诗歌结构使作品各部分能更集中、有力地凝聚在所要表现的情感方向上,达到动人的效果。

较七子年辈稍晚的曹丕、曹植兄弟的有关作品体现出更为着意的结构经营。曹丕有不少代异性抒情的作品,情感表现方式就非常独特,可以《燕歌行》为例:

秋风萧瑟天气凉,草木摇落露为霜。群燕辞归雁南翔,念君客游多思肠。慊慊思归恋故乡,君何淹留寄他方?贱妾茕茕守空房,忧来思君不敢忘,不觉泪下沾衣裳。援琴鸣弦发清商,短歌微吟不能长。明月皎皎照我床,星汉西流夜未央。牵牛织女遥相望,尔独何辜限河梁?

该诗情感表现的细致程度很大程度上得益于对辞赋的借鉴。可将该诗与宋玉《九辩》对照。《九辩》以"悲哉秋之为气也!萧瑟兮草木摇落而变衰"开篇,该诗则以"秋风萧瑟天气凉,草木摇落露为霜"为开篇;《九辩》有"廓落兮羁旅而无友生,惆怅兮而私自怜。燕翩翩其辞归兮,蝉寂寞而无声"等描写,该诗则有"群燕辞归雁南翔,念君客游多思肠"等描写。上文在谈《古诗十九首》的时候,曾经说到汉赋的语言美一定程度地影响了当时的诗歌,而辞赋对诗歌的影响在曹丕诗中要显著得多。若与《古诗十九首》相比,曹丕诗歌抒情的细致性有了很大程度的提高,如同样写思妇,《古诗十九首》有:"冉冉孤生竹,结根泰山阿。与君为新婚,菟丝附女萝。菟丝生有时,夫妇会有宜。千里远结婚,悠悠隔山陂。思君令人老,轩车来何迟。伤彼蕙兰花,含英扬光辉。过时而不采,将随秋草萎。君亮执高节,贱妾亦何为。"该诗相传为傅毅所作,其抒情方式之古拙与《燕歌行》比悬殊显著,它主要以叙事抒情("千里远结婚,悠悠隔山陂"),以传统比兴抒情(如开篇),而《燕歌行》中对个体情感有了更多的直接描写,这种描写也依赖景物描绘得以实现,而景物描绘对个体情感表现的直接性要较叙事、比兴都为强烈。这样的抒情方式来源于对辞赋的借鉴,但曹丕又将其化为诗歌,所以少了辞赋的涂饰铺陈,结构凝练集中。该文使用了七言形式(常被认为是第一首七言诗),每句押韵,形成绵长、回环而具整体性的独特结构特征,恰到好处地表现了思妇挥之不去、缠缠绕绕的内心情怀。沈德潜《古诗源》卷五曰:"子桓诗有文士气,一变乃父悲壮之习矣。要其便娟婉约,能移人情。"《燕歌行》"便娟婉约"的独特气质就很明显。

(二)借景物描绘抒发个体情感

建安文学的慷慨激情不仅通过上文描述的结构经营以实现,还常借助景物的描绘以实现。在《诗经》创作时期就可见到大量的景物描绘,汉代诗赋中亦屡见不鲜,但建安文学中的景物描写较之客观、细致，又不同于体物大赋中有关描写与个体情感抒发之间联系松散，而与全文抒情结构浑融一体，故具强烈的情感表现力。这样的景物描绘已向成熟的意象创造迈进了一步。除了情感表现力的增强，相对细致的景物描写所带来的朦胧之韵，也是建安文学的重要特征之一，不应被人们忽视。这些景物描写的存在使建安文学并不只是"惟取昭晰之能"（《文心雕龙·明诗》），而同时包含着意象创造带来的朦胧情韵。建安文学开启了不同于汉赋的情感个体性追求，不仅指人们常说的以事功为主调的个体现实情感的热烈表现，也当包含此类更具文学特质的情感个性。

意象具有与生俱来的朦胧特质，《诗经》创作时期的天然意象中就包含着不自觉的朦胧追求。"关关雎鸠，在河之洲"的兴起就使"窈窕淑女，君子好逑"的清晰旨意变得摇曳多姿，正接近情感的朦胧特质。

"象"的细致化是意象朦胧美发展初期的主要途径，"象"因深细而更具独立性和个体性，所以能与"意"之间有效地形成张力，以产生朦胧情韵。建安诗歌意象属中国古代诗歌之有意识意象创造的初期，以三曹七子为代表的诗中就出现了较《古诗十九首》细致的意象。如《古诗十九首》景物描写较集中的一首：

明月皎夜光，促织鸣东壁。玉衡指孟冬，众星何历历。白露沾野草，时节忽复易。秋蝉鸣树间，玄鸟逝安适。昔我同门友，高举振六翮。不念携手好，弃我如遗迹。南箕北有斗，牵牛不负轭。良无盘石固，虚名复何益？

全诗八句，前四句写景，写景诗句所占篇幅之大在《古诗十九首》中是很突出的，但这四句更多涉及众人眼里的显示时节变换的景物特征，有较明确的时节变换的潜台词，故而朦胧之意的唤起较有限。

不管是写景以象征，还是写景又清楚交代其情感表现目的，建安诗歌中出现的这些写景方式都显示出因袭传统的特征；另一方面，这些写景又有较前代深细的描写，故而较前人作品更多朦胧情韵。总之，建安时期新的意象观念虽然还没有完全确立，但比前代深细的景物描绘已使其意象创造获得了比前代丰富的朦胧之韵。

（三）在叙事中抒发个体情感

汉乐府诗歌于叙事方面的成就令人瞩目，但表现的往往是一类人的普遍情感，以此而观民风民俗；与之不同，建安诗歌将叙事作为表现个体自我情感的手段，具真实而强烈的情感个性之"气"同样充盈于事件叙述中。

建安诗歌叙述自身经历而抒情的作品中，又以对自我生命的赞美或珍惜一类颇值得重视，较细致的叙事描写常使这些作品的情感抒发强烈动人。如描述田猎事件而自我赞美的诗歌，以往作品常在田猎中赞扬他人，不管是如《诗经》中的《郑风·叔于田》《郑风·大叔于田》等，还是汉赋中常见的对帝王田猎的赞美，但建安诗歌常通过叙述田猎过程而自我赞美，再加描述语言之细致，常常激情洋溢。

建安诗歌不仅增强了叙事的个体性，还拓展了叙事容量，而叙事容量的拓展又为个体情感的深入表现创造了条件，蔡琰的《悲愤诗》就是一首这样的长篇叙事诗。描写战争的诗歌很多，该诗之所以在诗歌史上占有一席之地，在于独特的个体视角。开篇在扫描战争全景后，即转入对自己所见之记叙，细节描绘与情感直抒交织，声泪俱下的痛楚让人不忍卒读。

二、"诗赋欲丽"："诗式"语言的华美词采追求

建安文学创作中体现的"气"之流贯、充盈，改变了汉赋语言美追求之停留于相对外在层面的缺陷，而着意于内质美感的追求，表现了真实而强烈的个体情感。汉赋的语词华美在建安文学中得到继承，只是有异于汉赋的铺陈，具有向"诗式"语言之凝练、密集方向发展的倾向，也有效地推进了意义表现。

建安诗歌语言的华美绚丽要超过此前的汉诗。在此前的汉代，辞赋是体现文人才华的最重要文类，而到建安时期，诗歌也开始逐渐取得了这样的地位，在一些重要的文人集会中，诗歌的唱酬成为重要活动。再加上当时创作评价非常活跃（如曹丕《典论·论文》中对当时文人的品评），公开场合的诗歌唱酬所暗含的彼此争胜，推动了诗歌语言于精美方向的发展。

虽然"建安之初，五言腾涌"（《文心雕龙·明诗》），但四言诗仍然是重要的创作体式。建安文人在较正式的礼仪赠答诗作中，使用四言较多，这些四言诗作虽多使用《诗经》句法，显得古朴典重，但也出现了一些四言诗句，体现了与当时五言诗句之流动、华美相近的特征。如王粲《赠蔡子笃》中有"风流云散，一别如雨"，就不同于该诗的其他部分，如开篇"翼翼飞鸾，载飞载东。我友云徂、言戾旧邦"这样模拟《诗经》的句子，语言的轻快流动感被突出，而不再是常见四言的典重。吴淇《六朝选诗定论》评这两句为"炼得精峭"，而这种炼句当有五言创作经验的渗透。以五言诗的新鲜语感改变四言诗，这样的实践在早些时间的秦嘉诗中也可看到，如秦嘉《赠妇诗》："暧暧白日，引曜西倾。啾啾鸡雀，群飞赴楹。皎皎明月，煌煌列星。严霜凄怆，飞雪覆庭。寂寂独居，寥寥空室。飘飘桂帐，荧荧华烛。尔不是居，帷帐何施。尔不是照，华烛何为。"就与《古诗十九首》及他自己的五言赠妇诗有相近之处，而不再是四言常见的古朴典重。随着建安诗歌语言之追求精美，出现"风流云散，一别如雨"这样的四言诗句，也属情理之中。

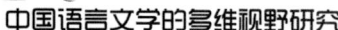

虽然建安时期诗歌创作受到更多重视,但辞赋仍处于文人品评的中心。《典论·论文》即对本朝文人的辞赋极具自信,认为"(王)粲之《初征》《登楼》《槐赋》《征思》,(徐)干之《玄猿》《漏卮》《圆扇》《橘赋》,虽张、蔡不过也",若联系其"诗赋欲丽"的评价标准,也就是说,王粲、徐干辞赋之"丽"可赛过汉代张衡、蔡邕等辞赋大家。

第二节 语言对描写对象的升华

建安文学思想以追求真实情感个性的强烈表现为主要成就,这对树立在汉代有所磨灭的抒情的个体性极为重要,但对于文学性的情感表现而言,还只是一个基础(虽然也出现了相对细致的景物描写所带来的朦胧之韵,但有关意象观念尚不明确)。从曹魏正始前后开始,并延续到晋末,以哲理玄思为背景,文学创作追求超越性的情感内涵,个体现实情感得以抽象概括和哲理升华,使文学内容在有意识的审美提升方面前进了一大步。

一、正始之音:以高远语言视角表现深广情感内涵

正始文学思想的最重要建树在于受玄学影响而形成的独特语言追求,采取异于建安文学之写实的高远语言视角,力图以对尘俗琐细的抽象、提升,及对现实功利的超越,达到广泛而深刻的内容表现。

(一)由言外之意、象外之理的哲学崇尚到玄虚、清远的文论旨趣

正始玄风对当时文学思想的渗透是多层面的,其中关于言意关系的讨论对当时文学语言发展的影响最为直接。王弼《周易略例·明象》曰:

> 夫象者,出意者也。言者,明象者也。尽意莫若象,尽象莫若言。言生于象,故可寻言以观象;象生于意,故可寻象以观意,意以象尽,象以言著:故言者所以明象,得象而忘言;象者所以存意,得意而忘象。犹蹄者所以在兔,得兔而忘蹄;筌者所以在鱼,得鱼而忘筌也。然则,言者,象之蹄也;象者,意之筌也。是故,存言者,非得象者也;存象者,非得意者也。象生于意而存象焉,则所存者乃非其象也;言生于象而存言焉,则所存者乃非其言也。然则,忘象者,乃得意者也;忘言者,乃得象者也。得意在忘象,得象在忘言。故立象以尽意,而象可忘也;重画以尽情。而画可忘也。

文中设置了"意""象""言"三个不同的意义层面,"意"最抽象,"象"次之,"言"又次之。"象"可表"意","言"可表"象",但需得"意"而忘"象",得"象"而忘"言",不能拘泥于"象"或"言";若拘泥于"象"或"言",是无法得"意"或得"象"的。或者说,若拘泥于"象"或"言",所得到的就并非那个具有对于"意"之喻示力的"象",或是对"象"具有喻示力的"言"。简单地说,就是可以用具体者来表现抽象者,但只能以具体者为凭借,不能停留于此,因为抽象者所蕴含的意义永远都要较具体者深远广阔。很显然,作者最为尊奉的是"意",即抽象、概括也因此而内涵丰富的意义。

言意关系论述的虽然是哲学问题,其思维取向却渗透于当时关于文学语言的认识中。言不尽意、得意忘象的命题对于当时文学语言发展的贡献,并不如一些研究者所指出的,主要表现在追求含蓄,或是形成意境,而是其中体现的不满足于有限的具体事物,而求取更为抽象、更具普遍性的意义内涵,在这样的思想氛围中,建安时期真实、强烈的个体情感表现出现了转向,由真实而趋于抽象、概括,由强烈而趋于超越、理性;且由于概括而摆脱现实琐碎,由于超越而摆脱现实功利,从而离开了《诗经》时期就开始的以真实情感为表现对象的文学思想水平,开始有意识地以某种程度地具有审美特征的情感内容为表现对象。这是文学思想发展的重要突破。

文学想象的体认有其历史发展过程,最初的想象可以是由一种具象到另一种具象的联想,《诗经》及汉代体物大赋中的文学想象就主要属于这个等级。成熟意义上的文学想象,是对经概括、提升的不同于现实具象而对现实具象具有深入表现力的审美形象的想象。《清思赋》中的想象虽然更多出于玄学的偏嗜而强调其玄虚特征,与成熟意义上的文学想象还有距离,但已显示出对于现实超越性的强烈追求,显示着与承继体物大赋之写实功夫而极状情感之强烈的《洛神赋》异趣的新的语言美标准,具更大的引起审美联想的空间,并因此而更具审美魅力。可以说,这是一种更高审美层次的语言追求,是正始文学思想最为独特的所在。

(二) 创作中体现的遥深远大的语言追求

玄远、超越的文学追求不仅体现在直接的议论中,更体现在具体的创作中。和建安时期一样,诗歌也是正始时期生长新的文学思想的重要文类。阮籍五言《咏怀诗》八十二首是正始诗歌中最引人注目的作品,与具有明朗、强烈的情感内容的建安诗歌相比,它吟咏之情感往往难以明确现实所指,显得恍惚迷离,旨意"遥深"(《文心雕龙·明诗》曰"阮旨遥深")。人们常指出这样的写法出于险恶政治环境中的避祸隐衷,并在诠释诗意时揣摩其具体事件背景,且将其拉入以补白。事实上,滤除具体现实纷攘的写法出于阮籍有意识的超越、深远的语言追求，即如《清思赋》中以为"形之可见，非色之美；音之可闻，非声之善"，《咏怀诗》述情而不黏滞于具体事件亦属该逻辑的合理延伸。这样的旨趣在《咏怀诗》中也有表述，《咏怀诗》中的很多诗歌所描述的都是这样一种抽象、概括并因此而遥深、远大的伤悲，这使其与建安诗歌有了很重要的不同。

与阮籍诗歌多表现一种遥深、清远的伤悲不同，嵇康诗歌更多是对于摆脱束缚的理想境界的描绘及玄思至道的阐发。《文心雕龙·才略》曰："嵇康师心以遣论，阮籍使气以命诗。殊声而合响，异翮而同飞。"与阮籍相比，嵇康更长于论说之文，而其诗歌中也较阮籍更多玄思的直接论述。

阮籍、嵇康的作品是正始诗歌的代表，其他诗人显示出与其相近的语言旨趣，总之，或抒情、或议论，一种概括、提升现实琐细的高远语言视角及其带来的深广内容，是当时诗歌创作的普遍追求。

与诗歌相比，辞赋的较长篇幅使其描写较为具体，但提升、抽象情感内容并使其获得更为深远之内涵的语言努力仍清晰可辨。前引阮籍《清思赋》、嵇康《琴赋》中不仅有对玄虚、清远语言追求的直接表述，也有相关的语言实践。阮籍还有一些描写地域风物的辞赋，如《东平赋》《元父赋》，这些辞赋不同于以往同类题材辞赋之誉美，而是极力挞伐，不仅如此，它们采取的并非写实笔法，而是一种偏转、提升后的象征。

二、西晋文学：以精巧语言铸造美丽情思

建安文学思想的主要贡献包含两方面内容：一是对内在之"气"的追求，二是以"诗式"语言为中心的华美词采追求。如果说，正始文学主要延续了其前一方面的语言成就，并将其做了更为深远的提升和拓展，那么西晋文学则主要延续了其后一方面的努力，使得"诗式"语言更为精致细巧，而这种语言所铸造的美丽情思对于现实情感的提炼加工，又包含着与正始文学之提升现实情感的相近旨趣。

（一）细密探究文学语言组织规律之始

应该说，较为细致地探讨文学语言的组织规律是从西晋开始的。汉代文人主要从大的方面讨论文学语言的特征、功能，是质实、讽谏，抑或藻饰、华美。建安文人拈出一个"气"，试图揭示语言的内在特征，但仍概括、混沌。正始文人追求超越、提升的文学内容，以呼应玄学之清虚玄远，亦未能细致探究文学语言的组织规律。到西晋时期，随着文学语言在精美方向的不断发展，第一次对如何组织文学语言有了细致、深入的探究，这样的探究是文学语言本体意识确立的重要体现。

（二）力求精美的语言组织

西晋文论对语言组织规律的探究之所以如此细密，是因其目的在于切实指导创作，而非泛泛之论；当时创作中体现的力求工整、精美的语言形式即与此互相促进。《文心雕龙·明诗》曰："晋世群才，稍入轻绮，张、潘、左、陆，比肩诗衢，采缛于正始、力柔于建安，或析文以为妙，或流靡以自研，此其大略也。""稍入轻绮"，准确点明了西晋文学超越以往的绮丽追求。有意识的语言美从汉代就已萌发，在建安时期得到继续，西晋文学语言的工整、精美是这一历史脉络的继续发展，但又有其极为独特的所在，主要表现在两方面：对描写对象现实属性的想象性拓展、偶句句间关系的拓展及结构的曲折。文学语言的表现功能在这里又有了新的开拓。

1. 描写对象现实属性的想象性拓展

汉赋的夸饰、增繁往往只是量的叠增，其语言想象空间其实非常有限，常常只是五十步与百步之异（这是汉赋作品多雷同的原因），且易成为涂饰的浮华。建安文学语言在情感的强烈与描述的具体方面有很大进步，将语言美的焦点由表层向内推进，但文学语言想象空间的开拓仍较为有限。西晋文学语言延续着建安文学语言于内质美感方面的努力，但已不再满足于现实情景的叙述，而常常富有想象力地偏转、拓展描写对象的现实属性；因为描写对象的一般属性被改变，对于描写对象的感受被表现得更为独特，这使颖异、微妙的审美情感得以表现。这是西晋文学的重要贡献，与正始以后对超越性情感内涵的语言表现有着一致的方向，又将正始文学的玄学追求转变为更具文学性质的语言努力。

西晋时期有很多拟古作品，这些作品与其说是拟古，不如说是有意超过古人，而超过古人的主要方式，就在于不同于前人之朴实叙述，而富有想象力地拓展描写对象的现实属性，努力使表现方式更为独特。西晋人的拟作并不限于诗歌，其辞赋拟作的目的也与诗一样，包含着超越前人的语言努力，而富有想象力地拓展描写对象的现实属性也是辞赋超越前人的主要语言方式。

虽然西晋以前也不乏拟古之作，但借此总结前人创作规律，并在语言表现上超越前人的意识性都不及西晋时期这样强烈，这是该时期于语言组织方面具有细致、独到的体会的表现。除了拟古之作中体现的与古人一比高低，在西晋时期的其他作品中，想象力所开拓的精美语言空间也随处可见。

2. 偶句句间关系的拓展及结构的曲折

建安诗歌语言的精美主要体现在偶句的增加。与之相比，西晋诗歌中的偶句使用更为频繁、工整。尤为值得注意的是，西晋诗歌中的偶句较建安诗歌中的偶句更注重句间的意义关系：建安诗歌的偶句常常属于同一意义方向，还较大程度地残留着辞赋以偶句增饰的痕迹；而西晋诗歌中偶句意义的互补、对照受到更多重视，偶句的表意优势因此得到充分体现，即能表现出非偶句难以达到的意义宽度及复杂程度。

三、东晋文学：以理趣雅致的语言表现玄远疏淡的情怀

因为玄言诗的大量创作及玄言和与之相关的哲理探询对文学创作的巨大影响，历代对东晋文学的评价并不高。玄言对文学的过度侵占，确实会影响文学抒情功能的实现。但东晋时期以玄言崇尚为中心的一系列文学现象所体现的雅致脱俗、言简意赅、由实入虚、神超形越的语言追求，对当时文学语言发展的推动意义同样不可忽视。

玄言和与之相关的哲理对文学创作的渗透是东晋文学的重要特征，虽然其程度在游仙、玄言、山水、田园等不同题材的创作中有所不同。其中以直接的玄理阐述为特征的玄言文学中玄理的焦点性最为显著；山水文学中玄言或直接露面，或背后操纵，亦为作品的灵魂；出现在东晋初期以郭璞为代表的游仙诗，及出现在东晋末以陶渊明为代表的田园文学，它们的玄言味道相对较淡，但玄理仍保持着一定程度的统摄地位。

可以说，将具象转化为"玄象"，是贯穿东晋文学的总体语言模式。所谓"玄象"，指充满哲理意味的情境。也就是说，无论何种情境，其背后总有一深远的玄思将其托起，使其摆脱作为凡俗事物的平庸而获得高雅的情致。这是正始以后超越性内容追求的进一步发展，且与前此相比，哲理玄思的内容提升方向更为明确，从而使其语言组织获得了颇具内在凝聚力的整体性。虽然"玄象"的中心有时太过强化，以至于冲淡了具象原初的美感，但这种试图使具象向着一个明确的使其更富意蕴的方向提升的努力，能推动文学语言由散漫的美感追求转变为更加明确、有意识的美感追求。更何况，成熟意义上的文学语言就应包含着对于终极性哲理的无限接近，在这样的意义上，受玄言浸濡的东晋文学对文学语言本体意识的确立具有不可忽视的意义。

第三节 文学语言本体意识的确立

应该说，只有文学语言确立了审美情感的表现目的，文学语言本体意识才得以真正确立。汉赋对华美藻饰的追求，因为有较强的外在涂饰特征，只是文学语言本体意识的萌发；建安文学对个体真实情感的强烈表现固然为文学语言本体意识确立奠定了基础，但个体真实情感并非审美情感；正始以来对超越性情感内涵的追求因为有其明确的玄学宗旨，虽然推动了文学语言对审美情感的表现，也无法视为文学语言本体意识的确立。直到南北朝初唐时期，文学语言本体意识方充分确立。但在南北朝初唐的文学语言研究中，人们更

多注意到其形式技巧方面的进步，而较大程度地忽略了有关的形式技巧进步所带来的情感内容表现性质的变化。应该说，中国古代诗文基本语言表现技能的发展在这一时期已大致完成，正是在这些技能的发展中，审美情感的基本特征得到确立。因为审美情感的基本特征得以确立，文学语言方能确立以审美情感为其表现目的，文学语言本体意识亦随之最终确立。

随着这一时期审美情感表现技能的拓展及其基本完成，人们逐渐形成了对于审美情感之具体特征的理解。从元嘉文学的深密写实到宫体诗深细层面的语言想象，从元嘉文学的繁缛到永明体诗歌的均衡，从宫体诗的深细到初唐诗歌的阔大雄浑，在这些各个层面的虚实、繁简、微细宏大的反复探索中，审美情感内容的特征得到不断建构和调整。需要强调的是，这一时期得到不断完善的对偶、用事、声律、辞采等语言手段，都有着对于审美情感内容特征的建构意义。对偶是这一时期作品语言中最基本的因素，其精细、密丽超过前代，就不单纯是一种语言技巧，而是一种模式化的内容表现方式，即试图以对称的秩序梳理描写对象，使其获得某种抽象层面的概括性和普遍性，又以对称的同向互补或反向对照，赋予对象情感的指向性及丰富性。用事亦非单纯炫博，其将描写对象之具体属性泛化至与所用典故原事交叉共存的概括层面，使内容获得了抽象升华性质，并因此而丰富了内涵。声律之抑扬虽然不能直接表达意义，但常能以其独特的起伏、音响协助意义的表现；尤为重要的是，规则的声律起伏使诗歌语言获得了异于日常表达的特征，这种特征有助于形成独特的诗性内容氛围。而备受后人责难的辞采，尤其是审美情感内容构成的关键因素，辞采是与声律、对偶、用事结合在一起的，但与后者某种程度的规则性相比，辞采显示着更大的自由创造空间；与声律、对偶在相对整体层面的结构起作用相比，辞采支撑着诗歌内容表现最基本的部分。我们常常只是从形式技巧方面理解这些语言手段，但事实上，它们都以情感内容的锻造为目的，并以其基本完善带来了审美情感特征的确立。在中国古代诗文中，审美情感正是这样一种被对偶、用事、声律、辞采所造就的，被有秩序地精致组织的，并且内蕴丰富的情感。到了南北朝初唐时期，表现这种情感的诸种语言因素基本完善，属于中国古代诗文的独特情感韵味已经成型，审美情感之特质因之而确立，并由此而带来了文学语言本体意识的确立。

一、以景物描摹为代表的写实、新俊的语言追求——以元嘉体为中心

刘宋文学被后人认为是声色大开之起始明陆时雍《诗镜总论》："诗至于宋，古之终而律之始也。体制一变，便觉声色俱开。"清沈德潜《说诗晬语》卷上："诗至于宋，性情渐隐，声色大开，诗运一转关也。"有关看法其实在当时人中就已存在，《文心雕龙·通变》这样描述汉以后的文学变迁："楚、汉侈而艳，魏、晋浅而绮，宋初讹而新。从质及

讹,弥近弥澹。何则?竞今疏古,风末气衰也。今才颖之士,刻意学文,多略汉篇,师范宋集,虽古今备阅,然近附而远疏矣。"刘勰认为"宋初讹而新",即因追求新变而背离雅正,较大程度地改变了质朴的文学传统,给后世以影响。

若略去以上评价中存在的偏见,其中指出的刘宋文学出现的重大变化是颇为客观的。虽然语言的声色之美在汉代以后就受到有意识的追求,但直到刘宋时代才可真正被称为是"声色大开"。不管是汉代还是西晋,追求语言声色的手段都相对单调,汉代之外在涂饰固然如此,西晋文学之琢炼不仅给人以有佳句而无佳篇的感觉,且由于语言手段的有限使得作品风貌相对单一。刘宋文学则很不一样,作为当时语言声色追求之代表的谢灵运、颜延之、鲍照,彼此间就存在较大差异,且以不同的语言路径给后世以影响。

二、以声律为焦点的均衡性、整体性语言追求——以永明体为中心

到刘宋时期为止,很多重要的文学语言手段(包括典故、骈偶的使用及练字、藻饰等)都已较为成熟,萧齐时期进入了一个新的阶段,即均衡各种语言手段,以达到语言组织的整体和谐。除此以外,萧齐时期还出现了声律规则的讲求,这在以往的作品中或多或少也有体现,但萧齐时期有了较为明确、细致的规定,这是诸种文学语言手段的有意识经营中最晚产生的一项内容。也就是说,随着声律规则的诞生,中国古代诗歌语言的诸种手段就基本齐全了。声律说的诞生不仅意味着诗歌语言诸种手段的齐全,且由于其较为纯粹的审美属性,成为文学语言区别于非文学语言的重要标志。此外,声律论均衡、调谐语言组织的目的,与萧齐时期对于文学语言组织整体的均衡、和谐的追求亦正相一致,并包含着对于后者的内在促进。可以说,声律规则的讲求是萧齐时期文学语言本体特征体认的一个焦点。

齐永明年间以竟陵王萧子良为核心的文学集团,包括周颙、沈约、范云、谢朓、王融等人的创作,世称"永明体"(或"新体"),代表了这个时期的新的文学语言追求。另外,文学理论的重要著作《文心雕龙》出现在此时,所体现的系统性、折中性,与以永明体为代表的文学语言追求的整体性、均衡性之间亦有着某种内在的一致。

三、以辞采经营为中心的深细层面的语言想象——以梁陈宫体诗为中心

《梁书·庾肩吾传》这样描述梁代的文学变迁:"齐永明中,文士王融、谢朓、沈约文章始用四声,以为新变,至是转拘声韵,弥尚丽靡,复逾于往时。""转拘声韵,弥尚丽靡"是梁代文学继承、发展永明文学的两个主要方面,梁代文学思想的发展更多体现于对"弥尚丽靡"之辞采的追求,这对紧接其后的陈代文学思想同样适用。

人们常常从外在装饰层面理解辞采,辞采因此成为人们批评南朝文学语言丽靡甚而影

响内容表现的焦点。但事实上，南朝文学的辞采是南朝诗歌内容较前代精细、曲折、深妙，并因此而丰富感人的原因所在，是显示南朝文学历史进步的关键因素。梁陈文学是南朝诗歌辞采得以最充分发展的时期，辞采的发展也凝聚着梁陈文学思想的重要进步：辞采的运用不仅体现于诗歌创作，还运用于教命之书这样的国家正式公文之中（主要指宫体文的创作），可见文学范围的充分拓展；辞采的经营由一般意义的创新发展为更加深细层面的语言想象，可见辞采带来的文学语言本体属性体认之深入；辞采的运用不仅有属于主流的深曲细密，还有"吴均体"这样特立独行的寓奇险于古朴的语言追求的存在，显示着辞采美感追求的活跃和自由；辞采的追求不仅在创作中实现，更在《诗品》等理论批评中得到总结，在《文选》《玉台新咏》的选集编辑中成为品评标准，可见不同于儒家文学思想观念的文学本体认知的逐渐成熟。

　　梁陈宫体诗是这一时期文学思想发展的中心，宫体诗以辞采经营为中心的深细层面的语言想象，是这一时期文体创新的最重要成就，也显示着这一时期文学语言本体体认所达到的新的水准。在宫体诗产生以前，不管是何逊诗歌中体现的以斐然辞藻拓展内容经纬，还是"吴均体"诗歌寓奇险于古朴的语言追求，都体现着那个时期文体创新的活跃、自由及辞采的丰富展现。差不多同时的钟嵘《诗品》以理论批评的形式、《文选》和《玉台新咏》以文集编选的形式，从不同方面印证着时代文学思想的发展。

第三章　文学语言变革与中国文学文体的现代转型

作为一种有意味的形式，文体是人类在特定历史时期的思维认识、审美心理和感受世界的精神图式的反映。文学史从某种意义上来说就是文体的演变史，文体研究是一个非常重要的问题。如何切入文体研究需要找到一个恰切的角度，有学者意识到："虽然文体是文学的整体审美形式或者是有意味的形式，但是文体形式的构成是否是别具一格的新形态，是否具有诗性的审美特征，是否严密完美，重在语言工具机制的卓有成效作用。"① 文学语言的机制和作用对文体的构成和审美特性的实现具有重要意义。研究中国文学文体从古典向现代的转变这一问题，抓住语言的变革无疑是有效的、关键的。有学者就曾指出："文学语言的变化是中国文学由古代文学向现代文学转型的最直观和最鲜明的标志。白话文取代文言文成为中国文学占主导地位的正宗文学语言不仅是一种表达工具的变化，它还蕴含着思维方式和文学观念的重大变革，并引发了除文学语言之外的其他文学形态（如文学样式与体裁、创作方法与艺术手法等）的变革。"② 各类文学体裁程序的聚合离散皆与文学语言有着重要关联。从文学语言变革的角度切入中国文学文体的现代转型，可以揭示出时代思潮是怎样通过文学语言来进行选择、淘汰、衍化、重组其表达方式的，可以揭示古今文体之间的差异是如何在文学语言的差异性中完成其审美选择的。

---

① 朱德发：《胡适对五四新文学运动意义的评述——为纪念文学革命百周年而作》，载《山东师范大学学报》（人文社科版）2017年第4期。

② 许志英：《给"当代文学"一个说法》，见《中国现代文学论集》，南京大学出版社，2008年版．第285页。

第一节　文学语言变革与文体功能的现代转型

在进入本部分论述之前，我们需要对"文体功能"这一概念进行适当的解释说明。目前在中国古代文学文体的研究中，有学者使用了这一概念并做了这样的界定："文体在特定场合、条件下要承担具体功用，我们称之为该文体的'文体功能'。"有学者指出："中国古代文体在功能上有独特性，即许多文体都萌生于古代礼仪文化制度，它们以其独特的潜质发挥着解释礼仪、装饰礼仪等特殊功能，在构建群体文化方面起着重要作用。"因为中国古典文学的"每一种文体都萌发于特定的历史土壤，活跃在特定的历史语境下，具有特殊的功能用途以满足特殊的精神需求"①，所以文体功能的研究成为文体研究的重要部分。这里的文体功能主要指某种文体在所属文化中所承担的某种功用。而本书所说的文体功能与此不同，主要指的是构成文体的要素、部分在文体整体形态和主导特征中所起的作用。如果说前述概念指的是文体的外部功用，那么本书主要指向文体内部要素在文体特征形成中的功能。应该说，文体功能是文体形成、变异过程中最本质、最内在的作用因素和机制，是文体形态和文体格局形成的基础，而文体功能的实现和所使用的语言密切相关。具体而言，不同的文学语言会有不同的表达效果，同样一种情境用不同的语言，如现代白话、文言或古典白话表达将会带来不同的结果，使得这些表述可能会聚合、趋向并形成新的文体特征，且这种文体功能的新变会引发文类的变化和转型。尤其在中国文学语言由文言向白话的变革过程中，这种由语言变化所带来的文体功能的新变更为鲜明，更值得重视。

这里以文言、古典白话和现代白话与小说中的环境描写所能实现的文体功能为例进行分析。20世纪20年代的文坛学习了西方的小说理论，认为人物、情节和环境是小说的三个必备要素，这三者的具体称谓可能因人而异，但是大体一致。瞿世英、清华小说研究社称"环境"为"安置"，郁达夫称之为"背景"，虽稍有不同，但指的都是西方小说理论中的"Setting"，即人物活动的背景、环境。② 环境又可分为自然环境和社会环境，前者主要是自然风景，后者包括特定的地域、阶级特色、社会风俗等内容。

先说自然景物的描写。鲁迅曾说："中国旧戏上，没有背景，新年卖给孩子看的花纸

---

① 郗文倩：《中国古代文体功能研究论纲》，载《福建师范大学学报》（哲学社会科学版）2010年第6期。
② 参见郁达夫的《小说论》、清华小说研究社的《短篇小说作法》、瞿世英的《小说的研究》、孙俍工的《小说作法讲义》、沈雁冰的《小说研究ABC》。

上，只有主要的几个人（但现在的花纸却多有背景了），我深信对于我的目的，这方法是适宜的，所以我不去描写风月，对话也决不说到一大篇。"① 中国古典小说也和戏曲表演中的"没有背景"很相似，那就是"不去描写风月"。当然不是完全不描写，而是说中国古典小说以情节为主，自然风景描写不占主要地位。有时也会描写自然风景，但往往是和情节的考虑联系在一起的，如《水浒传》第二回的描写。

  王四一觉睡到二更方醒觉来，看见月光微微照在身上，吃了一惊，跳将起来，却见四边都是松树。

  这里所写的月光并不具有景物的独立意义，而是侧重于人物的眼睛发现时间变动所引起的吃惊，王四醒悟到自己因贪杯被灌醉后耽误了送信的任务，因此是与情节紧密相关的。除此之外，白话小说在描写景物时常用"有诗为证"引出，正如学者所说："凡事件、人物的行为、心态情感及景象变化等等，均可举诗为证，深一层描绘。"② 即使像《红楼梦》那样力图摆脱模式化的写法并在艺术性上达到很高成就的白话小说，在描写的时候也常常借用诗歌得到某种"提升"。可以追问的是，为何在深一层描绘时古典白话小说要借用诗歌？这里面有语言的原因。文言和白话是古典汉语的两种语体，它们雅俗有别，各司其职，各自所能达到的表达效果不同。在白话小说中，如果描写需要达到一种更为细腻、更为高雅化的艺术性表达时，古典白话是很难胜任的，只能由担当古典汉语"雅"一极的文言来承担，由此形成借助诗歌进行描绘的现象。文言小说的描写情形又是怎样的呢？古代诗文中对自然风景的吟咏蔚为大观，描画松竹梅兰、山水日月的例句俯拾皆是。在这样的文学氛围熏染之下，文言描绘景物也带上了浓厚的诗意。同时，随着语言系统内部不断地累积模仿，这种语言在描写时容易变得空泛，缺乏那种纤毫毕现的效果。我们可以清末民初的一些文言小说为例进行分析。有学者认为，这个时期的某些小说和五四小说有一定的相似性，具有一定的现代性，是不是这样的呢？我们可以从语言角度做进一步观察。《玉梨魂》开篇即有写景的文字：

  曙烟如梦，朝旭腾辉，光线直射于玻璃窗上，作胭脂色。窗外梨花一株，傍墙玉立，艳笼残月，香逐晓风，望之亭亭若缟袂仙，春睡未醒，而十八姨之催命符至矣。香雪缤纷，泪痕狼藉，玉容无主，万白狂飞，地上铺成一片雪衣。此时情景，即上群玉山头，游广寒宫里，恐亦无以过之。而窗之左假山石畔，则更有辛夷一株，轻苞初坼，红艳欲烧，晓露未干，压枝无力，芳姿袅娜，照耀于初日

---

① 鲁迅：《我怎么做起小说来》，见《鲁迅全集·南腔北调集》，人民文学出版社，2005年版，第526页。
② 鲁德才：《古代白话小说形态发展史论》，南开大学出版社，2002年版，第73页。

之下，如石家锦障，令人目眩神迷。寸剪神霞，尺裁晴绮，尚未足喻其姿媚。

——第一章《葬花》

如此写景，可谓美则美矣，但是问题也恰出在这里。文言写景只能传达出一种若隐若现的诗意，却无法准确地描绘出景致的"独特性"。20 世纪 20 年代有人对类似的写景法提出了批评："我从前见有些做四六调小说的，他们的叙景法仿佛是数学里的公式，例如什么'芳草斜阳……红楼一角……中有女郎，岑其姓，翠鸳其名……'等话头，随时随地，反复活用。像这种叙景法，只不过当作一篇的冒头，在文学上是毫无价值的。"[1] 我们虽然不能简单地将徐枕亚笔下的景物描绘贬为"毫无价值"，但是用文言写景确实很难摆脱那种千篇一律的诗性色彩。正如胡适所说："因为语言文字上的障碍"，"一到了写景的地方，骈文诗词里的许多成语便自然涌上来，挤上来，摆脱也摆脱不开，赶也赶不去。"[2] 对现代小说来说，自然景物的描写并不是为美而美，而是为了更好地表现其中的人物。有人指出："这种自然描写不但使我们面前涌现极精细美丽的图画，更使我们确实了解其中的人物与其动作。"[3] 也有人说："约而言之，小说中必要描写自然的缘故，在使人与自然、篇中的人物和环境，成有机的结合，使表现法栩栩有生气；并不是多写闲话来填充篇幅咧！[4]"景物描写如果不能更好地服务于人物，那么它再美也只是"闲话"。可见，20 世纪 20 年代的小说理论对描写的认识是非常自觉的。那么，文言的自然景物描写能否达到这样的要求呢？文言的景物描写难道不表现其中的人物，仅仅是用来填充篇幅的吗？

在小说中环境描写的另外一个重要内容是社会环境。社会环境的描写比较庞杂，其中有的描写看似没有什么社会内容，却处处体现着特定阶级的生活，如对人物的住所及陈设的描画，有的则主要是社会风俗画面的直接呈现。现代白话关于住所、陈设的描写与前述自然风景的描写一样，可以更好地透视人物。

第二节　文学语言变革与文体形态的现代转型

如果说"功能"侧重内部的过程机制，那么"形态"则侧重外部的状貌。文学语言

---

[1]　六逸：《小说作法》，载《文学旬刊》1921 年第 17 号。
[2]　胡适：《老残游记·序》，载姜义华《胡适学术文集·中国文学史（下）》，中华书局 1998 年版，第 1079 页。
[3]　瞿世英：《小说的研究》（中篇），载《小说月报》1922 年第 8 号。
[4]　六逸：《小说作法》，《文学旬刊》1921 年第 17 号。

的变革不仅影响着文体功能的实现，而且是文体最终表现形态生成的重要因素。总体而言，现代白话在代替文言成为文学语言之后，文学文体的形态呈现了更为自然化、自由化的特征。汉语的特质使得古典文学的音乐性非常突出，经过文人的加工，形成了一系列形式感突出的文体形态并稳固化，诗、词、曲等文体的外在形态非常明显，字数、句数、格律等形式要素形成稳定的样态，连格式并不是很严整的散文也非常注重句调之上口；现代白话的运用则极大地降低了文学的音乐性，那种规律性的形式要素在表达中被消解，原来突出的形式感为自然化的形式所替代。本书将在后文细致勾连文学语言之变对各类文体形态转变的影响以及文体交融互渗时表现形态转变的作用，这里仅从与各类文体均有关涉的一个共性角度——现代标点符号及书写形式进行探察。标点符号和书写形式是与现代白话书写共生的语言表达工具，是现代白话文学表意的重要组成部分，也是文学语言变革的必然要求。研究标点符号和书写形式可以从一个重要的方面认识现代语言变革对文体形态转型的意义。

一、新式标点符号、书写形式与诗歌文体形态的现代转型

中国古代已有简单的句读。《学记》中有"离经辨志"的方法，汉朝许慎《说文解字》对"、""√"的作用有所说明。到了宋朝，一些书籍刻本中开始使用句读号。宋人岳珂在《九经三传沿革例》中说："监蜀诸本皆无句读，惟建本始仿馆阁校书式从旁加圈点，开卷了然，于学者为便，然亦但句读经文而已。"《增韵》云："今秘省校书式，凡句绝则点于字之旁，读分则微点于字之中间。"这些都说明了宋代使用句读的情形。但总体而言，古代的标点符号是非常简单、粗疏的。对此，胡适具有非常明确的意识："中国旧有的标点符号只有一个句号、一个读号，远不如西洋的完备。"[①]

晚清时期，民主主义思潮兴发，出于启蒙的需求，白话文得到大力倡导。在近代中国的汉字改革运动中，清末的切音字运动时期便出现了一些汉字改革的先驱，他们积极倡导并实践新式标点符号，其中包括王炳耀、朱文熊、卢戆章、刘孟扬等人。鲁迅和周作人在晚清合译的《域外小说集》里也大量使用了新式标点符号。

新式标点符号和横行、分段书写形式都是密切配合白话文运动的，是白话语言变革的有机组成部分。为什么中国古代标点符号非常简单，而随着白话文的推行，新式标点符号和书写形式成为白话文学的书写要求？这和文学语言有关，有学者指出："中国传统的句读符号与传统的文言文存在着某种同构关系，文言文句式简短，虚词发达，结构形式变化

[①] 胡适等：《请颁行新式标点符号议案（修正案）》，见欧阳哲生编《胡适文集》，北京大学出版社，2013年版，第87页。

不大，简单的句读符号基本上可以满足阅读文言的需要。但也正因为此，造成了中国句读符号之简陋。"① 相反，白话的书写是为了精确表意，改变中国人模糊的思想，而标点符号及书写形式正是不可或缺的辅助。语言学家陈望道就说："中文旧式标点颇显太少，不足以尽明文句之关系，其形亦嫌太拙。当此斯文日就繁密之时，更复无足应用无碍也。则革新标点，其事又重且要于革新文字者矣。"② 因此，可以说标点符号和书写形式革新正是语言变革的一个部分，甚至有学者将其看作新文学之所以能够突破古典文学并由此造成中国文学大转型的关键因素。前代学者郭绍虞在这方面提出了不少富有启示的看法，他认为，古典文学中，"明代文人如袁中郎等辈也很想独创一格，何以不会成功？旧文艺中如白话小说应当变化自如了，何以亦束缚于章回体之下而不能自拔？乃至何以白话的语录体会变成骈俪的语录体？何以戏剧中白话的说白，会变成骈俪的说白？"而新文艺则成功地实现了文学的变革，其中重要的原因之一就是"写文的方式即标点符号，利用了分段写法"③。近年来，有学者注意到了标点符号和书写形式的修辞功能及给白话带来的变化，如语气上的言文一致、意义上的深入开拓和结构上的丰满繁复等，认识到其对现代文学的重要意义。

新式标点符号及书写形式能够导致文体形态的新变，这方面变化最显著的要算诗歌。古典诗歌有固定的体式，字数、声调、平仄都有所依，不管是五言、七言，还是绝句、律诗，情感的律动已被凝定在诗句的组织中，起承转合自有定律，文句形态倾向均质化，写的人和欣赏的人都会遵守约定俗成的规则，没有标点也不会影响断句和文义。而用现代白话写诗，没有固定的体制依循，篇无定句，句无定字，在这种情况下，必然要求标点符号和书写形式参与情感的形成和外化。否则，读者无法在散文化的诗句中把捉作家的情感律动和节奏变化，也就无法索解诗歌的内涵。

二、新式标点符号、书写形式与小说及其他文体形态的现代转型

新式标点符号和书写形式有助于一些文体突破旧的形态，形成新的文体特征并导致文体的转型。即如在新式文体中引号、省略号、感叹号等标点可以最大限度地保存人物说话的语调和神气，钱玄同就认为："文字里的符号是最不可少的，在小说和戏剧里，符号之用尤大；有些地方，用了符号，很能传神；改为文字，便索然寡味：像本篇中'什么东西？'如改为'汝试观之此为何物耶'，'迪克'如改为'汝殆迪克乎'……如其这样做

---

① 刘进才：《现代文学的"创格"之举——新式标点符号的修辞功能探寻》，载《中国文学研究》2007年第3期。
② 陈参一（陈望道）：《标点之革新》，载《学艺》1918年第1卷第3号。
③ 郭绍虞：《新文艺运动应走的新途径》，载《语文通论》，开明书店1947年版，第93页。

法,岂非全失说话的神气吗?"人物语言在标点符号的帮助下可以获得更传神的表现。而传达语言特殊的神情,使每一个人物都有自己独特的声口,这对小说和话剧来说具有重要的意义。不仅如此,更重要的是可能会对文学的变革起到意想不到的作用。

以书写形式为例,提行分段书写形式可以增加文字的逻辑性,使得文字的内在关系更为清晰,也可以容纳更多复杂的内容,增加文本的张力,而不会影响读者的理解。这就可以给叙述者更多的自由,从而创生出新的文体形态。郭绍虞曾敏锐地意识到:"旧文艺正因为不分行写,所以不能不注意段落,注意照应,注意顺序,但是一注意这些问题以后,自然成为'某生,某处人,生有异禀,下笔千言……一日于某地遇一女郎……好事多磨……遂为情死'等刻板文章。由小说言不成其为小说,由传记言也不成其为传记,写得不生动,写得不经济,但在旧文艺中却最多这一类的文章。"①"不生动"就是叙述方式缺乏变换,"不经济"说明叙述过程中对该舍弃的内容有所保留,而该重点描摹的内容却着墨不够。这里郭绍虞将分行书写和小说的叙述特点结合起来思考,没有分行书写只能将小说写成那种叙述单一化、保留完整性的传记类文体。

新文艺的书写形式灵活多变,使得叙述过程可以打破时间的完整性和正常的逻辑次序,引发文体产生新的风格或法式,实现文体的新变。

无独有偶,作为一个作家兼学者,冯文炳也注意到了鲁迅小说的书写形式和叙述特征之间的关联,他说《狂人日记》和《孔乙己》"采取了外国的提行分段和加标点符号两件事。提行分段和加标点符号这两件事,就足以使中国现代的文章和原来中国的文章大大地改变了面貌,增加了无数的方便。就写小说而言,在中国旧小说里,从甲地写到乙地,免不了要插一句'一路无话';从今天写到明天,要插一句'当夜无话'。在新小说里便没有这些不自由的地方,因为可以提行分段,不需要的东西把它放在空白里去了"。② 这里冯文炳也将书写形式和旧小说叙事的空间和时间满格状态联系起来。现代小说对这种叙事"不自由"的突破正和新的标点与书写形式有关,他以《孔乙己》为例进行了细致阐述,认为这篇小说的最后一段只有一句话:"我到现在终于没有见——大约孔乙己的确死了。""这是鲁迅给中国新文学创造的好句子,其所以好,是标点符号的作用。这又是鲁迅给中国新文学创造的新格式,其所以新,是提行分段的作用。因为提行分段的缘故,这一段可以独立成章,而小说到此也就完了,因为故事分明完了。在鲁迅以前,中国确实没有这样的文章的。"③ 书写形式使得现代小说突破了叙述人按照时间顺序讲述故事的叙述模式,

---

① 郭绍虞:《新文艺运动应走的新途径》,见《语文通论》,开明书店1947年版,第95页。
② 冯文炳:《〈孔乙己〉讲析》,载《吉林大学社会科学学报》1982年第6期。
③ 同上。

为叙述变革提供了多重可能性。提行分段使得旧小说叙述中对时间和空间的完整交代不再必要，从而可以追求更为"经济"的叙述，设计一些特别的段落以增加小说的丰富意蕴。

新式标点符号可以改变小说中人物语言的引述方式。在古典白话小说中，人物的语言一般由叙述人的提示语引出，如某某道。由于没有新式标点符号——引号的标示，这种"引述语+人物语言"的方式非常必要，可以引导读者清晰地了解情节内容。但是在新文学中，在引号和提行分段的配合下，引语方式可以灵活多样，因为既然引号已经清楚地标示出人物语言，那么引述语就可以出现在人物语言之前，也可以出现在人物语言之后，还可以插入人物语言的片段之间，甚至在不造成读者理解混乱的情况下可以取消。

其实，除了诗歌和小说以外，新式标点符号和书写形式也参与了话剧和散文文体形态的建构。概言之，话剧主要由人物对话组成，新式标点符号有利于呈现人物语言的真实和神采，有利于戏剧由叙述体向代言体的转变。散文亦是如此，郭绍虞说："盖昔人作文先要注意到断句。骈文无论矣，即在散文也是如此。一般古文家所研练揣摩者，大都不外句法的问题。句调可以成诵者，古文即能够成功。否则句读且不易确定，叫人如何懂得？"①古人重视散文句调与断句有很大关系，而现代散文有了标点符号的帮助，不必专注于句调的研磨，只需符合自然语调即可，这对于重视自由言说、要求充分展现个性的现代散文来说不可或缺。再加上分段书写的排列，现代散文表意逻辑更为清晰，形成具有现代特征的文体形态。即如鲁迅《论雷峰塔的倒掉》中分段书写所体现的论证思路、标点符号所传达的曲深文意以及结尾处两字单独成段（"活该"）都是现代散文特有而古典散文所无的特征。

综上，白话文学语言变革和新式标点符号及书写形式是同构的，现代白话的表意要求更完善的标点符号和书写形式，而后者亦成为文学文体建构的重要因素。如果将文学看作一种话语活动，那么标点符号和书写形式在话语活动中起着或延宕、或省略、或转折、或停顿……的作用。因此，它们不是话语的点缀，而是话语的有机组成部分。为实现某种语义功能，表达者需要借助标点符号和书写形式调整言说的姿态和方式，这也就意味着它们的有无会影响话语活动的整体情况。因此，标点符号和书写形式不仅在接近语言、增强语言表达效果的修辞层面上成为现代文学的重要部分，在书写外观上形成现代文学新的特征、风貌，而且作为话语表述的重要因素影响了文体的更新和转型。从这一角度我们可以更全面地认识中国文学文体在现代转型过程中的机理。

---

① 郭绍虞：《中国语词之弹性作用》，见《语文通论》，开明书店1947年版，第38页。

第三节　文学语言变革与文体格局的现代转型

白话文学语言变革影响着文体要素在某种言语体裁中的功能，关系着某种文类形态特征的呈现，同时也会引起文体格局的变化和震荡。具体而言，语言变革使得原有文体的雅俗格局发生变化，使得各类文体的发展状况出现新的变动，从而使文体整体的布局、态势及相互关系有所调整。

首先，古典文学中原有的雅俗格局发生了变化。雅俗问题是古典文学中的重要范畴，同时又不仅仅是文学艺术的现象。有学者认为："雅俗问题与社会历史发展相联系，可以是艺术的判断，可以是文化的判断，也可以是政治的判断。"① 雅俗问题与中国的社会政治、文化艺术均有复杂的关联。限于本书的范围，下面不拟对其做全面的论析，而取与文学领域相关的雅俗问题进行分析。

在文学领域中，"雅俗"可以指文学作品的内容、风格和语言之雅俗，也可以指与作品相关的作家性情之雅俗，本书要讨论的是文学文体之雅俗。在一个讲求等级的文化格局中，文学的某些文体被认为是雅的，而另一些文体则被看作是俗的。李渔在《闲情偶寄》中曾说："诗文之词采贵典雅而贱粗俗，宜蕴藉而忌分明，词曲则不然，话则本之街谈巷议，事则取其直说明言。"② 诗文和词曲风格不同，同时文体也有雅俗之别。现代学者也指出："所谓雅，指流行于士大夫之间、以'温柔敦厚'为创作规范、以诗歌散文为主要体式的文学作品；所谓俗，指流行于民间的，以说唱、说书、戏曲、小说、民歌等为常见体式的文学作品。"③ 虽然文体的雅俗并非铁板一块，在文体的演变过程中也有雅俗的转化和互动，但是整体上文学的雅俗观念一直存在，并作为一种标准影响对作家作品的品评。在古典文学的文体格局中，雅俗有其相应的位置。雅俗形成的历史过程是非常复杂的，与意识形态的教化、文学发展的规律及受众等均有关系，而语言是重要因素之一。文言作品常被视为雅，而白话作品常被看作俗，语言的雅俗是文体雅俗的重要属性，语言的雅俗和文体的雅俗往往是统一的。因此，诗歌、散文是高雅文体，占据着被主流文化认可、推崇的文体格局之上层，而小说、戏曲、说唱等则难登高雅之堂，作为主流文化的附属位于格局之下层。这种文体格局的背后自然有相应的政治、文化秩序的支撑，"那种视

---

① 王齐洲：《雅俗观念的演进与文学形态的发展》，载《中国社会科学》2005年第3期。
② ［清］李渔：《闲情偶寄》，江巨荣、卢寿荣校注，上海古籍出版社，2000年版，第34页。
③ 董上德：《论古代雅、俗文学的互补与交融》，载《中山大学学报》（社会科学版）1997年第2期。

上层社会所推许的文学为雅文学，视流传于下层民间的大众文学为俗文学，或者视书面语（文言）作品为雅，视口头语（白话）作品为俗，更是有着明显的宗法色彩和等级意识"①。在这样的等级结构中，即便有的文体由于自身的活力而跃跃欲试，但最终仍然无法僭越文类的等级。以小说为例，晚清以后，随着启蒙运动的高涨、国语运动的开展以及域外小说风潮的熏染，白话小说逐渐受到重视并走到历史的前台。但白话小说所使用的语言注定了其文体命运的限度。在语言"雅—俗"对峙的情形下，文人感到"吾侪执笔为文，非深之难，而浅之难；非雅之难，而俗之难"②。即便文人能用白话为文，然"同一白话，出于西文，自不觉其俚；译为华文，则未免太俗。此无他，文、言向未合并之故耳"③。可见，言文分离导致的"雅俗"之别，使得采用白话表达时不能如其所愿。这不是某个人表达能力的问题，而是一种语言能够到达哪里的问题。有人说："思想恒觉其简单，意义亦嫌于浅薄。吾人所怀高等之感想，往往有能以文言达之，而不能以俗语达之者。"④文言、白话各司其职，形成语言的雅俗两极，"高等之感想"自然无法由"浅薄的俗语"完成表意。由此可见，虽然小说在时代的风潮中由于文体的优势而备受关注，但依然无法撼动根深蒂固的文体的雅俗格局。

要打破这种格局，还须由语言的变革促动来完成。只有打破语言"雅—俗"的语体对立，方可打破由语言表达所形成的文章类别之格局，这种新的语言就是20世纪20年代倡导的现代白话。有学者已经意识到："五四运动使白话取代了文言的地位，从而从根本上推翻了传统的文类等级。各种文言文类实际上成为非现存文类，文言成为非现用语（非现代文化语言），从而为白话小说摆脱亚文化地位消除了根本性的社会语言学障碍。胡适的《文学改良刍议》，倡导以白话代文言，看起来缺乏激情和彻底性，却首次击中了传统文类等级这个文化结构的要害。"⑤这里清楚地指出了语言变革与文类格局变动之关系，现代白话成为正宗书面语言，打破原有的"雅俗"区隔，由此也颠覆了建立在"雅俗"语言之上的文体结构。尤其是诗歌，作为文学宝座上最亮的一颗明珠，白话诗歌的成立对传统文类等级的破坏更为明显。正如学者所说的："中国古代文学领域雅文学、俗文学的分野相对清晰，有各自的读者，很大程度上对抗性不是很明显。但随着五四文学革命的到来、现代知识分子的崛起，首先打破了古代文学的雅俗格局，比如'现代白话诗歌合法性的确

---

① 王齐洲：《雅俗观念的演进与文学形态的发展》，《中国社会科学》2005年第3期。
② 宇澄：《〈小说海〉发刊词》，陈平原、夏晓虹编：《二十世纪中国小说理论资料》（第1卷），北京大学出版社，1997年版，第509~510页。
③ 采庵：《〈解颐语〉叙言》，《月月小说》1907年第7号。
④ 成之：《小说丛话》，陈平原、夏晓虹编：《二十世纪中国小说理论资料》（第1卷），北京大学出版社，1997年版，第477页。
⑤ 赵毅衡：《苦恼的叙述者》，四川文艺出版社，2013年版，第179页。

立,也是中国古代文学语言雅俗格局最终崩溃的标志性事件'。"① 诗歌尚且要用白话,其他的文类自然不在话下,白话文学语言变革对古典文学"雅俗"格局的消解是根本性的。

同时,新的"雅俗"格局逐渐形成,新的"雅俗"观念和审美原则也逐渐确立。白话代替文言并非意味着"俗"对"雅"的代替和"雅"的消失,因为"雅"和"俗"是相对而生的,"俗"不可能单极存在,因此,在新的语言表达中会形成新的雅俗对立,从而满足表达的需要。现代白话可以吸收文言的因子,但文言作为一种整体的书面语言已成为历史。现代白话成为正宗的书写语言,用白话书写的现代文学产生了新的"雅俗"标准,古典文学的"雅俗"格局发生变动,原有的"雅俗"标准也不再适用,有学者即指出:"文人文学是雅文学,民间文学是通俗文学,以这样的标准来划分中国古代文学似乎并没有什么问题,但以此来辨析20世纪中国文学,却有很多文学现象无法说清。民国初年徐枕亚用骈文体写了小说《玉梨魂》,用词典雅艰奥,是一部典型的文人作品,但被认为是通俗文学;40年代赵树理用说书体创作了许多小说,用词浅白,老少皆宜,却被认为是雅文学。……用中国古代文学的雅俗文学的标准来划分20世纪中国文学作品显然是行不通的。"② 关于现代文学的雅俗标准,在不同学者那里有不同的表述。有人认为是文化标准:"中国古代雅俗文学以作者身份为区分标准,中国现代雅俗文学则应以文化标准加以辨别。从文化人性的角度看,20世纪的雅文学表现更多的是社会人性,俗文学更多的则是自然人性。因此,雅俗之别在于人性,即人在文学中的地位如何。"③ 有人认为是思想意蕴:"白话作为国语被确定下来,新文学和现代消遣小说都用白话进行创作,白话不再是区分雅与俗的标准之一,而内容和创作形式的不同尤其是思想意蕴的不同成为区分它们的标准。新文学重视启蒙和反封建,重视文学的认识功能和教育作用,同时受西方文学影响,运用了现代艺术手法;现代消遣小说虽然包含对现实的认识和思考,形式上也有所改进,但注重的仍然是消遣和娱乐,继承的依然是传统艺术手法。"④ 不管新文学的雅俗标准如何界定,可以肯定的是文学语言的变革颠覆了旧有的文体"雅俗"格局,同时形成了新的"雅俗"格局。有学者以小说文体为例,认为:"20世纪20年代时期小说的雅俗之分,不同于传统中国文化结构中的雅俗之分。属于雅的五四小说并不在文类等级之中,相反,由于处于反文化地位,破坏了这个文类金字塔,因此,这种雅俗之分,实际上是变革

---

① 邓伟:《分裂与建构:清末民初文学语言新变研究(1898—1917)》,中国社会科学出版社,2009年版,第338页。
② 汤哲声:《20世纪中国文学的雅俗之辨与雅俗合流》,载《学术月刊》2006年第3期。
③ 同上。
④ 司新丽:《论中国古代小说到现代小说之不同雅俗格局》,载《东岳论丛》2013年第2期。

与传统之分。"① 传统共时性的"雅—俗"之分被文学历时性的"变革—传统"区分所取代，其间文学语言的原因值得重视。

文学语言的变革给不同的文体带来了不同的发展"机遇"，形成了文体发展不同的状况，导致了文体格局的调整。古典文学以诗文为正宗，小说戏曲则地位卑下，但在文学语言发生变革之后，现代白话为各类文体所提供的可能性出现了变化。早在20世纪40年代，周作人在谈到新文学时就认为："散文作品、小说与随笔都还相当的发达，比起诗歌戏曲来，在量与质上似均较优。这里边当然有好些原因，但是语言问题恐怕是其中重要的一个。"从语言的角度理解文类的发展，作为新文学亲历者的周作人眼光可谓独到。他接着说："小说与随笔之发达较快，并不在于内容上有传统可守，不，在这上边其实倒很有些变更了，它们的便宜乃是由于从前的文字语言可以应用，不像诗歌戏曲之须要更多的改造。"② 这里周作人指出，在一定时期内，新文学不同文体的发展状况与能否借助"从前的文字语言"有关，这一观点颇有启发性。对此，当代学者做了更为精细、更富学理性的分析，认为："文学语言变革在某种程度上或许可以说是玉成了以陈述为主要语言特征的小说（增加了叙事的清晰度）、以说理为其语言特征的杂文（增加了说理的逻辑性）、以对话为其语言特征的话剧（增加了对话的口语化和动作性）和以口语化为主要特征的儿童文学（增加了语言的浅易化、生动性）等。但新诗的'诗美'建设却遇到极大困难，新诗被认为是'交倒楣运'"。③ 现代白话对各类文体而言，面临的书写难度并不相同。白话写诗当时成为新文学革命重要的攻坚战，白话作诗成为对文言和古典文学革命的关键阵地，最终，白话把旗帜插到了诗歌这一旧文学最核心最精华的位置上，取得了文学革命的胜利。但是，此后新诗的发展之路最为崎岖，其探索过程充满着争议甚至非议，各种流派、各种主张、各种实验并没有减少诗界和评论界对其发展前途的忧虑和经典性的质疑，这和古典诗歌的文化形象迥然不同。因此有学者说："在现代文学的各种文体中，到今天只有诗歌前面还带着一个'新'字，这说明它有一种自我确认的紧张感。"的确如此，新诗的这种紧张感恐怕还要持续一段较长的时间。小说则不同，自新文学革命一百年来，文体的创新、社会的影响一路声势不减，成为最显赫的存在。从原来那种边缘性压抑性的亚文化地位，到后来活跃的主动的显著地位，其间经历了很大的反转。戏剧的情形是，新的白话语言一方面顺应了话剧的语言要求，另一方面对中国作家来说，话剧是一种全新的外来文体，它与传统戏曲之间并没有太多可以借鉴的东西，所以依然需要经历一个摸索的过

---

① 赵毅衡：《苦恼的叙述者》，四川文艺出版社，2013年版，第232~233页。
② 周作人：《〈骆驼祥子〉日译本序》，见钟叔河编《知堂序跋》，岳麓书社1987年版，第454页。
③ 朱晓进、李玮：《语言变革对中国现代文学形式发展的深度影响》，载《中国社会科学》2015年第1期。

程。可以肯定的是，古典戏剧那种和小说一样低下的文体地位在白话语言世界中得以改变。

　　散文在文学语言变革之后发展如何呢？其中杂文是一种注重逻辑性的文体，白话文学语言的清晰性和严密性有助于这种文体的表达，白话的未完成性（需要在文学书写的过程中加以丰富）有利于杂文文体嬉笑怒骂，自由发挥，白话的自然、晓畅有利于呈现杂文作家的个性风格，由此孕生了杂文这一现代文体。小品散文在文学革命以后的成绩则受到广泛认可，胡适、朱自清、鲁迅、林语堂等人做过肯定性的论述。这种成功当然可以从很多角度去解释，其中文学语言则是重要视角。散文小品的成功，并非和小说一样可以利用"从前的文字语言"，即对旧白话小说语言的采用和借鉴，相反，古代的文言之文正是文学革命的对象，白话作文基本上也是从零开始的。散文和其他文体相比，文体的限制和束缚较少，朱自清就指出："抒情的散文和纯文学的诗、小说、戏剧相比，便可见出这种分别。我们可以说，前者是自由些，后者是谨严一些；诗的字句、音节，小说的描写、结构，戏剧的剪裁与对话，都有种种规律，必须精心结撰，方能有成。散文就不同了，选材与表现，比较可随便些，所谓'闲话'，在一种意义里，便是它的很好的诠释。"① 创始期的白话需要文学的滋养，而散文文体更为自由，经由小品散文的书写提升，白话文学语言也更为便利。作家如何将各种语言因子熔于一炉，写出好的散文作品？对于"五四"一代作家来说，他们有深厚的古典文学素养，又通过留学和教育获得开放的视野，可以担当"杂糅调和"语言的重任。因此，并非现代白话直接促成了散文小品的成功，而是散文独特的文体特性使作家在白话初创期自由驱遣，提升了语言品质，化出了散文的一片天地，从而打破了"美文不能用白话"的守旧观念。白话文学语言的变革对诗歌、小说、戏剧、散文各种文体而言，提供的书写空间和难度有所不同，从而影响到文体格局的变动。

---

　　① 朱自清：《论现代中国的小品散文》，载《文学周报》第345期。

第四章　文学语言变革与文体渗透的现代转型

在文学发展的过程中，文体的"建构"和"解构"是两种相互背反但有时又呈现出对话姿态的力量。一方面，既有文学史和理论为后代作家提供了各种文体大致的边界，读者则在相应的期待视野中进入阅读和接受，即便是那些立志于反抗成规的创新者也从相反的向度证明了作为一种"影响的焦虑"而存在的文体；而另一方面，挑战文类规范的文学努力从未停止，他们大胆冒犯的尝试试图为人类经验找寻最新颖的表达方式，甚至还丰富和修正了我们对传统文体的种种观念。

刘勰在《文心雕龙·论说》中就注意到："详观论体，条流多品。陈政则与议、说合契，释经则与传、注参体，辨史则与赞、评齐行，诠文则与序、引共纪……八名区分，一揆宗论。"① 可见"参体"现象，古已有之。钱钟书在《管锥编》中列举了多种文体互参现象，认为："刘勰所谓'参体'，唐人所谓'破体'也。"并进一步指出："名家名篇，往往破体，而文体亦因以恢弘焉。"② "破体"就是突破文体应有的界限，钱钟书肯定了"破体"对文体发展的积极意义。当然，破体和维护文体原有的界限往往是对立统一的，有学者指出，影响文体交融的主要因素就包括"受动文体自身体制的容受性"，"接受它体成分的文体，对于它体，绝不是照搬和移植，而是要根据自身的需要和容受性，有条件有限度地加以吸收和同化。文体有维护自身特色的自律功能"。③ 可以说，无论是中国古代文学，还是现代文学，各类文体之间的渗透都是其发展过程中的重要现象。

已有学者对中国古代文学文类渗透的原则、影响文体交融的主要因素以及个别文类之

---

① 周振甫：《文心雕龙今译》，中华书局 2013 年版，第 167 页。
② 钱钟书：《管锥编》（第 3 册），中华书局 1979 年版，第 890 页。
③ 余恕诚：《中国古代文体的异体交融与维护本色》，载《文艺理论研究》2009 年第 5 期。

间的渗透（如诗和小说、诗和戏剧等）做出阐释；现代文学研究界也注意到了文体之间的渗透现象，尤其对现代诗化小说以及相关作家给予了长期的多维度的关注。但是到目前为止，除了极少数成果以外，对古代文学文体渗透和现代文学文体渗透的研究，基本上因学科的区隔呈现出分而治之的局面，这在一定程度上不利于全景观地考察文体渗透的传承和变异等问题。二者虽然存在一定的联系，但是不能简单地从古代文学文体渗透的传统去解释现代文学文体渗透的各种现象。事实上，现代文学文体的相互渗透并非简单地顺延了古代文学的文体渗透，即文体之间的渗透这一现象也存在现代形变的问题。自然，这个问题可以从文体自身历史、外来因素、本土文化、时代思潮诸多方面切入，① 但文学语言是其中重要的影响因素，文学语言变革引起了中国文学文体的现代转型，同时这场语言变革也影响着文体渗透的现代形变。而目前这一论题尚未引起足够的重视，本章尝试从以下几个方面进行探讨。

第一节　语言变革与文体互参原则和审美取向的改变

　　在古人的观念中，中国古代的文体有着雅俗、高下、正变不同等级的差别。在文体互参的过程中，不同等级的文体之间并非随意交融，而是遵循着一定的原则和规范。有学者认为"尽管没有人公然标举"，但是破体为文的原则基本是："在创作近体时可参借古体，而古体却不宜借用近体；比较华丽的文体可借用古朴文体，古朴文体不宜融入华丽文体；骈体可兼散体，散体文不可带骈气。更为具体地说，以文为诗胜于以诗为文，以诗为词胜于以词为诗，以古为律胜于以律为古"②。如果说这还是对具体文体之间互参情形的描述的话，那么有学者进一步提出了更为简洁明了的原则，即"互参之际显示出以高行卑的体位定势，即高体位的文体可以向低体位的文体渗透，而反之则不可"③。

　　在现代文学的文体互参中，这种"以高行卑"的原则不再奏效。因为这种"以高行卑"原则存在的前提是文体的差序价值格局或曰谱系，没有等级体系，就不存在高卑，当然也不存在"以高行卑"。20世纪20年代之后，古典文学的一套文体等级体系轰然瓦解，甚至发生了戏剧性的扭转，如原来处于边缘、卑位的小说，从清末民初开始就在启蒙的呼声中逐渐走到前台，在20世纪以后更被当作改良人生的工具，并逐渐成为20世纪文体格

---

① 参见雷奕、谭桂林的《现代性视域下的诗歌文体越界现象管窥》，《湖南社会科学》2013年第5期。
② 吴承学：《从破体为文看古人审美的价值取向》，载《学术研究》1989年第5期。
③ 蒋寅：《中国古代文体互参中"以高行卑"的体位定势》，载《中国社会科学》2008年第5期。

局中的重镇。更需强调的是，这种文体格局的改变，很重要的原因与文学语言的变革有关。白话代替文言成为正宗的文学语言，颠覆了原有的雅俗体制，既然文言已经不再是高雅的代名词，白话不复是引车卖浆者所操俗语，那么小说也就不必卑于诗。

以诗歌和戏剧的互参为例，在古典文学中，诗歌属雅，戏曲为俗，按照文体互参原则，雅可进入俗，俗不可跃入雅，即诗可以融合在曲中，而曲不可入诗。事实上也是如此。中国古典戏曲中大量化用诗句，戏曲的诗化（也是雅化）可以提升其品格，以俗通雅，"以高行卑的美学依据，实质就是木桶原理，即作品整体的风格品位取决于体位最低的局部，以高行卑可以提升作品的风格品位，反之就会降低作品的风格品位"①。曲语如果掺入诗歌，则会使诗流于纤巧轻浮。但是在现代文学中，诗歌和戏剧的这种互参原则便不复存在了。首先，白话代替文言成为文学语言，话剧代替戏曲成为现代主要的戏剧形式，诗歌和戏剧之间的雅俗定位已经消弭，诗歌可以渗入话剧（当然渗入的情形已经不同于古代），诗中也出现了戏剧化，也就是戏也可渗入诗中。叶公超就提出增加诗歌的戏剧性因素，扩大新诗的表现范围，他说："新诗应当多在诗剧方面努力"，"诗剧的途径可以用历史的材料，也可以用现代生活的材料，但都应当以能入语调为原则。唯有在诗剧里我们才可以逐步探索活人说话的节奏，也唯有在诗剧里语言意态的转变最显明，最复杂。旧诗的情调那样单纯，当然有许多历史的原因，但是它之不接近语言无疑也是一个很重要的限制。建筑在语言节奏上的新诗是和生活一样有变化的。诗剧是保持这种接近语言的方式之一"。② 新诗建立在白话语言基础之上，正可以利用活的语言表现复杂的"语言意态的转变"，并且"诗剧"是保持白话语言的重要"方式之一"。新诗研究者也指出："口语成了诗歌与戏剧进行嫁接的最佳切入口，也就成了诗剧的最重要特征。"③ 因此，方言作为白话的因子之一潜入话剧，方言的对话及相应的一些戏剧性情境出现在诗歌中，非但没有降格诗歌，反而拓展了诗歌的表现领域。由此可见，语言变革打破了"文言—白话"据守的"雅—俗"格局，同时也就导致了以高行卑原则的变更。

不仅如此，互参原则背后所体现的审美取向也发生了变化。以高行卑的原则，如研究者所说："中国古代文体尊卑观念，体现了传统政治制度和礼乐文化所积淀的审美理想，这就是推崇古典的、正宗的、高雅的、朴素的、自然的艺术形式，相对轻视时俗的、流变的、繁复的、华丽的、拘谨过多的艺术形式。这种审美理想，与儒家礼乐制度的实用理性

---

① 蒋寅：《中国古代文体互参中"以高行卑"的体位定势》，载《中国社会科学》2008年第5期。
② 叶公超：《论新诗》，载《文学杂志》1937年第1期。
③ 吕周聚：《杂糅复合，别创诗体——中国现代诗歌文体衍生模式初探》，载《首都师范大学学报》（社会科学版）2010年第6期。

精神一起，共同构成了中国古代文体价值谱系的文化底蕴。"① 如果说古典文体互参表现出浓厚的崇尚古典的审美取向，那么现代文体的渗透则相反，更多体现的是个体的创造自由。鲁迅就曾说："没有想到文学概论的规定，或者希图文学史上的位置的，他以为非这样写不可，他就这样写，因为他只知道这样的写起来，于大家有益。"②"怎样写"取决于是否"和现在贴切"，是否"言之有物"，③可见，对现实的关切和表达的及物性而非某种"规定"是鲁迅创作的重要标尺。李欧梵也指出："鲁迅对固有文类边界的挑战导致了一种创造性的混合，即在他的散文中有诗，抑或相反"。④ 诗和散文之间的这种文体混合（Blending），对于鲁迅来说正是出于对既有文类规则的强烈反叛。被认为多有师承鲁迅的女作家萧红也认为："有一种小说学，小说有一定的写法，一定要具备某几种东西，一定写得像巴尔扎克和契诃夫的作品那样。我不相信这一套。有各式各样的作者，有各式各样的小说。若说一定要怎样才算小说，鲁迅的小说有些就不是小说，如《头发的故事》《一件小事》《鸭的喜剧》等等。"⑤ 由此可见，与崇尚古典的审美取向不同，现代作家对文体规则的"侵犯"正体现了他们的创造性背叛。

更具体地说，与他们对表达自由的追求有关，与他们对表达主体情感的要求有关。创造社的郑伯奇这样评价郁达夫的小说："凡一翻读《寒灰集》的人，总会觉得有一种清新的诗趣，从纸面扑出来。这是当然的。作者的主观的抒情的态度，当然使他的作品，带有多量的诗的情调来。我常对人讲，达夫的作品，差不多篇篇都是散文诗。"⑥ 郁达夫小说中的"诗趣"是与其"主观的抒情的态度"分不开的。孙犁曾这样解释自己的诗化小说创作动机："兼小说与诗歌为一体，实便于情感的抒发尽致。"⑦ 看重"情感的抒发"而非文类的规则，这种追求与尊重个性的时代思潮不谋而合，但更与文学语言的变革密切相关。现代白话不仅是与日常和当下更为接近的活语言，还是支持作家最大限度地表达自我的个性化语言；现代白话不仅是现代词汇的组成语言，还是将自由言说作为应有之意的语言。鲁迅就不满艺术之宫里的种种禁令，说自己要"站在沙漠上，看看飞沙走石，乐则大

---

① 吴承学、何诗海：《浅谈中国古代文体价值谱系》，载《古典文学知识》2013年第6期。
② 鲁迅：《且介亭杂文二集·徐懋庸作〈打杂集〉序》，见《鲁迅全集》，人民文学出版社，2005年版，第300页。
③ 鲁迅：《且介亭杂文二集·徐懋庸作〈打杂集〉序》，见《鲁迅全集》，人民文学出版社，2005年版，第301~302页。
④ Leo Ou-fan Lee, Voices from the Iron House, Bloomington: Indiana University Press, 1987. p. 116。
⑤ 聂绀弩：《回忆我和萧红的一次谈话》，载《新文学史料》1981年第1期。
⑥ 郑伯奇：《〈寒灰集〉批评》，见严家炎编《二十世纪中国小说理论资料》（第2卷），北京大学出版社，1997年版，第471页。
⑦ 孙犁：《孙犁文论集》，人民文学出版社，1983年版，第214页。

笑，悲则大叫，愤则大骂"①。"乐则大笑，悲则大叫，愤则大骂"体现的正是表达的自由。据冯雪峰回忆，鲁迅晚年曾经计划写长篇小说以反映现代知识分子的生活，打破长篇小说的文类限制，允许各种文体交叉渗透，从而满足他"自由说话"的追求。② 现代白话为作家的自由言说和随意驱遣提供了语言基础，而文体本质上就是语言言说的不同形态和模式，语言变革改变了文体互参中的原则和背后体现的审美取向。

第二节 语言变革与文体互参表现形态的形变

古典文学的文体渗透和现代文学的文体互参之差异，还表现在二者表现形态的不同上。以诗歌与其他文体的渗透为例，诗歌在古代的文体格局中，体位最高，在一般情况下，可以向其他文体渗透，于是，古代的小说、戏剧中都有明显的诗化现象。古代小说和戏剧的诗化在外在形态上有一些特点，试举如下。

首先，诗歌渗入其他文体时表现出诗句运用的程式化特征。在古典小说中，开头、结尾部分一般都会有诗句，如《三国演义》的开篇：

滚滚长江东逝水，浪花淘尽英雄。是非成败转头空，青山依旧在，几度夕阳红。白发渔樵江渚上，惯看明月秋风。一壶浊酒喜相逢，古今多少事，都付笑谈中。

这里的开篇诗词起到了引领全文的作用。《水浒传》每回结束都有韵文诗句，第五回回末，众泼皮欲设计给鲁智深难看，只叫智深："脚尖起处，山前猛虎心惊；拳头落时，海内蛟龙丧胆。"正是："方圆一片闲园圃，日下排成小战场。"这里是对事件的概括总结。在小说的叙述过程中，现成的诗句被拿来起到状物写人的功能。古典戏剧中的人物也常常有定场诗、下场诗。外在形式上常有"正是""只见""有诗为证"等套语引入。

其次，诗文引用的互文性。《牡丹亭·惊梦》的结尾就是一首集句诗："春望逍遥出画堂，间梅遮柳不胜芳，可知刘阮逢人处，回首东风一断肠。"这四句分别出自张说、罗隐、许浑和韦庄四位诗人的诗句，经过重组后合成了一首新的下场诗，这样一来，剧本就和之前历史上的诗歌文本构成了一种互文的关系。在小说中也有袭用前人诗词的现象，"在宋元明的话本、拟话本，乃至长篇的章回小说中，引用前代或当代诗人的作品，或书会才人和下层文人写作的韵语，这种情况都是非常普遍的"，"甚至就是有一些诗词作品是

---

① 鲁迅：《〈华盖集〉题记》，《鲁迅全集》，人民文学出版社，2005年版，第4页。
② 冯雪峰：《回忆鲁迅》，《雪峰文集》，人民文学出版社，1985年版，第262页。

经常被小说在相近的情景下引用的,只是个别字词有一点小小的改变"。① 同一句诗语可能在不同作品中出现,基本上是同一情境,这种情形都体现了互文性的特征。这种互文性和程式化,其实是一个问题的两个方面。之所以互文,是因为语言的程式化表达功能而决定的。

最后,诗歌渗透过程中的韵散对照形态。诗歌在渗入古典的小说和戏剧中,由于种种原因形成了韵文和散文同时出现的形态。这种形式与小说受到变文的影响和启发有关,变文就是韵散结合、诗文相间的。但也有学者认为,不能完全把小说中大量的诗词归因于讲唱文学,因为现存的大多数白话小说中的诗词比较雅驯,是严格意义上有格律的诗和词,是文人范畴内的作品,和通俗文学中的韵文仍然有区别。② 但是,无论是什么原因导致的韵散对照形态,都和文学语言有关,和韵文、散文各自的表达功能有关。在戏剧的诗化中,除了曲的诗化外,宾白也有被诗化的现象。

在现代文体互参的过程中,诗化小说、诗化戏剧不再追求对诗歌形式的借用,诗化不再表现为诗句对其他体裁外在形态上的渗入,而文学语言的变革是这种变化产生的重要因素。古代文言和白话长期分立,如油水分层,文言经士大夫阶层的长期雅化适于表达一些意蕴丰赡、含蓄雅致的情感内涵,而白话则长于表达鲜活的市井当下和外在的线条动作,因此,小说、戏剧想要有所超越,就要借助文言或者诗词韵文进行雅化,才可能表达白话不能表达的境界。而现代的白话则不同,有研究者已经注意到:"白话表意功能的强化也助成了小说中韵文的蜕变,散体书面白话语义张力的强化削弱了韵文系统。"③ 诚哉斯言!现代白话成为正宗的文学语言,可以满足主体想要传达的审美意涵,不再因古白话的陋简而羞于登上大雅之堂,它的丰富性和多义性使得原来由文言承担的话语表意功能在白话中不再望洋兴叹、无计可施。现代小说和戏剧可以融合真正的诗意而非外在的形式到小说、戏剧、散文中,并非因为以高行卑的古典渗透原则,而是因为饱满充盈的现代白话的出场。正如有学者所指出的:"中国现代小说中的文体互渗与文类等级几乎没什么关系。"④ 现代白话的表达功能使其拆解了古代诗歌在文学渗透中的程式化、互文性和韵散结合的外在形式。现代白话的主体性的表达动力、象征性的表达张力、言文合一后的雅俗消弭,使得诗化可以冲破诗的形式外壳直接抵达诗意的书写境地。

我们也可以从现代诗化小说对文学语言的影响,从反面来进一步认识这一问题。在古

---

① 周先慎:《形式的结合与内质的融合——论中国古典诗歌对小说文体与艺术的影响》,载《北京大学学报》(哲学社会科学版)2013年第4期。
② 参见牛贵琥的《古代诗词与小说》,山西人民出版社,2005年版。
③ 徐德明:《中国白话小说中诗词赋赞的蜕变和语言转型》,载《北京师范大学学报》2008年第2期。
④ 夏德勇:《现代小说文体变迁的形式及其文化语境》,载《广州大学学报》(社会科学版)2003年第3期。

代诗化小说中,诗歌语言和白话部分,或者韵散两者之间互不干涉,各自为政。而现代的诗化小说中,白话的审美意涵在诗意的协助下不断提升,从而在文学之途上增强了现代白话的综合表现力。沈从文曾这样评价王统照的诗化小说,他认为:"王统照的作品,是同他那诗一样,被人认为神秘的朦胧的。使语体文向富丽华美上努力,同时在文字中,不缺少新的方向,这所谓'哲学的'象征的抒情,在王统照的《黄昏》《一叶》两个作品上,那好处实为其他作家所不及。"① "使语体文向富丽华美上努力",也就是现代小说中的抒情化诗化在一定程度上促进了语体文或曰白话文的表意能力,现代白话文可以表达古代白话难以企及的"哲学""象征"等向度,使得诗意内在于小说,成为小说的一种精神和气质。由此可见,文学语言的变革极大地改变了文体互参的外在表现形态。

第三节　语言变革与文体互参审美内涵的转变

　　文学语言的变革还影响和支配着文体渗透过程中审美内涵的现代转变。就以诗歌渗透小说为例,现代诗化小说的诗化内涵与古典小说中的诗化审美内涵有很大区别。到目前为止,我们在研究现当代诗化小说的时候,过多地指出的是传统文化中的诗意因子对现代诗化小说的影响,更多的是从传统传承的角度理解现代小说中的诗化。普实克也说:"对于优秀的现代中国短篇小说,例如鲁迅的短篇小说,如果要在中国旧文学中追溯它们的根源,那么,这根源不在于古代中国散文而在于诗歌。"② 加上作家的一些创作自述,更加固了这种观点。废名曾说:"就表现手法来说,我分明受了中国诗词的影响,我写小说同唐人写绝句一样,绝句二十个字或二十八个字,成功一首诗。我的小说篇幅当然长得多,实是用写绝句的方法写的,不肯浪费语言。"③ 古典诗歌对现代小说从精神根源到创作技法层面的影响都可谓深远。中国是诗歌的国度,我们的古人在历史的进程中,面对生老病死等人生诸种命题形成了一种超越于具体事物本身的诗性情感和智慧,在这种文化浸淫之下,我们不知不觉地着上了一抹朦胧玄美的文化之色。陈平原曾指出,影响中国古典小说的两个传统,一个是"史传"传统,一个是"诗骚"传统,而"诗骚"传统"主要体现在突出作家的主观情绪,于叙事中着重言志抒情;'摘词布景,有翻空造微之趣';结构上

---

① 沈从文:《论中国现代创作小说》,见《沈从文选集》(第5卷),四川人民出版社,1983年版,第365页。
② 普实克:《普实克中国现代文学论文集》,湖南文艺出版社,1987年版,第59页。
③ 冯文炳:《冯文炳选集》,人民文学出版社,1998年版,第394页。

大量诗词入小说。"①

固然如此,但是对现代小说的诗化问题,如果我们仅仅强调其和古典的继承与相似的一面是不够的。还必须指出,传统不是移植,而是转化,是承而有变。事实上,有人多少曾经意识到这种区别,做过这样的分析:"现代诗化小说不仅突破了传统小说将诗词、赋赞、韵语运用于小说创作的初步诗化小说形态,更将传统诗化小说中零星、片段出现的情景交融场景扩展至全篇。现代小说以意境的创造为中心,并于其中寄托作者的心绪。而传统小说中作为叙述重心的人物、事件和环境退居于次要位置,只是用来渲染一定的情绪和氛围。这样整篇小说人、情、景相互交融,构成诗的意境,浑然一体,含蓄蕴藉。由此也把现代诗化小说与传统诗化小说区别开来,从而使现代小说在更大程度上借鉴诗歌的精神(诗歌的表现性与抒情性),丰富和提高了小说的艺术表现力。"② 此处所论涉及文体互参之后诗歌存在的形态问题,涉及现代诗化小说的叙事特点等问题。最吸引人的是提到了现代诗化小说与传统诗化小说的不同之处。下面就从语言角度进一步展开这一话题,考察文学语言如何影响了诗意的内涵从古典到现代的转变。

首先,古典小说中的诗化具有怎样的实现条件呢?有学者指出:"并不是任何题材、任何风格的作品都有可能产生诗性小说的。……大概要具备以下几个条件,才有可能产生诗性小说。第一,作者本人是小说家同时也是一个诗人,或者至少要有很深的诗歌修养。第二,小说中的主要人物是诗人或文人,或者是具有诗人气质和诗歌修养的人。第三,人物所生活的环境有便于创造意境的某些特点。符合这几个条件的,一是唐传奇中的部分作品,二是《聊斋志异》中的部分作品,三是《红楼梦》。用世俗的眼光,写世俗生活的通俗小说,如果缺乏精神境界的艺术提升,是很难产生诗性小说的。"③ 可见,古典小说和戏剧中的诗化往往是有一定条件和前提的,被诗化的人物本身有一定的诗意色彩,他们或者是诗人或者是文人,小说中的环境也与人物的身份特征契合才能赋予诗意,如《三国演义》中对诸葛亮住所的描写就和人物自身特点有关,如果换成张飞的住所,这样的描写恐怕就不太合适了。此外,与神怪宗教有关的题材也比较宜于诗意化的处理。而现代小说中的诗化,不再依托于人物身份、活动环境和小说题材的特殊性,可以说,此诗意非彼诗意,此诗化非彼诗化!

古典白话不能表达诗的境界,必须借助于文化意涵深厚的文言,借助于凝练高雅的诗

---

① 陈平原:《中国小说叙事模式的转变》,见《陈平原小说史论集》(上册),河北人民出版社,1997年版,第475~476页。
② 刘中树、吴景明:《废名与中国现代诗化小说传统》,载《社会科学战线》2009年第8期。
③ 周先慎:《形式的结合与内质的融合——论中国古典诗歌对小说文体与艺术的影响》,载《北京大学学报》(哲学社会科学版)2013年第4期。

歌，但文言恰恰是表达模糊、笼统的诗意还可以，但是在表达出独特"这一个"的及物性上却远远不及现代白话。古典白话小说对诗词的借用，会带来趋同化的表达效果。如上文所述，在类似的处境和人物描写时引用同样的诗句，这种互文性正是语言表达缺乏个性化的表现。且这种诗意与中国传统文化"天人合一"的审美理想和思维方式互为表里，诗意的到来必定是一种"和谐"境界的到来，而这种美学旨趣正与长期使用的文言有关，这种语言规定了我们的存在家园、民族情感，同时这种文化也哺育了语言。而现代的语言变革不仅仅是民族交际工具的改变，现代语言的使用包括文学语言在一定程度上也篡改了文化基因，因此，现代白话必将呈现出另外向度上的精神风景。现代的诗意不再是那么楚楚动人、只可意会不可言传的民族记忆，面对琐屑复杂、变动不居、悖论重重、荒腔走板的现实，人们在现代的语言家园中仍然尝试着做出跃向彼岸的种种姿态，就在这一次次试图超越的努力中，诗意由此产生。现代诗化小说的重要作家汪曾祺曾说："一个小说家才真是个谪仙人，他一念红尘，堕落人间，他不断体验由泥淖至清云之间的挣扎，深知人在凡庸、卑微、罪恶之中不死去者，端因还承认有个天上，相信有许多更好的东西不是一句谎话，人所要的，是诗。一个真正的小说家的气质也是一个诗人"。①

最后需要指出的是，对现代文体互参之古典文学文体互参相异之处的探析，并不是要否认二者之间所存在的一些共性问题和某些传承，作为一个民族，无论古今，寄居在同一种汉语形态上，语言形态有古典和现代的区分，但总有一些稳定的基因沉淀在情感的无意识深处，在文学的表达中流淌，荡出新的涟漪。

第四节　文学语言变革与诗文互参的现代转型

文体之间的互参在古典文学和现代文学中都是重要的现象，在一定程度和范围内的互参互融是文学创新的表现。较之诗歌和小说、戏剧等文体之间的融合相比，诗歌和散文的情形较为复杂。这是因为与诗歌和小说、戏剧在古典文学文体格局中雅俗高低区隔非常明显的状况不同，诗和文的体位原则不是很确定。有学者认为："诗和文分属韵、散两大类，体位高卑似不易言。"② 吴承学也认为："诗与文的文体地位原无明显轩轾。"③ 虽然这两种文体并无明显的雅俗高下且遵循由高到低的渗透原则，但是二者之间的互参现象时有发

---

① 汪曾祺：《短篇小说的本质》，载天津《益世报·文学周刊》1947年5月31日第43期。
② 蒋寅：《中国古代文体互参中"以高行卑"的体位定势》，载《中国社会科学》2008年第5期。
③ 吴承学、何诗海：《浅谈中国古代文体价值谱系》，载《古典文学知识》2013年第6期。

生,只是情况比较复杂而已。

诗文互参有两种情形:一种是诗渗入文,称为"以诗为文";另一种是文渗入诗,称为"以文为诗"。古代文学和现代文学都存在"以诗为文"和"以文为诗"的现象,且历代文论家对此褒贬不一。黄庭坚说:"诗文各有体。韩以文为诗,杜以诗为文,故不工尔。"① 沈括认为:"韩退之诗,乃押韵之文耳,虽健美富赡,而终不近古。"② 相反的看法是:"东坡之文妙天下,然皆非本色也。与其他文人之文、诗人之诗不同。文非欧、曾之文,诗非山谷之诗,四六非荆公之四六,然皆自极其妙。"③

一、语言变革与"以诗为文"的现代转型

先说以诗为文。诗歌在古代文体格局中处于最顶端,在一个充满浓厚诗歌氛围的国度里,诗歌渗入散文、以诗参文是再正常不过的,具体体现在以下几个方面:散文语言讲求声律节奏,行文构思常用取象比兴,写景绘人注重构设意境,抒情咏叹笔端饱含情感。所谓"心之精微,发而为文,文之神妙,咏而为诗",④ 这些诗歌常用的手法被用于散文创作,往往收到"神妙"的文学效果。需要辨析的是,有些手法在现代文学中仍然沿用,如散文通过创设意象形成浓郁的诗情,使其意味深厚,言近旨远,从而收到以少胜多、令人回味无穷的艺术效果。古文中的名篇如周敦颐的《爱莲说》、刘禹锡的《陋室铭》、陶渊明的《桃花源记》等皆是如此,与此类似,现代散文中丽尼《鹰之歌》中的鹰、陆蠡《囚绿记》中的植物、靳以《窗》、巴金《灯》、梁实秋《雅舍》等都是通过意象实现散文诗化的典型。⑤

此外,意境营构、长于抒情都是古典文学和现代文学共有的以诗为文的常用手段。但是,以现代白话为基础的现代散文,在以诗为文中也形成了自己特有的形态和特征,这也是本书要特别指出的。下面从语言变革的角度详述"以诗为文"的现代转型。

首先,文学语言变革改变了散文在节奏、韵律方面的诗化形态。古典散文非常讲求句

---

① 参见陈师道:《〈后山诗话〉引》,见何文焕辑《历代诗话》(上册),中华书局1981年版,第303页。
② 魏泰:《东轩笔录》(卷12),中华书局1983年版,第141页。
③ 曾季貍:《艇斋诗话》,见丁福保辑《历代诗话续编》(上册),中华书局1983年版,第323页。
④ [唐]刘禹锡:《唐故尚书主客员外郎卢公集纪》,见《刘禹锡集》,上海人民出版社,1975年版,第169页。
⑤ 需要顺便提及的是,有研究者认为,说理文中的相关物象也属此类,本书认为这种物象和诗歌中的意象仍有很大区别。如柳宗元的《三戒》(《临江之麋》《黔之驴》《永某氏之鼠》)中虽也有取象比兴,但其主要作用是使所论之理更加形象、更易被人理解,与诗歌中那种凝结了人的主体情感的意象所带来的审美效果不同,更宜视作寓言。同理,在现代散文如鲁迅的杂文中也创造了一系列的形象,如细腰蜂、哈巴狗、媚态的猫、落水狗、山羊、破落户子弟等,这些都不宜等同于诗歌中的意象,因为这些作为喻体的物象只是使说理更形象化而已,文学是形象化的,但形象化并非文学/诗歌唯一的属性,况且诗歌重在抒情,说理不是其长项。因此,不宜将之视为散文诗化的表现。

式的节奏和语言的声律,这是散文在外在形态上诗化的重要手段。诗歌的四言、五言、六言、七言体式,也是骈文中常见的句式。如论者所指出的:"正是这些骈文的基本构成单位——句子具有诗体的特征,因而,为骈文的诗化特征奠定了语言层面的基础。也就是说,骈文的'以诗为文'的诗化特征首先是由构成其篇章的主体句式决定的。"① 骈文的诗化自不待言,甚至到了清代桐城派的古文家那里,对文字声律的要求也毫不含糊,刘大櫆《论文偶记》中说:"一句之中,或多一字,或少一字;一字之中,或用平声,或用仄声;同一平字仄字,或用阴平、阳平、上声、去声、入声,则音节迥异。故字句为音节之矩。积字成句,积句成章,积章成篇。合而读之,音节见矣;歌而咏之,神气出矣。"这里将字之平仄声律与"音节"乃至全文的"神气"紧密联系,可见其对语言形式要求的重视。所以,刘氏被认为"能融诗艺于文艺,突破了方苞的成规,打破了诗文的界限,使桐城古文呈现出新的风貌"②。这里对语言声律节奏方面的追求绝非个案,乃是文言共同的追求。现代白话代替文言成为文学语言后,现代汉语不再以单音节为主,这就很难像古代散文那样去追求句式的整饬和声律的谐美,但现代散文也追求音律方面的诗美,朱光潜即认为:"古文和语体文的不同,不在声音节奏的有无,而在声音节奏形式化的程度大小。"③ 现代散文也可以追求字句的音调、句式的对偶,但往往都是局部的,是白话的地对仗,且很快便融化在自然的语调之中,否则便"浓得化不开了"。如徐志摩《我所知道的康桥》:

关心石上的苔痕,关心败草里的花鲜,关心这水流的缓急,关心水草的滋长,关心天上的云霞,关心新来的鸟语。怯伶伶的小雪球是探春信的小使。铃兰与香草是欢喜的初声。窈窕的莲馨,玲珑的石水仙,爱热闹的克罗克斯,耐辛苦的蒲公英与雏菊——这时候春光已是烂漫在人间,更不须殷勤问讯。

相同的成分并没有完全用谨严的格律去约束,而是以白话的自然语调为基础,二字、三字、四字安排错落,显示出整齐中有变化,同时又不乏诗意。有时甚至完全摒弃形式层面的对偶、铺陈等形成的规律性和音乐性,以最日常、最口语的陈述传达出某种内在的神韵。

---

① 莫道才:《以诗为文:骈文文体诗化特征论》,载《广西师范大学学报》(哲学社会科学版)1997年第2期。
② 梅运生:《古文和诗歌的会通与分野——桐城派谭艺经验之新检讨》,载《安徽师范大学学报》(哲学社会科学版)1986年第11期。
③ 朱光潜:《散文的声音节奏》,见吴泰昌编《艺文杂谈》,安徽人民出版社,1981年版,第83~84页。

二、语言变革与"以文为诗"的现代转型

虽然诗歌在古代文体格局中处于最高位置,一般来说,诗歌经常渗透到其他文体中,而少有其他文体对其渗透。但文类边界和位置的存在从来都不是绝对的、固定的。或者说,正是由于边界的存在才有越界的尝试和创新。诗文之间的体位本来不是非常明晰,诗歌渗入散文自是平常,而散文渗入诗歌也未尝不可。唐代韩愈的"以文为诗"正是出于对成熟唐诗的一种变革,清人赵翼就对这种破体予以正面评价,并指出它对后世诗歌创作产生了重要影响:"以文为诗,自昌黎始,至东坡益大放厥词,别开生面,成一代之大观。"① 如前所述,不少学者将此与晚清"诗界革命"和"五四"时期胡适"作诗如作文"的诗学主张相勾连,发现历史的相似之处。本书着重指出,以文言为基础的"以文为诗"和以现代白话为基础的"以文为诗"仍有很多不同。

韩愈倡导"以文为诗",主要表现在诗歌的散文化和议论化上,他和在其影响之下的后世诗人将古文意识带入诗歌创作中,为诗歌发展开拓了新的局面。如苏东坡的《书王定国所藏烟江叠嶂图(王晋卿画)》是宋代以文为诗的重要篇章,诗句长短相间,突破了七言的体制,不拘定格,确是一首别开生面之作。但仔细诵读便会发现,类似的诗句"但见两崖苍苍暗绝谷,中有百道飞来泉"中"但见"是起首的连接性语词,如果将其删去仅留"两崖苍苍暗绝谷,中有百道飞来泉"也不会妨碍文意的表达。再有"不知人间何处有此境,径欲往买二顷田"句,也可以改为两句七言:"人间何处有此境,径欲往买二顷田。"可见全诗仍以七言为主,且一韵到底。从语言方面看,虚词的增加、诗歌句式的相对松动等都使"意"的表达更为清晰,在效果上比通常的诗歌通过意象暗示更为畅达。总体上,并没有完全消解传统诗歌的句式结构。不管是写诗,还是作文,只要以文言为基础,那么这两种文体都会带有文言所导致的某些特征。

现代白话的"以文为诗"和文言的"以文为诗"存在本质的不同。现代白话的"以文为诗"所带来的诗歌散文化表现为消除五言、七言的固定体式,韵律方面出现符合口语语调的自然化趋势等。这样的白话诗要写出诗意是非常难的,怎样认识和处理诗的内质和文的形式之间的关系非常重要。早在20世纪30年代就有人对此进行过论述:"一篇优美的散文是一首诗,一首优美的诗不是散文""诗就是艺术的言语,不能将言语艺术化了,是诗作者的失败""散文是需要含有诗中的任何一种因素的,散文能够充分地浸染着诗的

---

① [清]赵翼:《瓯北诗话》(卷5),见郭绍虞辑《清诗话续编》(第2册),上海古籍出版社,1983年版,第1195页。

色泽,至少散文的作用,是能够带人进入诗的境地"。① 散文可以诗化,但是诗歌不能写得跟散文一样,否则就会散而无味,这正是白话新诗面世以后所遇到的问题。因此,白话诗在挣脱古诗体式之后,必然要在散文化的句式中寻求到诗意的表达方式。白话的"以文为诗"指的是外在形式,而非内涵。现代白话诗必须解决好外在的散文和内在的诗意之间的关系,而新诗的成长在一定意义上就是对问题解决的过程。此外,现代诗歌还出现了散文诗这种体式,成为白话语言"以文为诗"的特殊样态。现代最优秀的散文诗《野草》用现代白话的话语方式,传达了极其复杂的、深刻的、现代的生命体验和精神哲思,这是文言的"以文为诗"无法完成的。

可见,无论在古代文学还是现代文学中,"以文为诗"都会带来诗歌的散文化,可以拓展文学的表现题材,使得文意更为畅通,但韩愈的"以文为诗"是古文文体渗透于诗歌中,其出发点是载道复古,而胡适的"以文为诗"则是在古典文学的演进中找到相应的资源,并以白话为基底导致对古典传统的反叛。

由上可见,不少学者注意到中国现代文学中的诗文互参即"以文为诗"和"以诗为文"与传统文学中的两体交融有着一定的关联,但是本书认为在承认传统影响的同时,我们也应该强调二者的不同,白话文学语言变革使诗文互参的情形发生了现代性的转型。从语言变革的角度可以更加全面地评价现代诗文互参中的传统因素,更准确地认识现代诗文互参所具有的独特性,可以更恰切地认识诗文渗透中的一些现象。只有这样,我们才能不满足于用静止的眼光发现二者的相似处,更加辩证地看待传统文学及其新变,才能立足于现代白话去创造更丰富的文学。

---

① 姚远:《诗的散文与散文的诗化》,载《中国诗坛》1939年第3期。

第五章　现代汉语言文学研究的多维视角探索

第一节　现代文学小说流派的形成

一、人生派与写实小说

人生派的形成，始于 1921 年文学研究会的成立。革新后的《小说月报》是文学研究会的主要刊物，此外还发行了《文学周报》《文学旬刊》及《诗》月刊，而且编辑出版了《文学研究会丛书》《文学周报社丛书》《文学研究会世界文学名著丛书》等共计多种丛书。

文学研究会中主要从事新文学批评和理论建设的是沈雁冰。在改革《小说月报》之初，沈雁冰提出："文学不是作者主观的东西，不是一个人的，不是高兴时的游戏或失意时的消遣。反过来，人是属于文学的了。文学的目的是综合地表现人生，不论是用写实的方法，还是用比喻的方法，其目的总是在表现人生，扩大人类的喜悦与同情，有时代的特色做它的背景。"文学研究会的成员大多认同这种"为人生"的文学观。这种文学观具有很强的包容性，吸引了不少有个性的作家和诗人，如后来成为新月派主将的徐志摩，象征派的两位重要诗人李金发、戴望舒，都是文学研究会的成员。文学研究会的文学倾向总体上是现实主义的，因为它受到了俄罗斯和北欧现实主义文学的影响。20 世纪 20 年代，西方文学观和外国文学作品被大量介绍到中国，文学研究会重要介绍的是欧洲的现实主义作品。沈雁冰在接手《小说月报》后，在《小说新潮栏宣言》中提出易卜生、左拉、莫泊桑、契诃夫、屠格涅夫、陀思妥耶夫斯基、高尔基等人的多部作品急需翻译，并重点介绍了左拉的自然主义。沈雁冰当时所理解的自然主义，其实就是现实主义。

文学研究会开辟了"为人生"的现实主义文学先河。汇集在其中的作家大多来自农村，对乡土有很深的感情。因此，当他们受现实主义思潮的影响而把创作的重点转向记忆中的乡土时，便出现了一股乡土文学的创作潮流。

鲁迅是乡土文学的奠基者。他在《中国新文学大系·小说二集·导言》中说："凡在北京用曲笔写出他的胸臆的人们，无论他自称用主观或客观，其实往往是乡土文学，从北京这方面说，则是侨寓文学的作者。"他又指出这些作品都是回忆故乡的，"因此也只见隐现着乡愁"。鲁迅的《故乡》《风波》《社戏》等小说，就其题材和风格而言，都属于乡土文学的作品，只是由于它们代表20世纪20年代文学的思想和艺术高度，远比一般乡土小说深刻和成熟，并未归入乡土文学的范畴。

乡土文学的作家大多受鲁迅的影响，而周作人主张文学要有地方特色的观点也鼓励他们去开发乡土题材。这些作家注重描写乡土的风俗，折射中国社会的变迁。虽然怀着"乡愁"，但并没有妨碍他们直面乡土的真实，写出农村的破败和人性的愚昧。与问题小说相比，乡土小说在艺术上有明显进步，在内容上更为充实。

乡土小说的代表人物有王鲁彦、彭家煌、蹇先艾等。王鲁彦，浙江镇海人，著有短篇集《柚子》《黄金》《童年的悲哀》《小小的心》《屋顶下》《雀鼠集》《伤兵旅馆》《我们的喇叭》、中篇《乡下》、长篇《野火》。他早期的小说带有浪漫抒情的成分。王鲁彦转向乡土题材后，主要写他的家乡镇海农村的生活和风俗，代表作有《菊英的出嫁》等。《菊英的出嫁》讲述了一个女孩子的隆重婚礼，对婚俗环节的描写十分细致。王鲁彦的这类小说，因对风俗的描写十分细腻而具有民俗学的价值。《许是不至于罢》《阿卓呆子》《阿长贼骨头》则在描写风俗的同时，刻画了乡村的各色人物，含讽刺和喜剧意味。1927年，他发表了《黄金》，《黄金》的主人公是一个很有名望的乡村绅士，仅仅由于出门在外的儿子没有按期寄钱来，便被人瞧不起，受到了乡邻的种种轻侮。最后他在梦中见到儿子升了官，派人送来了黄金，以前侮辱他的那些人又变得十分恭顺了。这些人的前倨后恭，反映了金钱的观念已经破坏了农村的古老民风。这篇小说在艺术上相当成熟，堪称王鲁彦的代表作。彭家煌，湖南湘阴人，著有短篇集《怂恿》《茶杯里的风波》《喜讯》《管他呢》《平淡的事》《寒夜》《厄运》《落花集》《出路》、中篇《皮克的情书》。他的《怂恿》是一篇优秀的乡土小说，描写了由两个家族的头面人物的宿怨引起的风波。恶棍牛七的蛮横、小人物政屏的愚蠢懦弱、伙计的油滑、长工的粗莽，都刻画得相当生动。作品语言活泼，适当运用的方言增加了地方色彩和喜剧效果。茅盾在《中国新文学大系·小说一集·导言》中称赞这篇小说是"那时期最好的农民小说之一"。同样具有喜剧味的还有《活鬼》。

蹇先艾，贵州遵义人，著有短篇集《朝雾》《一位英雄》《酒家》《还乡集》《踌躇集》《乡间的悲剧》《盐的故事》《幸福》、中篇《古城儿女》。他的《水葬》展示了贵州乡间风俗的冷酷,和这冷酷中母性之爱的伟大。骆毛偷东西被捉,乡里人按风俗把他捆起来沉入河底处死,围观的人群像戏剧的看客,而骆毛的母亲双目失明,到傍晚还在等着她唯一的亲人回家。《在贵州道上》的地方色彩也相当浓郁,对"加班"轿夫赵洪顺的打扮和他穿草鞋、骂老婆,以及轿夫们抬轿时说的方言行话等情节描写得相当生动。蹇先艾小说刻画的寡妇、小偷、轿夫、烟鬼、士兵等形象,充满了泥土味。

许杰,浙江天台人。他的《惨雾》叙述了浙东农村两个村庄的农民为了争夺河边的一块土地而发生大规模械斗,一个弱女子兼有女儿和媳妇的双重身份夹在中间,揪心地目睹父亲、兄弟、丈夫等亲人惨死却无力阻止的故事,表现了作者长于叙述和渲染氛围的才能。他的《赌徒吉顺》写吉顺沉迷于赌博,其人物心理刻画得相当精彩。乡土小说增强了新文学反映生活的力量,在艺术上远超问题小说。

完整地走过从问题小说到人生派小说的创作道路,成为文学研究会中成就最高的小说家的人,是叶圣陶。叶圣陶,苏州人,他在"五四"时期出版了《隔膜》《雪朝》《合作》《火灾》《线下》《城中》《稻草人》等小说和童话集。叶圣陶早期的作品主要是问题小说,那时他认为人生的问题在于相互之间的"隔膜",所以写出了因为精神上的隔膜而不得不相互虚伪应付的悲哀(《隔膜》)、知识分子与农民因社会地位不同而对人生的歧见(《苦菜》),甚至夫妻之间似乎也只剩下所谓的"共同生活",而没有思想和感情上的沟通(《一个朋友》)。叶圣陶主张用"爱"与"美"来解决这些问题。到《饭》和《校长》,叶圣陶突破了问题小说的局限,显示出现实主义的力量。叶圣陶当过小学教员,对小市民和下层知识分子的生活很熟悉,所以他塑造的贫困而又性格懦弱、易于满足的吴先生(《饭》)的形象相当成功,揭露出的教育界的弊端(《校长》)也比较深刻。叶圣陶描写小市民知识分子的代表作是《潘先生在难中》。这篇小说发表于1925年,主人公潘先生为躲避战乱带着全家到了上海,可一听说教育局局长要严办擅离职守者,又惶惶返回乡下的学校,不料战事结束,他只是虚惊一场。潘先生胆小自私,缺乏公德,只管一家人逃命,根本不在乎他人的安危,更不要提关心国计民生了。叶圣陶在有限的篇幅中,用白描手法刻画了一个性格鲜明的小市民典型,比当时一般的小说家技高一筹。叶圣陶的短篇小说注重细节刻画,语言朴素平实,隐含着"不动声色"的讽刺。

1929年,叶圣陶出版了长篇小说《倪焕之》。该作品前半部写倪焕之在事业和爱情方面的追求和幻灭,叙述和描写都相当细密。后半部写倪焕之努力融入群众运动,却难以跟上时代步伐,最后在贫病交加中死去。叶圣陶由于缺乏对革命的群众运动的了解,后半部以叙述代替描写,结构也显得较为松散。尽管有这些缺陷,《倪焕之》依然是新文学第一个十年中最有分量的长篇小说。

许地山是文学研究会中很有特色的作家。他早期的小说主要探讨人生问题，然而与众不同的是他认为人生本苦；他后来的小说贴近人生，但基本的主题仍是"人生苦"。这些作品基本是以东南亚一带为背景，充满异国的情调。《命命鸟》写一对恋人因为遭到父母反对，在参透人生后一起含笑投湖，他们把死看作是走向爱的极乐世界的一个环节，所以没有一点抱怨和恐惧。《商人妇》写惜官在与丈夫分离十年后到新加坡寻亲，反被丈夫卖掉。她逃出来自立，经历了许多磨难，但她不恨别人，觉得人间一切事情本来没有什么苦乐的分别。《缀网劳蛛》延续了这一主题：主人公尚洁遭丈夫误解，毫无怨言地离开家门流落到马来半岛的西岸，被一个采珠商收留。丈夫后来受基督教神父的感化而请求她原谅，她便不计前嫌，回到了原来的家。许地山宣扬一切要顺乎自然，这看似消极，实则隐含了弱者的一种进取的人生哲学，体现了人生观坚韧的一面。许地山兼取佛教的慈悲、基督教的博爱和儒家的仁义，使这种观点上升到大爱的高度，作为人从苦难的现实中获得精神解脱的一种方式。

二、浪漫派与抒情小说

创造社在文学研究会之后"异军突起"，拉开了 20 世纪 20 年代浪漫主义文学的先河。创造社于 1921 年 6 月成立，发起人为郭沫若、郁达夫、成仿吾、张资平等。这些人爱好文学，受国内文学革命的激励，想引导一个新的潮流，以打破文学研究会对文坛的"垄断"，于是商议成立了这个新的文学社团。创造社发行《创造》季刊，后又出版《创造周报》《创造日》，并编辑出版了《创造社丛书》。

创造社成员年轻气盛，他们在日本受尽"东洋气"，又广泛接触了西方文学思潮，特别是与西方浪漫主义文学有着很深的精神联系，因此，他们很自然地走上了浪漫主义的道路。他们强调文艺是自我的表现，推崇灵感的作用，反对艺术有另外的目的。① 这些都是浪漫主义的观点，体现了创造社成员共同的文学理想。

创造社的流派意识很强。郭沫若、成仿吾、郁达夫等高举"创造"大旗把批判的矛头对准先他们登上文坛、奉行写实主义的文学研究会。基于不同流派观点的文学论争，虽有一些过火的言论，但总的来看对 20 世纪 20 年代文学的繁荣还是起到了积极的作用。

浪漫派作家注重自我表现的文学观点与其浪漫的气质相结合，很自然地促成了感伤抒情类小说的流行。郭沫若的《牧羊哀话》《行路难》《残春》《喀尔美罗姑娘》等，都是主观抒情的小说。

在浪漫抒情小说领域获得成就最高的人是郁达夫。郁达夫，浙江富阳人。1921 年 10

---

① 李玉明.《创造社浪漫主义主观性理论新探》[J]. 江汉论坛，1986（3）：41~44。

月，他出版了小说集《沉沦》，内收《沉沦》《南迁》《银灰色的死》三篇小说。郁达夫信奉"文学作品，都是作家的自传"的观点，又受到当时日本流行的私小说的影响，因此他的小说基本取材于身边琐事，贴近个人的情感。郁达夫作品中的主人公不管是叫"质夫""文朴"，还是"我"和"他"，其实都是自我的艺术写照。

郁达夫说他在日本留学时读外国小说，几年之内"总有一千部内外"，"我觉得最可爱、最熟悉，同他的作品交往得最久而不会生厌的，便是屠格涅夫……开始读小说，开始想写小说，受的完全是这一位相貌柔和、眼睛有点忧郁、络腮胡长得满满的北国巨人的影响"。郁达夫和屠格涅夫作品的主人公都有相似的"多余人"血统。但郁达夫的多余人与屠格涅夫的多余人生活在两种完全不同的社会，存在平民和贵族的身份区别。要说屠格涅夫对郁达夫创作的影响，主要还是一种由情感触动而引起的对自我的多余人身份的恍然领悟，这种自我的发现导致作家精神生活和想象方式发生变化。这一总体性的影响，又使郁达夫从屠格涅夫的创作中获得了注重人物内心体验以及自然美对人物塑造的作用等方面的经验。这些启示和经验，对郁达夫的创作具有重要的意义。

郁达夫的本质是一个诗人。他情感纤弱敏锐，对内心生活体验很深，对自然美有很强的感受力，其小说不重视情节，而注重诗美。他早期的小说，在感伤的情调中点缀了清丽淡雅的景色片段。到了后期，他虽然创作了《她是一个弱女子》《出奔》等具有现实主义特色的作品，但真正能够代表他后期创作成就的是《迟桂花》《杨梅烧酒》《东梓关》《瓢儿和尚》等具有散文美和诗美的小说，其中以《迟桂花》最为出色。《迟桂花》写"我"受同学邀请去参加其婚礼，重点却是"我"与同学的妹妹同游五云山，在美丽的大自然中使人格得到升华。优美的景色和感情的升华构成了作品的主体，从中可以看出传统审美趣味对作品的渗透。

郁达夫小说的自我暴露，与他的文艺观有关。他说："艺术的价值，完全在一个真字上""心境是如此，我若要辞绝虚伪的罪恶，我只好赤裸裸地把我的心境写出来，这种文艺思想，体现了青年的人本主义立场和对个人道德的自信心"。

郁达夫的散文也写得很好，尤其是他20世纪30年代的游记，以个人的体验写出自然山水、名胜古迹的美，尽显其浪漫的才情，达到炉火纯青的境界。抗战时期，郁达夫流亡到南洋，从事抗日宣传。日本投降前夕，他在印度尼西亚的苏门答腊岛被日本宪兵秘密杀害。他以生命为代价实现了他爱国的承诺。

张资平，是创造社的重要成员。他的处女作《约檀河之水》描写了一个中国青年与日本房东女儿的恋爱悲剧，带有浪漫情调，但青年在绝望中皈依了基督教，削弱了作品的反叛力度。张资平是现代文学史上最早创作长篇小说的作家之一，他的《冲积期的化石》《飞絮》《苔莉》等作品以写实的笔法讲述爱情故事，较为细腻地展现了青年恋爱的心理。

他在文坛的地位也主要靠这些长篇奠定。但张资平后期的作品失去了他早期作品中对心理描写的蕴藉含蓄，受到了鲁迅的尖锐批评。

20世纪20年代的浪漫抒情小说以郁达夫为中心形成了一个作家群体，其中较有成就的是创造社的一些后起之秀，如倪贻德、陶晶孙、叶灵凤等。倪贻德的《玄武湖之秋》写"我"与三个女学生在玄武湖荡舟作画，相互体贴关怀，脉脉含情，他们的行止比较浪漫，但这在风气尚未开化的地方招来了众人的嫉妒与嘲骂，使主人公感叹境遇的困苦、人世的孤零和社会的仇视，葬送了美好的青春。陶晶孙在音乐方面颇有造诣，他的小说包含了较多的音乐成分。他的日语比汉语好，这在一定程度上又助成了他寓巧于拙的语言风格。《音乐会小曲》是他早期的代表作，小说分三节，各以"春""秋""冬"命名，分别写出了伤感、萧瑟、难堪的人生境遇。《木犀》则以神秘醉人的木犀香潮为暗线，串起了一个少年与其年轻漂亮的女先生脱俗而凄凉的恋爱故事。陶晶孙小说中的男主人公大多浪漫而温文尔雅，擅长在女学生和舞女中周旋，可又不流于轻薄，常让人觉得有淡淡的哀愁在心头。叶灵凤的《女娲氏之遗孽》讲述了一个感伤的多角恋爱故事。他受西方浪漫主义和唯美颓废派的影响很深，擅长表现人物的心理，营造幻美的气氛。

庐隐，是文学研究会的女作家，文学观念与创造社相近。她说："文学创作是重感情，富主观，凭借于刹那间的直觉，来描写事物，创造境地；不模仿，不造作，情之所至，意之所极，然后发为文章。"她的创作从问题小说起步，但很快便转向以抒写内心感受的方式来追问"人生究竟"。她所看到的人生大都像演戏一般，名利的代价只是"愁苦劳碌"，神圣的爱情到头来靠不住，人们都戴着假面具互相猜忌倾轧。《海滨故人》是她的代表作，主人公露莎和她的一群女友对生活充满憧憬，而冷酷的现实把她们的理想撞得粉碎，不仅事业成了泡影，而且爱情也在结婚后变了味。个人与社会、理想与现实、感情与理智的矛盾纠缠在一起，使这些人不堪重负。几千年来女性深受纲常名教的压迫，连表达苦闷的权利也没有。庐隐冲破封建观念的藩篱，以一个女流之辈大胆宣布女性对社会、对人生、对自我的思考，表达了女性在婚姻恋爱问题上要求拥有与男子平等权利的愿望，从侧面反映出社会的进步。庐隐随后出版了短篇集《曼丽》《灵海潮汐》《玫瑰的刺》和长篇小说《归雁》《象牙戒指》。庐隐喜欢用书信体，虽然语言不够精练，但她长于展现女性的内心苦闷和憧憬，主观抒情的写法独具特色。

沅君，是20世纪20年代另一个重要的女作家。虽然她没有参加创造社，但她最初的作品发表在《创造季刊》和《创造周报》上。她的小说充满热烈的情感，讲述青年人勇敢地反抗封建势力对婚姻的干涉和阻拦。若论当时描写女性恋爱心理之细腻，表达女性个性解放、恋爱自由的要求之强烈，沅君是首屈一指的。她的作品要比庐隐少些悲哀，多些抗争的精神。正是这些方面，以及她采用的便于抒发主观激情的第一人称和书信体的写法，构成了她创作前期浪漫抒情的特色。

创造社以外的一些作家也不约而同地创作浪漫抒情小说，这说明20世纪20年代是一个青春浪漫的时代，浪漫主义文学思潮的影响已经超出了创造社，辐射到更广阔的范围。正如郑伯奇所说的，20年代以后，浪漫主义的风潮的确有点风靡全国青年的形势。狂风暴雨差不多成了一般青年常习的口号。当时簇生的文学团体多少都带有这种倾向。

第二节 现代散文的开端与发展

现代散文的建立和发展同小说诗歌一样，20世纪20年代使散文成为一种独立的文学样式，使散文实现了从古代形态向现代形态的转变。

现代散文起始于《新青年》的"随感录"中的一些文艺性短论，主要是议论时政的杂感短论，统称杂文。它是现代文学中率先兴起的散文作品，为现代散文开辟了道路。

1918年4月，《新青年》第四卷第四期，设立了"随感录"栏目，专门刊发杂文。杂文短小精悍，易于出手，多于报刊上应时刊发，杂文承担了社会批评与文明批评的任务，适合做社会批评的武器，成为最早显示白话文艺术特质的文体之一。此后有诸多报刊仿效《新青年》开设同类栏目，但最引人注目的还是《新青年》"随感录"作家群，他们大都是新文化运动的倡导者，有李大钊、陈独秀、刘半农、钱玄同、周作人等。其中，鲁迅的杂文最具有代表性，创作成就最高。这个作家群奠定了杂文在中国现代散文史上的地位。

1924年10月，《晨报副刊》编辑孙伏园因受新月派排挤而辞职。1924年11月，其在周氏兄弟支持下创办《语丝》周刊。他从1924年年底到1930年年初，历时5年多时间，以《语丝》周刊为依托，围绕着鲁迅和周作人，在语丝社的旗号下聚集了一批后来在文学史上赫赫有名的作家和学者。语丝社倡导"文明批评"与"社会批评"，继承了《新青年》批判旧思想、旧文化、旧道德和鞭挞社会丑恶与黑暗的精神传统。鲁迅和周作人是语丝派的核心作家，而林语堂是仅次于鲁迅与周作人的语丝撰稿人，又是提倡幽默小品的散文家之一。他的《剪拂集》多以嘲讽之笔进行社会批评和文明批评，讽刺的盔甲中包裹着幽默。

语丝社作家的散文创作，尽管思想和艺术主张不尽一致，但在针砭时弊方面形成了独具风格的"语丝文体"。这种文体在思想内容上任意而谈，斥旧促新；在艺术上以文艺性短论和随笔为主要形式，泼辣幽默，讽刺强烈，"富于俏皮的语言和讽刺的意味"。鲁迅将"语丝体"概括为："任意而谈，无所顾忌，要催促新的产生，对于有害于新的旧物，则极力加以排击。"

陈西滢是现代评论派在杂文创作方面的主将。他是《现代评论》杂志闲话专栏的主编，《西滢闲话》是他在20世纪20年代时期的主要作品结集，文风颇有特色。但陈西滢在文学史闻名的主要原因不是其杂文的创作成绩，而是与鲁迅的多次论战。文界对其杂文的评价也是褒贬不一，褒者认为："得益于深悟英国散文之妙谛，陈西滢这辈子文字生涯里唯一的一本《西滢闲话》就足以使他跻身中国现代散文十八家之列。"而贬者则说："在《西滢闲话》里，有不少观点互相矛盾，难以自圆其说，陈西滢的作文之道，还没有完全进入火候，所以他的闲话惹得他自己一身尴尬。"

还有一批年轻的杂文作者涌现出来，唐弢著有《推背集》《海天集》。他的《新脸谱》因被误认为是鲁迅所作而受到攻击，这也足见鲁迅对这一时期左翼作家杂文创作的巨大影响。

其他杂文作家还有巴人、柯灵、聂绀弩、曹聚仁等，他们的主要成就在抗战之后。这些作家杂文的风格特色都可以用"鲁迅风"加以概括。

唐弢初写杂文时，被认为具有鲁迅风格，而他本人则始终认为杂文既是文学形式的一种，必须具有艺术性。他的方法经常是"在百忙中插入闲笔，在激荡的前面布置一个悄静的境界"（《短长书》序言）。例如，《株连草》的题旨是抨击日寇对知识封锁和虐杀的政策，但它以诗式的语言开头："不料又到了冷冷的细雨的夜里""疏落的狗声""寒意的刺袭""我的心像一颗冰冻了的火球盘旋于广漠的空际"。在进入议论之前，唐弢先拓开一个最适宜容纳这个题目的心理空间，"闲笔"不闲，感情成分的介入强化了文章鞭挞的力量。在唐弢的杂文中，锋利的议论中时常跳跃出诗式的短促段落，这使他的杂文风格既有别于鲁迅，也有别于同时代其他的杂文家。

第三节　现代美文与抒情散文的发展

一、现代美文文学

用散文表达某种人生意趣和境界的作者还有丰子恺、梁遇春、许地山等，他们的散文都各有特色。例如，许地山的散文集《空山灵雨》，表现了对人生的感悟和思索。极富哲理的《落花生》，就是此集中的名篇。文章质朴短小，有寓意，主张人生"要学花生，因为它是有用的，不是伟大好看的东西"。梁遇春的散文《春醒集》《泪与笑》等，有英式人生哲理散文特色，被称为"中国的爱利亚"。他在文中谈论知识，探索人生，或旁征博引，引类取比；或触景生情，浮想联翩；连睡懒觉这类题目，他都能拉闲扯淡，妙语连珠，好像比一般常人更能体味人生的滋味似的。散文的风格潇洒玲珑、多姿多彩，受英国随笔的影响，多具孤傲、懒散的绅士风度。

丰子恺从20世纪20年代中期开始写小品，著有散文结集《缘缘堂随笔》。他的特殊之处是以某种源自佛理的眼光观察生活，于俗相中发现事理，将谨细的事物叙说得娓娓动听，落笔平易朴实，有赤子之心，如他的画一般。① 丰子恺在看到人世间的昏暗后，企图逃入儿童的世界。

20世纪30年代后，丰子恺与夏丏尊、叶圣陶等人同为上海立达学园的同事，又因聚集在开明书店周围而被称为"开明"派。他们都是积极的人生派、热切的爱国者，讲究品格、气节和操守，但与政治保持一定的距离。他们认为小品散文适于传授写作技能，为学生学习写文章提供范文，所以在中小学语文教学上历来受重视。"开明派"中的许多作家都当过中小学教员，他们就很自觉地把文学教育作为写作的目标之一。他们的许多作品拟想的读者都是少年学生。因此，他们的作品平淡如水，明白如话，却善于在平凡中发掘生活的哲理，追求高远的情境，严谨而有韵致。

夏丏尊的散文大部分被收入《平屋杂文》。他善于把日常生活化为艺术观照的对象，体验、吟味其中的人生情味和世态风习。《白马湖之冬》《试炼》《无奈》《怯弱者》《长闲》《中年人的寂寞》《猫》等篇，于自我平凡琐事的记叙中感悟人生，传达一种奋斗进取的生活态度。《钢铁假山》《命相家》《春天的欢悦与感伤》等篇，感时忧国，悲天悯人，体现出寂寞忧愁中鲜明爱憎的一面。他在艺术上长于在记叙中抒情，构思谨严，立意深远，笔法老到，风格朴素，为少数的散文文体家之一。

丰子恺的散文视野日趋开阔。《肉腿》《西湖船》等篇记叙了劳动人民生活的苦难；《辞缘缘堂》《胜利还乡记》等篇表达了对乡土的眷恋，以及对日本侵略者的愤慨；《贪污的猫口中剿匪记》等篇则讽刺了贪官污吏。他在艺术上长于在记叙中说理，描写婉曲，善于择取蕴含哲理的生活片段，富于谐趣。

继承并发展了这一派散文风格的还有林语堂。

林语堂于1932年9月创办了《论语》半月刊，不久又创办了《人间世》和《宇宙风》，这两本杂志都以发表小品文为主，提倡幽默、闲适和独抒性灵的创作。从1932年《论语》创刊，到1936年去美国，林语堂发表的各种文章近300篇，其中一部分收录在《大荒集》和《我的话》二集中。林语堂国学和西学的底子都比较厚实，熟悉中西文化，后来还用中英文双语写作，习惯使用中西比较的眼光看问题。他的小品文都是从一件具体的事物出发，引发出对传统文化与外来文明比较冲突的许多联想。林语堂的小品文中贯穿了他对国民性改造以及传统文化转型的思考。他自作对联"两脚踏东西文化，一心评宇宙文章"，用以自况。他以文白夹杂的"语录体"，庄谐并出地谈性灵、说自我、话闲适，

---

① 沈海清. 大才子丰子恺[J]. 章回小说旬刊, 1999 (6): 70~77.

不乏庄谐并出、清新自然之作。林语堂还作有政治讽刺、社会批评和文化批评，以及少量记述文章，但多数"说说笑笑"。《怎样写"再启"》《冬至之晨杀人记》多有积极社会意义但过分追求闲适、格调欠高的作品有《论谈话》《关于分娩》《关于宫刑》《我怎样买牙刷》《中国究竟有臭虫否》等。

侨居国外后，林语堂除出版"对外国人讲中国文化"的《吾国吾民》《生活的艺术》等著作，还用英文创作了多部长篇小说。其中，仿《红楼梦》而作的《瞬息京华》（今译《京华烟云》）有中译本问世，并产生了一定影响。

提到现代白话美文，朱自清与冰心的文章也颇有影响，他们以文字优美，善于用白话叙事、抒情而著称。朱自清是极少数能用白话写出脍炙人口名篇的散文家，冰心的"冰心体"散文更容易引起未涉世事的青年读者的共鸣和模仿。

朱自清早年是新潮社的重要成员，主要创作新诗，曾编辑中国现代文学史上最早的诗歌刊物《诗》，并著有长诗《圆灭》。后参加文学研究会，转向散文创作。1923年，发表了《桨声灯影里的秦淮河》，显示出他散文创作的才能。1928年8月，出版散文集《背影》，在文坛引起强烈反响，并以平淡朴素而又清新秀丽的优美文笔独树一帜。

1937年，抗日战争爆发，朱自清随校南迁至长沙、昆明、成都，他在这一时期创作了散文《语文影》，与叶圣陶合著《国文教学》等书。抗日战争胜利后，他积极支持昆明学生反对国民党发动内战。1948年6月18日，他虽身患重病，却仍在《抗议美国扶日政策并拒绝领取美援面粉宣言》上签字，并嘱告家人不买配售面粉，始终保持着一个正直的爱国知识分子的高尚气节和正直清白的节操。毛泽东称赞他和闻一多"表现了我们民族的英雄气概"。

在中国新文学史中，朱自清是享有盛誉的散文大家。叶圣陶曾指出："讲授中国文学或编写现代文学史，论到文体的完美，文字的全写口语，朱先生该是首先被提及的。"但朱自清在20多年的散文创作生涯中，前后的风格差别很大。他前期的散文优美抒情，具有美文的特质；后期的散文侧重议论，偏于说理，具有杂文性质。朱自清主要的散文集有《温州的踪迹》《诗文合集》《背影》《你我》等。

朱自清散文作品的题材可分为三个系列：一是反映社会人生，以写社会生活抨击黑暗现实为主要内容的一组散文，代表作品有《生命价格——七毛钱》《执政府的屠杀记》。二是记人叙事、抒写个人际遇，以《背影》《儿女》《给亡妇》为代表的一组散文，主要描写个人和家庭生活，表现父子、夫妻、朋友间的人伦之情，具有浓厚的人情味，这类散文也可称为"亲情散文"。《给亡妇》纪念亡妻武钟谦，充满了浓浓的人间至情，读来令人不禁泪下。三是写景状物，是以写自然景物为主的一组借景抒情的小品，如《春》《荷塘月色》《桨声灯影里的秦淮河》等，都是其代表佳作。

朱自清的散文首先是美的白话文，在打破"美文不能用白话"的方面，他是贡献最突出的一位。他的散文是纯粹的白话文，文字几乎全部口语化，语言朴素优美，生动自然，是"白话美文的模范"。具体表现在他的散文语言富有节奏感、韵律美，长短句搭配错落有致、朗朗上口。朱自清善用比喻，暗藏通感拟人的手法，准确贴切、活泼新奇；集赋比兴各种手法于一体，起承转合之中含义隽永。朱自清的写景文用精雕细刻的工笔手法和大量的比喻，栩栩如生地把景物表现出来，使人在读后有特别真切的感受，如亲临其境，亲见其景，尤其是《荷塘月色》《绿》用清丽的文字描写自然风光和人文景观，意境优美。同时，朱自清又善于将景与情、情与景巧妙结合，形成情、理、趣、景相融为一的艺术境界。例如，《匆匆》全文不过六七百字，却跳动着美的节奏和美的旋律。

冰心的《往事》《寄小读者》等在当时的青少年中有极大的魔力，并在当时就被引入学校课本。冰心更擅长用散文体式自由地挥写流畅的诗情，她的许多散文都是"放大了的诗"，如《往事（一）·七》《寄小读者·通讯十》等歌唱母爱和人间爱，《梦》《往事（一）·一》追怀美好的童年，《寄小读者·通讯七》《山中杂记·（七）》《说几句爱海的孩子气的话》《往事（一）·十四》《往事（一）·二》表达对大自然的倾心，《往事（二）·三》《寄小读者·通讯二十三》抒发浓烈的爱国思乡之情。她善于把诗情、画意、哲理融为一体，有"清水出芙蓉"的审美境界。

二、抒情散文

抒情写意的散文在20世纪30年代京派作家笔下得到了发展。以文字之美而论，抒情散文首推何其芳。

何其芳早期致力于抒情散文创作。何其芳原名何永芳，四川万县人，他于1929年开始在《新月》等杂志上发表小说、诗歌。1931年进入北京大学，致力于诗和散文的创作，作品结集有散文集《画梦录》《刻意集》。

何其芳与李广田、卞之琳被称为"汉园三诗人"，三人合出了诗集《汉园集》。卞之琳的主要成就在诗歌上，李广田的主要成就在散文上，何其芳与李广田有着相似的思想和文学历程，但两人的风格迥异。李广田著有散文集《画廊集》《银狐集》《雀蓑记》《日边随笔》等。他的散文主要叙写平常人事，寓情感于叙事。寄意深远者，则凝聚为散文诗。《山之子》《老渡船》《柳叶桃》多写村野乡村小天地中备受苦难的劳动人民的种种不幸，《记问渠君》《黄昏》刻画黑暗时代知识分子的心灵创伤和苦闷彷徨，《扇子崖》《野店》《画廊》摹绘故乡的山水神韵和风俗人情。20世纪40年代后，他的视野更加开阔，题材逐渐多样，时或采用更见锋芒的杂文笔法。《一个画家》抒发爱国情感；《没有名字的人们》《圈外》《没有太阳的早晨》揭露阶级压迫，控诉黑暗社会制度；《建筑》颂扬工人的创造力量。李广田在艺术上长于刻画人物，富于想象，风格浑厚朴实。

丽尼、陆蠡、缪崇群的抒情散文，在散文创作中也是独具特色的。

丽尼是悲哀和忧郁的散文家。《黄昏之献》《鹰之歌》《白夜》等散文集多采用散文诗的写法，感伤地倾吐和控诉封建势力对青年纯真爱情的扼杀；《秋夜》《森林》《原野》描写农村破产后农民流离失所的状态；《鹰之歌》《夜间来访的客人》《急风》《寻找》赞颂革命者的反抗斗争，表达了憧憬光明的想法；《江南的记忆》抒发了炽热的爱国情感。丽尼的初期创作以诗意的抒情为主，后逐渐加强叙事，融散文、小说为一体，并在抒情叙事中蕴含哲理性的意旨。

陆蠡初期的散文集《海星》，多抒发自我的哀怨、幻想、沉思，歌唱童心的纯真；此后的散文集《竹刀》《囚绿记》，叙事因素逐渐增强。《水碓》《庙宿》《嫁衣》讲述了农村妇女的不幸，《竹刀》以传奇性的笔触歌唱了山民的反抗，《囚绿记》真挚细腻、委婉含蓄地颂扬了坚贞不屈、渴求自由光明的民族精神。陆蠡散文抒发主观情感，多取散文诗笔法，真挚纯净，精巧玲珑，如《海星》《荷丝》等；叙事写人，布局跌宕起伏，曲折多变，节奏自然，如《灯》《独居者》。

缪崇群呕心沥血地致力于散文创作。初期散文《晞露集》，沉郁感伤地追忆少年时代的生活，以及留学日本的人生经历。《童年之友》《芸姊》《守岁烛》多写儿女之情，交织着探求人生的寂寞和忧伤。此后的散文《寄健康人》《废墟集》等，将视野渐渐转向现实的社会人生现象。《旅途随笔》《北南西东》《凤子进城》等作品，暴露了社会世态，同情弱小，抒发了作者心中的郁愤。他的《苦行》《血印》《一觉》控诉日帝侵略，情绪激昂；《夏虫之什》以象征隐喻的手法，讥讽社会现实，探究人生；《人间百相》审视社会芸芸众生相；《街子》《牛场》描绘云南边陲风俗民情等。缪崇群擅长编织故事，抒写人情，其作品蕴含哲理，风格平实亲切，精细委婉。

创造社在"五四"时是狂飙突进的浪漫派，这一派作家的散文，与其小说和诗歌有共同的基色。在这一派作家的散文中自我形象或情绪十分鲜明，并具浓郁的抒情性。

特别是郁达夫，他的率真、坦诚、热情呼号的自剖式文字，无所隐饰地暴露了自己，称得上是一位独树一帜的散文家。他声称比起小说来，现代的散文更带有自叙传的色彩。他和郭沫若的散文都直接叙述了自身的遭遇，发出了对龌龊的现代文明和官僚社会的切齿诅咒，又带有时代病的感伤。他的散文，充分地表现了一个富有才情的知识分子，在动乱的社会里的苦闷心怀（阿英《郁达夫小品序》）。

郁达夫的《归航》《还乡记》《还乡后记》《屐痕处处》显示出其散文的特点：文笔恣肆，率真酣畅，自剖自叙中时露激愤之音。同时，他的游记寄情山水，以清婉取胜。

第六章　网络文学语言的狂欢化

近代科技的高速发展，使科学技术成为提高生产力、促进社会发展的决定性力量。电子技术的飞速发展引发了一系列信息革命，使文学媒介呈现出异常多样的新鲜面孔。广播、电影和电视等新科技产品纷纷以文学媒介的形式出现在人们面前。尤其是电脑和网络技术出现以后，电子媒介的各项功能被集于网络一身，在科技进步、社会变迁的双重影响下，文学的存在方式、功能形式、创作方式、传播方式、欣赏方式，以及文学的价值取向和社会影响力等方面，都发生了或正在发生着诸多变异，网络新媒介对文学的影响像魔术一般创造了大众狂欢的真实图景。

第一节　网络文学的内涵与特质

一、网络文学的内涵

在网络文学出现之初，对其是否存在是有不同意见的。持反对意见的人认为网络文学只是文学载体发生了变化，由纸质媒介变成了网络，在内容与形式上与传统文学并没有不同，它们都是文学的一部分。有人认为传播媒介的改变并不会对文学本质造成影响。也有人认为网络文学仅仅只是一种文体，创作过程中计算机技术的运用使得网络文学在创作上呈现出了明显的操作机械性，复制和粘贴成了网络写手们的惯用手段。网络文学是区别于以往小说、散文、诗歌等文体的又一种新的文体，它既不是对网络这个传播媒体的命名，也不是写作方式的称谓，网络文学是电脑作为机械摹写作用于文学创作以后的泛滥，是文学的泛化，是纯粹个人行为的通俗性写作的批量生产。也有人对网络文学的质量很是质疑，认为它的水平远远达不到成为文学的门槛。

对于网络文学概念的不断演化起到了积极的作用。在网络文学的存在已经成为一个不争的事实，当我们已经默认了"网络文学"这一叫法后，我们更多的是思考如何让这一叫法拥有真正的实质内涵。究竟什么是网络文学？对于网络文学的具体内涵，许多论坛、报刊都以专题形式讨论过，不同身份、不同影响的人都提出过自己的看法。如大型文学网站"榕树下"给大众提供了自由创作的空间，给大众的自由言说提供了肥沃的土壤。普通人笔下的文章在网络上可以瞬间得到回应，不需要传统的出版社、书商的审核、印刷等的层层烦琐的限制。朱威廉的这个说法在网络文学兴起的初期比较具有代表性。在网络文学兴起的初级阶段，人们普遍关注的是互联网给自己提供了一个在线的平等自由的言说空间，自己的言说不再受到传统纸质媒介的多重审核的限制，任何人都可以在网络里发出自己的声音，这种大众的自由参与性使得网络文学具有了新时代大众文学的特征。

网络作家李寻欢这样定义网络文学：网络文学就是"网人在网络上发表的供网人阅读的文学"①。这一定义涵盖了写作主体、传播渠道和创作目的一个层面。对于网络文学来说写作主体是"网人"，是网络的使用者；传播渠道则从传统的印刷出版发行行业转为网络这个新兴媒介；创作动机也发生了变化，是为在网上进行阅读的受众所写。这个定义除了兼顾"网络"和"文学"两个方面外，也体现出了网络文学的最为重要的精神内涵，即"自由"：自由的创作、通过网络发表的自由、写作的无功利性——只为网络受众写作不求利益回报。李寻欢的定义显然是把网络文学作为文学的一种，更强调网络文学的文学性，而把网络这一媒介的属性作为网络文学新时代精神的表征来看待。李寻欢的这个定义在网络文学发展初期具有自身独特的价值。在大多数传统理论家还对网络文学冷眼旁观时，李寻欢的这个定义给了网络文学一个存在的身份定位——网络文学与纸质文学是不同的，网络的媒介属性赋予了网络文学新的特征，研究者要对网络文学进行新的系统研究。但随着网络文学的发展，受欢迎的网络文学作品相继转化为传统的纸质作品由出版社出版发行，这个定义的弱点也显露出来：网络文学与纸质文学相比，参与者和载体都发生了改变，但是两者还能进行媒介的相互转化，那么它们之间最本质的区别在哪里？在最重要的内容方面，如何定义它们之间的区别？李寻欢仅仅用"文学"二字来带过，未免显得过于简单和模糊了。网络媒介的改变对文学的传播产生了重要影响，那么是否改变了传统文学中对于生命、感情、思想等的思考和追求呢？因此，这个定义依然无法让人觉得满足。

欧阳友权则从三个不同的层面来把握网络文学：一是广义层面上的网络文学是指所有在互联网上传播的文学作品。这个层面是只从传播媒介来考量，网络文学同传统文学的区

---

① 李寻欢：《我的网络文学观》，载《网络报·大众版》，2000年第2期。

别只是体现在传播方式的不同。二是本义层面上的网络文学是指用电脑创作、在网上首发的原创性文学作品。三是狭义层面上的网络文学是指只能在互联网上"数字化生存"的超文本链接和多媒介载体制作的作品,或是借助特定的创作软件在电脑上自动生成的作品。这类作品依赖网络和网民互动,不能够进行媒介的相互转换,离开网络就不复存在。这样的作品与传统印刷文学作品完全不同,是真正意义上的网络文学。① 欧阳友权的"三分法"定义的意义在于让在网上首发的文本和狭义网络作品文本(如超文本、多媒体作品等)获得与传统纸质印刷文本同样的"文学身份"。这样就扩大了网络文学定义的空间,以一种宽容的态度去保护网络文学的存在和发展,同时化解网络文学在理论层面上各种观点的仓促与对立,希望给问题的讨论留下广阔的空间。

由此我们可以看到,当前学术界对网络文学的界定主要采取三分法和二分法两种。其中三分法是指从广义、中义和狭义或者宏观、中观和微观的角度来定义网络文学。

概括而言,三分法中的广义网络文学和传统文学相比,重点关注了媒介载体的区别;中义的网络文学观则从创作方式和发表体制等方面进行了界定;而狭义的网络文学概念,更多地考虑了网络文学文本对网络的依赖性、延伸性和互动性,它认为,超文本的制作、存储和传播依赖于电脑和网络,无法进行媒介转换,离开了网络就不能生存,这就把网络文学和传统文学彻底区分开了。

两分法则包含两个方面:广义上,所有以计算机及其互联网为存在和传播载体的电子化文学文本都可以称之为网络文学;狭义上,网络文学是指那些在互联网上创作、首次发表和传播的文学文本。欧阳友权提出:就作品而言,网络文学大抵包含了两大类作品,以电脑为传播载体的网上文学作品(搬上网络的纸质作品)和网络原创文学(专为网络创作、首次在网上发布的作品)。② 同时,他指出后者最能体现网络文学的本质特征。

随着网络文学研究的深入,越来越多的研究者开始强调网络文学的精神特征。通观以上看法,无论哪一种界定,人们对网络文学的认识都是基于技术性和文学性这两个层面上的。从技术性上说,网络文学是相对于"印刷文学",即纸面媒体上所发表的文学作品而言,它着眼于制作传播载体的差异。从文学性上说,要考察网络文学与传统纸质文学在精神内涵和文学性特征上是否具有质的区别。目前一些保守观点认为网络文学不过是书写工具和发表媒介的不同,网络文学不具有价值论意义,即自成体系的文化意义,因此它不能称之为一种独立的文学形态。这实际上是过分强调其技术性,而忽略甚至贬低其文学性,

---

① 欧阳友权:《网络媒介与新世纪文学转型》,载《文艺争鸣》,2006 年第 4 期。
② 欧阳友权,《网络文学论纲》,人民文学出版社,2003。

不能不说是一种偏见。欧阳友权把这种围绕技术性和文学性的争论形象地称之为"命名焦虑"①。其实这个问题的核心在于新的制作传播方式计算机和互联网技术是否诱发了文学变革。如果它们促使文学发生了变化，而且这种变化不仅仅是技术性地提高效率，还包含了某种哲学文化的意味，并带来了文学观念的变革，那么它就具有价值论意义。

网络文学不仅是一种技术性存在，也是一种价值论存在。网络文学起源于技术的进步，但这种技术进步向价值领域的渗透、传导，形成了网络文学独特的文学观念和价值体系。网络文学不但应被作为一个技术性事实被予以审视，更应被作为一个文化哲学的事实被予以审视。②

的确，文本的制作传播方式是技术性的，但它却仿佛是一只无形的手，制约着文学形态的发展变化。从文本的制作来看，新的书写方式对文本的影响是"润物细无声"的。计算机写作是网络文学的基本创作方式，写作者的侧影不再是书桌前的低头哭吟。新的书写方式改变了原有的写作状态和构思习惯，这必然使文学发生更深层的嬗变。同时，多媒体制作手段使网络文学的阅读变成一个有声有色的过程，图片、影像和音乐镶嵌在文字中，效果更直观。正如陈平原所说，"由此而导致图文并茂、动静相宜的知识传播与接受图景，极有可能催生新的学术意识与知识框架"③。

从文本的传播来看，网络超文本颠覆了传统文本的线性构成顺序和阅读顺序，为作品提供了更多的解读可能。"超文本"的概念由美国学者托德·尼尔逊在1969年提出，指一个没有连续性的书写系统，文本分散而靠链接点串起，读者可以随意选取路径阅读。1996年马修·米勒在网络上发表名为《旅程》的小说，后来被誉为超文本小说的典范。它讲述了一个男子走遍美国，为两个孩子寻找他们的母亲。小说是屏幕上的一幅美国地图，读者可以任意点击地图上的某一个州、某一条公路开始自己的阅读之旅，也可以中途更改线路。未知的"旅程"不断激发读者的阅读渴望，人们不知道自己身处文本的第几个段落，也不知道结局在哪里，但超文本的变幻莫测吸引着读者踏上阅读之旅。在中国，超文本写作还处在尝试阶段，作品有林炎的《白毛女在1971》和几位上海作家集体创作的《一九九七年的爱情》等等。通过点击网络超文本作品中的链接，使读者进入下一级文本，也许是对该文本的背景说明，也许是插叙的情节，也许是新的叙述路径，文本在这种点击中不断扩展、衍生。另外，那些由不同作家共同完成的网络接龙作品、应网友的要求情节变来变去的小说，更体现出网络阅读接受过程中的互动性。作品与读者直接见面，这导致网络

---

① 欧阳友权，《网络文学论纲》，人民文学出版社，2003。
② 阎真：《网络文学价值论省思》，载《文艺争鸣》，2005年第4期。
③ 陈平原：《数码时代的写作与阅读》，载《南方周末》，2000年7月7日。

文学作品普遍呈现出一种洒脱不羁的风格。可以说，网络那种自由、随意、洒脱的特点潜移默化地影响了文本创作，使其承载的那一类文本有着鲜明的区别于纸面文学的精神气质，成为众多文学类型中的"这一个"。

二、网络文学的特质

（一）网络文学的自由特质

网络媒介的运用使得网络文学呈现出与传统文学不同的特质，如网络语言的符号性，作者和读者的交互性，网络文学的自由性、开放性等。网络文学突破了传统作品发表的编辑审查制度，带给我们的是一个自由的王国，网络文学将文学的人性、游戏、非功利通过自由的形式还给了大众。自由是网络文学最核心的精神本性，是文学与网络沟通的桥梁，也是艺术与科技连接的纽带。

从网络文学发展的历程来看，网络媒介带来的"自由"更多是偏向在技术层面上为大众发表作品提供的一种自由性和传播的便捷性，如果从是否为文学进步增加艺术审美价值含量的层面来看，或许还是欠缺一些。相对于传统文学的传播媒介，网络的开放性和传播的迅捷性给人们提供了前所未有的自由表达的权利，这是以前的任何传播工具都无法比拟的，这给传统文学传播的观念和认识造成了冲击，大家都在为这种自由欢呼雀跃。但是网络媒介的"自由"是否就是"网络文学"的自由特质呢？自由是什么？自由是心灵的自由，是个体追求内心的一种自在自得，是对外在和内在双重束缚的抗争。对于人来说，挣脱束缚是在理性思维指导下的、有意识的活动。而对于文学来说，其本质就是自由的，任何时候都是对真实社会的束缚、对不自由的一种反抗，文学是人类构建理想、还原人的本真、追索人的心灵自由的方式，文学自由的本质是通过对内心和外界双重束缚的抗争来实现的。对于传统文学来说，其审核传播发行机制束缚了文学的自由，但是这种束缚更多只是传播层面的束缚，对于人的心灵意志则影响较小。对于网络文学来说，它的自由更多的也只是摆脱了传统传播层面上的一种外部的技术的自由。从技术上能够获得自由，那么也可以从技术上加以控制。再从网络技术上看，网络既然能够带给用户数量庞大的信息，那么也可以通过强大的技术手段阻止用户获得他们想得到的信息。而且，随着网络文学商业化和产业化的发展，庞大的网络写手群在利益的驱使下，心灵和精神的自由逐渐让位，这也就违背了文学的"自由"本质。"人人都可成为艺术家"，这只是强调了网络突破了传统的出版发行的审查制度的限制，强调了外部技术给予的自由。人们的盲目欢呼只会放大网络文学的外部自由特征，忽视了文学从来就是人们挣脱"束缚"、追求自由过程的结果。

对于个人来说，进行网络文学创作的前提是对计算机技术的掌握，但是掌握计算机技术并不一定保证你就可以进行创作，保证你用"文学"的方式去追求意识和内心的自由。网络文学每年发表的数量那么巨大，但是有影响力的却只有很少的一部分，这就说明了技术的拥有并不一定能为文学加分，网络给予文学创作的自由是"有条件的"，它需要你不仅拥有计算机技术水平、储备创作体验还要有个人表达的素质。拥有自由的思想，追求自由的心灵，拥有自由写作的权利，这样才能获得永久的自由。

网络文学的自由性对文学产生了影响：传统的文学生产方式发生改变，从媒介的角度来看，由于网络媒体的特殊性，使得网络文学改变了传统文学的生产方式。传统文学需要经历写作、投稿、编辑、审查、发表等几个固定的环节，而网络文学则消除了编辑审查环节。作者可以随意将完成后的作品放在网络上，人们可以随意下载或者在线阅读。这种文学生产方式的变更所带来的影响是十分巨大的。编审制度本身是一个对作品筛选、去粗取精的过程。编辑凭借自身的专业素养，将具有文学价值的作品挑选出来，加工、完善，然后发表，以保证读者读到的作品的品质达到基本水平。在网络空间中的写作和发表，减少了编审的程序，作者只要通过轻敲键盘，就能随意将作品上传至网络空间，这就使得网络文学呈现出泥沙俱下的特征。无论是优秀的、平庸的，甚至是粗俗的作品，都可以在网络上为自己争取到一席之地。以往的出版经费问题在网络空间也不复存在，无须物质基础，只要有一台电脑，并安装网络设施，就能发表作品，这让话语权回归到民间。

网络的自由性是一把双刃剑，它既让话语权回归到民间，激发了全民写作的热情，又让文学这一长久以来仅限于精英阶层的活动得以普及，同时也引发了鱼龙混杂的状况。由主体承担卸落导致的网络文学精神缺失成了人们对网络文学争议的原因之一，也是网络文学的硬伤。自古以来的"文以载道"的使命在网络文学中已经罕见，戏谑、调侃、不着边际的虚构成了网络文学的主体。初期的网络文学，在一些有影响的经典作品中的确观照到了人的精神领域。在经历了初生期的稚嫩之后，网络文学本应该进入更加完善的成熟期，事实却恰恰相反，如今的网络文学虽然作品数量和读者的点击率在节节攀升，但其面貌与初期相比，却发生了很大的变化。最鲜明的特征是作品普遍呈现出主体写作承担卸落、人文精神缺失的状况，让人担忧。当下的网络进入了类型化发展时期，主要以情感和玄幻两大类型为主。在情感类中划分出以男性为中心的言情和以女性为中心的耽美两类，而玄幻类中又分为盗墓、仙侠、穿越、悬恐、历史等多种类别。网络文学的这种类型化发展趋势虽然显示出其有别于传统文学的独特性，但也暴露了网络文学的精神缺失这一致命弱点。作品仅仅停留在讲故事的层面，缺少对人的精神领域的深层发掘，这自然就降低了网络文学的文学品质。

玄幻作品则往往单纯强调故事性，如评书联播一样设下一个个包袱，激起读者的好奇心。如风靡网络的天下霸唱的《鬼吹灯》、南派三叔的《盗墓笔记》、萧鼎的《诛仙》等都显示出很强的故事性。这些作品往往篇幅冗长，让读者欲罢不能，这也是玄幻类作品取得巨大成功的关键所在。然而，无论情感类也好，玄幻类也罢，网络文学已逐渐偏离了"人学"的道路。"伦理""道德""责任"，这些在网络的空间里受到了冷落，作品不再专注于对人的生存境遇的洞察，作者不再追求实现肯定和弘扬正面精神价值的效果。这种缺少了必要的精神支撑的网络文学其结果必然如昙花一现，毫无生命力，这使得网络文学在初期就面临着巨大的成长危机。

（二）网络文学的新民间性

网络技术带来的网络文化的多元性与开放性，彻底改变了网络空间的文学社会学，从而扩大了文学的入口，文学权利从垄断走向开放，网络对权利的强调使旧的文学等级制度遭到前所未有的挑战，网络文学成为一种有别于传统文学的一种新型文学。网络文化的意义就在于对网络技术的运用带来了信息传播与交流的自由通道和广阔空间，打破了传统信息垄断的中心话语模式，消解了主流传媒话语的权力，使得个体能够广泛获得信息，参与信息的交流，从而形成了开放、透明、民主、平等、宽容的大众话语新格局。网络文学从两种表现形态上印证了这种中心话语模式的消解：一是网络空间的匿名性消解了传统作家的社会"代言人"的角色，个体能够更自由地表现本真的心灵，网络文学在作品内容上打破了传统的"主旋律协奏"模式，"文以载道"的功能趋于消解，个人的表达欲望和宣泄功能得到强化，网络文学形成了"众声喧哗"的新态势。二是网络媒介的运用拆除了传统文学传播过程中主流出版印刷媒体的垄断，文学空间更自由开放，从而为社会弱势群体和边缘话语赢得了自由言说的空间。

（三）网络文学的后现代性

西方的后现代主义是伴随着经济和科技的迅猛发展，伴随着"现代工业社会"向"后工业社会"转变而出现的一种文化思潮。第二次世界大战以后，一方面，人们盲目追求经济发展、过度掠夺自然资源，环境污染、生态危机日益严重，使得一些理论家开始怀疑现代理性的作用，他们提出了去中心、反本质主义、反历史决定论、世俗化等激进的后现代主义观念取代现存的一切观念、价值、制度。另一方面，媒介技术的高度发展、资本的全球化运作以及世界市场的形成，使得各种社会心理、思想资源、文化形态相互交汇融合，并深刻地影响了当下的文艺与美学。在这样一种后现代文化氛围下的文艺与美学，都天然地带上了后现代的时代特性，它们不再追求艺术的感知模式的整体性，而是崇尚艺术感知模式的支离破碎，艺术感性审美成为"审丑"。艺术不再具有"超越性"，艺术更多的是对于现实对于生活的适应，甚至为了低俗的迎合而变得沉沦。对于中国而言，改革开放以来，国内经济快速发展，政治环境相对宽松，多元化的思想文化相互碰撞，这些都为后现代主义思潮的传播提供了环境基础。更重要的是，20世纪90年代以来中国社会进入了大众消费的时代，市场经济的发展改变了人们原有的价值观念，人们更多地追求物质利益的满足，精神层面的追求相对降低，这就导致了实用主义、大众文化、消费文化盛行，中国具备了后现代主义思潮传播的一定的社会基础。对于网络文学来说，网络媒介技术在文化精神上天然地带有后现代主义的一些鲜明特征。因此不少研究者认为"网络文学"身上也有着强烈的后现代文化的色彩。对网络文学的后现代性的探究成为网络文学研究的一个重要方面。像欧阳友权认为网络文学在"深度模式削平、历史意识消失、主体性丧失、距离感消失"①等方面体现了后现代性。但是，也有研究者对网络文学的"后现代性"研究进行质疑，认为有些研究者把网络的后现代姿态与网络文学的后现代姿态相混淆。"尽管技术具有文化特征，并且属于一个社会的文化，技术性地和文化性地对待人与物却必须加以区分。"②

  对于网络文学的"后现代性"研究，我们要辩证地看待。首先，从现今中国的文化背景来看，中国缺乏整体的后现代文化的浸润。中国地区发展差异大，社会阶层差距大，文化发展不均衡，只有在一些经济规模相对较大的大城市中、物质生活水平较高且接受过高等教育的阶层中，后现代文化才呈现得比较明显。这样，中国的网络文学也就缺乏完整的后现代性，其发展情况与西方有着很大的不同。互联网媒介出现的后现代文化背景使其具有了一定的后现代性，网络文学也因为网络这个媒介产生的背景和特性天然地带着后现代的影子以及潜能，但是我们无法简单地用后现代性来涵盖中国网络文学的特征。再者，从后现代的文化视域下研究网络文学，还存在着理论与实践不匹配的问题。中国缺乏后现代理论的基础，大部分研究者是借助于西方的后现代理论。后现代理论本身就是西方社会特殊的历史、文化脉络的产物，西方对它的研究理所当然地占有领先地位。但是我们要注意的是，西方的后现代理论与超文本理论等一些实验性文学文本有紧密的关系。如果我们仅拿超文本文学来分析，那么其开放性、流动性、零散性的特征与后现代的一般特征具有惊人的相似性。超文本对于作者、读者关系的解构也挑战了传统的文学角色和权威。这些都显示出了很多后现代理论家指出的"后现代性"。但在中国的网络文学研究中，超文本等实验性文本特别少，简单地用西方理论去套用网络文学的特征只能显示出研究者的一种理论缺乏的困境。因为"后现代"这一个概念拥有着复杂的含义，对于社会背景、文化背景以及文学发展背景都不同的中国来说，并不是进行网络文学研究的一个完全理想的理论概

---

① 欧阳友权：《网络文学发展史》，中国广播电视出版社，2008。
② ［德］彼得·科斯洛夫斯基：《后现代文化：技术发展的社会文化后果》，中央编译出版社，1999。

念。在这里还有一点值得注意,在对网络文学后现代性的分析上,基本上只是一种理论层面的建构,缺乏对具体作品的分析。如果没有具体的文本分析作为基础,那么后现代性的研究很容易就成了海市蜃楼,只是研究者理想的一种折射。

第二节　网络文学与传统文学的区别

互联网是继报纸、广播、电视之后的"第四媒体",亦称"E媒体"或"数字化媒体",它是网络文学所依托的技术媒介和载体。如同传统的书写印刷文离不开一定的书写工具和印刷技术一样,网络文学是数字化技术发展与文学联姻的必然结果。以史学眼光看,人类的文学史可以说是媒介变迁、载体延伸的传播史,文学存在方式的每一次变迁都与特定的媒介载体和传播技术的进步相关联。在互联网出现之前,人类的文学经历了口头文学和书写文学两个阶段。计算机网络的出现,使文学走进了数字媒介语境下的网络文学阶段,从而形成了媒介传播技术下的文学三部曲:口头文学→书写文学→网络文学。正是基于这样的变化,构成了网络文学与传统文学的诸多区别。

一、媒介载体不同

传统文学使用的媒介是语言及其文字符号,传播的载体是物质性的纸介印刷传媒如文学书籍和报刊等。网络文学的媒介是数字化"比特",其传播的载体是基于数码传播技术的互联网。比特的操作是一种机械书写与自动转换和生成,不是传统的在场执笔作文字线性书写。并且,比特作为数码语言不只是文学的叙事媒介,更是一种拟像性信息方式,它使得网上的文学写作从生产方式向信息方式转变。比特所拥有的随缘演化、海量存储、无限传输的强大功能,可以处理单媒介的文字,也可以处理图像或声音,或者文字与图像、声音的结合,以多媒介兼容生成的方式特别处理为万维链接的超文本作品,这正是数字媒介和网络载体较之于传统语言(文字)单媒介传播的优势所在。

文字媒介的精英书写、印刷技术的物质承载、书面赋形的线性阅读,在技艺表达的层面上把文学的"语言审美"推向巅峰,却又在表征生命形态的感性生存审美及其意义模式上造成艺术遮蔽,并从媒介的话语局限走向载体的传播阻隔。书写印刷技术能够使文学写作走上专业分工和"精英书写"之途,而文学在批量生产和日渐趋于成熟、老道、精致与纯美的同时,也终而走向自律和保守的历史节点。就在纸介书写文学日渐式微、文学经典和精英写作走向边缘化的文化转型期,数字媒介和网络载体的出现为在处于困境中的文学找到了新的媒介载体和发展空间。文学在20世纪末叶向数字化载体延伸,既是纸介书写文学的宿命，也是"E媒体"技术螺旋的必然结果。前者基于旧媒介之短，后者源于新媒介之长。依托"第四媒体"的本体存在，网络文学有效利用了互联网的两大优势：强大的媒体容载和共享的信息资源，而这正是书写印刷媒体难以企及的优势。当然，数字媒介与网络载体也在一定程度上消弭了书写印刷文学原有的审美优势。例如，文字表达的间接性、体味性和彼岸想象性，以及可以为文本表征和阐释保留的美学空间。并且，文字书写的延时性和稳固性，为逻各斯中心主义和话语意识形态保留意义空间，这些又是电子新媒体表达所难以实现的。故而，因媒介载体而出现的网络文学与传统文学的区别，对于文学自身的价值来说，是互有短长的。

二、文本形态不同

传统的文学作品是以书本、杂志、报纸等"硬载体"（物质载体）文本形式出现的，它们陈列在书架上，摆放在案桌前，构成一种物质化的存在。而网络文学则以电子符号的"软载体"（电子符号载体）形式存在于计算机中，传输在互联网上。不借助计算机网络设备，它们看不见，摸不着；而一旦人机交互进入网络世界，则万千曼妙尽现眉睫之前。过去人们常用"汗牛充栋"来形容藏书之多，用"学富五车"来比喻读书之广，而现代网络作品和电子出版物则不是以文本载体的数量和体积所能衡量的。网上信息海量存储，几张小小的电子光盘即可囊括一个图书馆的资料信息。

由文本形态的不同而导致了文学类型的变异。网络文学的崛起使传统的文学艺术类型划分悄然发生着变化。在这里，纪实文学与虚构文学、文学与非文学的界限，抑或原有文学类型中约定俗成的诗歌、小说、散文、剧本的"四分法"界限，都已经变得模糊。只要能在互联网上过把文学瘾，艺术修养良莠不齐的网络作者宁愿率性而为，无心顾及文学类型的规范。

目前，网络文学的文本形态大抵可分为以下几类。

第一类是指栖身网络的所有文学作品，包括网络原创文学（计算机写作、网上首发）和曾以传统形式发表和流传又经过电子化处理后放入网络的古今中外的文学作品，它们与传统文学的区别只在于"纸载"和"网载"。

第二类是网络超文本文学。"超文本"是一种非顺序地访问信息的方法，即运用计算机链接程序和万维网技术将作品设计为多路径选择、跨页面辐射、非线性阅读、无限定延伸的"迷宫式"文本。超文本与传统文本的差别主要表现在结构上：一是传统文本是线性结构，而超文本是链接结构，它采用超链接方式把一系列不同界面的文本链接在一起，以实现从这一文本到那一文本的相互转换；二是传统文本是刚性结构，而超文本则是弹性结构，传统的纸质文本一旦完成就定型了，不得随意更改或移易，超文本组织结构松散，选择链接时比较自由而随意；三是传统文本是封闭式结构，而超文本则是开放式结构，超文本没有终结，只要你愿意就可以一直链接下去，这就为读者的参与留下了广阔的空间。常见的超文本作品有 BBS 小说、故事空间、互动书写、超链接设计文本、接龙（合作）小说、超小说、参与式小说、电子小说、交互小说、超文本小说、非线性文本等。说法各有不同，但文本链接的技术原理是基本一致的。这类网络作品只能存活于计算机网络，一旦下载出版，就将失去其原有的风貌和韵味。

第三类是多媒体文学，即在超文本链接的基础上，将文字媒介与视频、音频结合起来形成一个多媒介融合的艺术文本，它实际上已不再是传统意义上的文学，而是综合艺术。如网络小说《火星之恋》，作者在叙述一个爱情故事时，不断插入音乐、图片和音像媒介，如美国航天器从太空发回的火星表面照片、宇航员登上月球的音像资料等，并伴有梦幻般的音乐，这和单纯的文字表达在创作技巧、构成方式和欣赏效果上都是大相径庭的。

第四类是运用特定创作软件由计算机自动生成的作品。运用计算机程序写诗、作画、谱曲，用计算机机器语言、汇编语言和高级语言编制文学程序来创作小说、剧本，都早已被人付诸实施。有研究者评价说，这样的创作"不仅绕开了文学主体在创作前的生活体察、创作中的心灵震撼和作品中的真情蕴涵，而且绕开了主体本身，让'作家'失去了饭碗，任机器和技术把创作推向了非主体化和非人化的危途。罗兰·巴特所说的'作家死了'似乎被数字化技术印证成了谶语箴言，因为没有作家永远能写作，甚至写得更快，抑或更好"。[①]

第五类是在网络 BBS、QQ 聊天、个人博客、网络短信以及一些网络论坛和社区中出现的一些文学作品或者带有一定文学性的文本，它们大多不是为文学而作，只能算是"准文学"，不过有些幽默笑话、搞笑故事、生活趣闻、心情留言等，仍然具有较为鲜明的文学色彩，可以看作是文学文本。

以上几类文本形态，除了第一类与传统文学相似外，其他几类均与传统文学大相径庭，它们体现了网络文学作为一种新的文学形态的特殊性。

三、主体身份不同

传统的文学创作的主体身份是十分明确的，是它由社会分工中的作家来实施和完成的。作家是社会文化的传承者、艺术创新的追求者，也是"人类灵魂的工程师"，他们应该高举人类文明的火炬，做时代精神和人民大众利益的代言人，对社会和艺术都承担起自己应有的责任和义务。在中国文艺思想史上，从孔子提出"兴观群怨"、曹丕提出"经国

[①] 欧阳友权，《网络文学论纲》，人民文学出版社，2003。

之大业,不朽之盛事"、白居易提出"文章合为时而著,歌诗合为事而作"、韩愈提出"文以载道",直到梁启超提出"小说救国"论、鲁迅提出文学应该是"国民精神发出的火光,同时也是引导国民精神的前途的灯火"等,都表明文学创作主体的社会身份的明确性及其艺术承担的重大责任。

　　网络文学则不然,它的作者一般都不是传统意义上的专业作家,而是钟情于网上冲浪的"三无"(无身份、无性别、无年龄)网民。网上的作品甚至没有确定的作者,它们可以是出自某个匿名或化名的网民之手,也可能是由许多彼此并不相识的网络漫游者共同完成的。在这里,任何人都可以"染指"文学、发表作品,都可以评价他人和随时被他人评价——大师与无名小卒、智者与庸者可以平起平坐,无论是惊世骇人之作还是陈词滥调之文都无关紧要,重要的是文学摆脱了贵族书写,写作者品尝到了文学归还大众的那份惊喜,感受到了无名(匿名)者浮出文学地平线的那份骄傲。这种创作身份的匿名性与平民性、创作动机的超功利性和创作心态的自由性,使网络写作有可能真正成为大众的、世俗的、表现自我的文学活动,同时也消解了作家头顶上神圣的光环。昔日象牙塔中的"社会雅士"心态也被无名者的键盘所击碎。这应当是自由表达的进步,是文学话语权、书写权让更多人分享的表现。可以说,网络的平等性、兼容性、自由性和虚拟性使主体身份以平民姿态向社会公众开启民间话语权,从而打破了权力话语对媒体的垄断,为文学回归民间提供了技术保障,也创造了数字化时代全新的文学社会学,实现了文学的广场狂欢和心灵对话,开辟了文学的"新民间时代"。但文学网民社会身份的隐退和主体身份的责任缺失,也可能造成网络写作拒绝深度、淡化意义、逃避崇高,回避了文学通往思想、历史、人生、终极意义的路径,消弭了文学应该有的大气、深刻、庄严、悲壮等艺术风格和史诗成分,更抛开了文学创作者所应当负起的尊重历史、代言立心和艺术独创、张扬审美的责任。

四、传播方式不同

　　传统的文学作品是以书籍、杂志、报纸等物态化的载体形式流通并传播的。它们在制作上耗时、耗材,运输时得负重移动,储存时要占用空间,购买时又需要花费价格不菲的经济成本。而网络文学的流通是通过比特这种软载体在网络中实现的。比特是一种电子符码,它能以光速传播,体积小,容量大,辐射广阔,准确性高,易于信息检索、复原和复制,既节省时间和空间,还能有效降低文化消费成本。

　　互联网的全球覆盖和触角延伸把没有重量的比特传递到世界的各个角落,同时也把数字化文本"撒播"到无数网民手中,用网络传输破除了几乎所有的传播壁垒,实现了艺术信息的无障碍沟通。美国传播学家梅洛维茨提出,传播情境的改变将形成新的信息系统,电子传播媒介打破了物质场所/自然场所/社会场所之间的联结，造成了彼此间的分离。这正是电子传播与口语传播和印刷传播的区别。网络传播既从"信息、时间、空间"三位一体上打破了传统的艺术传播方式，又用互动式信息平台消解了传统的单线传播模式，实现了艺术传播方式的根本革命。这有以下三种表现形态。

第一，由"推传播"向"拉传播"的范式转换。尼葛洛庞帝说："数字化会改变大众传播媒介的本质，'推'（pushing）送比特给人们的过程将一变而为允许大家（或他们的计算机）'拉'（pulling）出想要的比特的过程"。① 传统文学传播与接受是施动（推）与受动的关系，接受者欣赏什么取决于一次单线"施—受"过程。网络传播与接受是能动（拉）性施动关系，读者只需操作数码工具便可实现"所想即所见、所见即所得"，主动权完全掌握在自己的手中，这在客观上消解了作品施动者的中心地位，让被动接受变成了能动选择。

第二，由单向传播转换为多向交互式传播。网络传播不仅具有纸质传播的视觉识认性、广播媒介的迅疾和广泛性，以及电视传播的时效性和视听统一性，而且还具有其他媒体不具备的双向或多向交互性。它能将"一对一"的单向传播转为"点对点"的双向交流或"一对多"的多线性交互。网络聊天室、虚拟社区、新闻组、BBS 留言板、QQ 中的交谈和论坛、博客中的话题讨论自不待说，那些接龙作品、合作小说、互动写作更是创造了多向交互的新形态。还有网络阅读时碰到的"我要评论""网友留言""我来说几句""酷评"等栏目，都是生动活泼的交互方式。这种交互性传播的自由正是网络传播的最大优势。

第三，由原子的迟延性传播转换为电子的迅捷性传播。网络传播的一大特点就是"快"，其载体比特没有体积，没有重量，完成传输只需由数码芯片自动完成数字信息的压缩和解压、编码与解码，传播内容可跨时空乃至跨越国家、民族和语言的界限，进入世界共享的网络空间。尼葛洛庞帝就曾说：信息高速公路的含义就是以光速在全球传输没有重量的比特，比特作为数字化计算中的基本粒子，正成为"信息的 DNA"而取代原子，构成人类社会的基本要素。

五、功能价值不同

价值理念的嬗变反映的是文学的深层变化。网络文学的兴起使得传统的文学价值理念发生了或隐或现的变化和调整，其中最为明显的变化有如下两点。

第一，文学从"载道经国"走向"孤独的狂欢"，在价值尺度上由社会承担向自娱和

---

① ［美］尼葛洛庞帝：《数字化生存》，胡冰、范海燕译，海南出版社，1997。

娱人转换。文学历来被当作一种社会意识形态，人们希冀它能有补于世道人心，有益于社会进步，有助于艺术创新，通过"立言""立德"而成"不朽"。而网络文学的功能主要在于个人的表达和网民间的交流，在于孤独时的表达、冲浪时的好奇和休闲时的放松，其价值尺度更重视个体的自娱自足——网络作品犹如"电子面条"，主要用于互联网交流而让网虫们解馋，既不希冀编辑或出版商认可，也无须社会权力话语的首肯。创作者只要自我感觉良好，认为它能畅神达意、开心解颐，玩的就是心跳，自娱然后娱人。同样，网络作品的消费者对给定的艺术形象完全是跟着感觉走，他们常常纯粹是根据个人的喜好，从一个网址漫游到另一个网址，不像书面阅读那样亦步亦趋地依据语言符号的间接转换去达成对艺术形象的想象，发掘作品的微言大义。网民们衡量网络文学的价值很少再有意义的探究和隐喻的延宕，有的只是对多媒体或超媒体感觉的全方位敞开，以此获得网络漫游的快乐与轻松。这时，个人的兴趣和当下的感受将是选择和评价网络作品的基本尺度。

第二，文学从反映生活走向闲适自足，在价值取向上由艺术真实向虚拟现实变迁。传统的文学功能在于反映现实生活所达到的深度和广度，在于所表现的主流社会本质和深度历史内涵，以及由此折射出来的宏大的人文意蕴。网络文学则不然，它主要是自我的心灵诉求，得到的是闲适的心理快感。网友们曾说：

> 我想每个人都很迷茫，到底自己在网络里寻求些什么呢？寻求心灵的安慰？寻求感情的寄托？寻求一刹那的刺激？寻求不变的承诺？或许是孤独时想上网找个人消磨自己的寂寞，或许是悲伤时想上网找个人发泄自己的痛苦，或许是失意时想上网找个人倾诉自己的落魄。大家都在这个虚幻的网络里寻找各自永不凋零的塑胶花。①

这时候，文学真实性的内涵也发生了改变，现实主义文学的客观真实、浪漫主义文学的情感真实和现代主义文学的主观真实在网络时代都趋于消解。因为网络文学只注重文本自身所营造的虚拟世界，以及对这个世界的真实表达。网民所畅游的网络世界是自足自律的，它与外部世界可以没有直接关联，创作者注重的是当下的现场感受，而不是与现实世界的对应关系，所以传统的"艺术真实"观已被眼前的虚拟现实所取代了。虚拟现实是人与计算机生成的虚拟环境进行交互作用的技术手段。计算机的时空本身就是虚拟的，操作者借助一些计算机软件（如虚拟存储器等），就可以为自己营造更为神奇的电子世界，人们尽可以投身其中撷取自己所需的信息，邂逅从未谋面的朋友，发现事物之间意料不到的

---

① 颖都墨人：《我们为什么来到网络》，见刘学红主编《网上江湖》，湖南人民出版社，2002。

关联。如果运用特定的应用软件，如佩戴头盔显示器、数据手套、数据服和现实引擎等，你还可以驾驶虚拟的汽车穿过虚拟的大街小巷，或是张开双臂拥抱银河，抑或在人类的血液中游泳，甚至造访仙境中的爱丽丝等。创作者利用这种"虚幻的真实"和"真实的虚幻"，可以更好地发挥自己的艺术想象和创造潜能，增强作品的审美效果和艺术感染力，如何发挥文学对现实的影响力，这时已经不再是文学关注的中心。

第三节　网络文学语言的狂欢化

"狂欢化"理论是 20 世纪苏联文艺理论家米哈伊尔·米哈伊洛维奇·巴赫金提出来的，它对文学研究具有重大的意义。虽然学术界把巴赫金的学术活动分为两个不同的时期：早期的文学研究和晚年的文化研究，并把狂欢化理论视为一种文化研究。但是，这个理论最初是他在研究长篇小说话语时提出来的，而且又由于文学和文化的不可割裂的关系，"狂欢化"理论对于文学创作和批评有着非常重要的意义。

我们把巴赫金联系文学和文化的这种研究称为文化诗学研究，而进行文化诗学的研究是对生长在不同文化环境中的文学的研究。文学生长于特定的文化环境之中，而且必须通过认真和严肃的文化史研究，为特定的文学作品进行独特的文化解析，才能真正把握作品的内涵。这一点是巴赫金文化诗学理论中的重要的理论基础。巴赫金进一步认为，文化不是单一的，由于阶层的不同，可分为主流文化和非主流文化，又可分为官方文化和民间文化。民间文化与官方文化的对立是文化差异性的典型体现，在民间文化影响下，出现了诸如《巨人传》《堂吉诃德》等许多独具特色的文学作品。巴赫金认为：拉伯雷很难研究，然而，只要他的作品能够得以正确地揭示，人们就能够从中窥见民间诙谐文化数千年的发展。拉伯雷的启发意义是巨大的，他的小说应该成为开启尚少研究和几乎完全未被理解的民间诙谐创作巨大宝库的一把钥匙。这里的民间诙谐文化以狂欢的笑文化为代表。巴赫金将民间文化的表现形式概括为三种：各种仪式和演出形式、各种诙谐的语言作品，以及各种形式和体裁的不拘形迹的广场语言等。

在巴赫金看来，这种狂欢的笑文化具有以下诸点特征。第一，狂欢节是一种全民参与的活动，它没有边界，无论高低贵贱都可以自由地参与其中。在狂欢节中也不存在演员与观众的区分，因为每个人都既是演员又是观众。狂欢节用笑声消解官方的观念，采取了非官方的民间立场。在狂欢节上，人们不是袖手旁观，而是生活在其中，而且是所有的人都生活在其中，因为从其观念上说，它是全民的。在狂欢节中，除了狂欢节生活以外，谁也没有另一种生活。人们无从躲避它，因为狂欢节没有空间界限。在狂欢节期间，人们只能按照它的规律，即按照狂欢节自由的规律生活。狂欢节具有宇宙的性质，这是整个世界的一种特殊状态，这是人人参与的世界的再生和更新。狂欢往往是在广场、集市等公共地点出现，这些场合本身就是大众聚集的场所。在狂欢节中，这些地方以其开阔、无限制等特点召唤着所有人的参与。第二，狂欢节是与实际的生活相平行、不交融的游戏式的生活，它是人们的"第二世界和第二生活"。在狂欢节日中，这种生活是客观的、真实的，它给大众的是一种真实的生活感受。第三，狂欢节作为一种庆典，其仪式性是非常突出的，巴赫金将狂欢节庆典活动的庆贺、礼仪、形式等的总和称为"狂欢式"，而其中最为典型的仪式是笑噱的给国王（小丑）加冕和脱冕。随着加冕和脱冕活动的进行，主人公的身份在国王（官方社会的最高层）和小丑（官方社会的最下层）之间发生了戏剧性的轮换。巴赫金认为，狂欢节的仪式中的加冕与脱冕代表了狂欢文化的颠覆性与革新性、再生性的二位一体。狂欢节中的诸种仪式都以不同的形式传达了更新交替的不可避免，同时也表现出新旧交替的创造意义。正因为如此，巴赫金强调，狂欢节上的仪式不同于传统意义上的神圣仪式，它们是欢乐的，充满节日气氛的庆典仪式。第四，狂欢节是充满笑声的节日，狂欢节上的笑是民间笑文化的代表，蕴含了民间文化的生命力，具有重要的意义。巴赫金认为，狂欢节上的笑声不是针对某个事件自身的滑稽感与可笑性，而是因为感到了世界整体通过狂欢式的活动，经历了由死亡而后新生的过程，为新世界的诞生而发出的由衷的笑。因此，在狂欢节上的笑声具有深刻的双重性。狂欢节上的笑，同样是针对崇高的事物的，即指向权力和真理的交替、世界上不同秩序的交替。笑涉及了交替的双方，笑针对交替的过程，针对危机本身。在狂欢节的笑声里，有死亡与再生的结合，否定（讥笑）与肯定（欢呼之笑）的结合。这是深刻反映着世界观的笑，是无所不包的笑。两重性的狂欢节上的笑，其特点就是如此。这种狂欢式的笑弘扬交替和更新，反对凝固和僵化，因此具有巨大的生命力和创造力量。第五，狂欢节将两个反差极大的事物甚至对立的事物结合在一起，神圣与滑稽、高级与低级、伟大与渺小、聪明与愚蠢等对立比较，更显其可笑性。

  文学是语言的艺术，语言是文学的第一要素。网络文学的语言除了通常的文学语言运用特点之外，由于它在网络空间中是由传播行为构建的，以在线身份生存的赛博人群为主，虽有真实的人类属性，但却很少扮演真实的自我角色，语言多是作为表现狂欢激情、张扬个性的各种符号而存在。在很多情况下，网络文学的语言摆脱了社会规范秩序与等级的束缚，故意破坏长期以来主流意识形态所形成的各种秩序，打破了高高在上、神圣不可侵犯的语言禁忌，以一种毫无顾忌的、眼花缭乱的、戏仿诙谐的方式表达出民众对于社会现象、社会问题的朴素看法。在这种类似于尽情狂欢的广场式语言中，取消了交往者之间的一切等级界限，也弥合了人为建构的神圣与卑俗之间的等级秩序。所以网络文学的语言更具狂欢化的特点。网络写手在极具开放性的狂欢广场（互联网）中，形成一种独特的时间和空间形式。并把神圣化作笑谈,将崇高降格为游戏,用喜剧冲淡悲愤,以笑料对抗沉重。这种极具开放性狂欢语言,以一种独特的形式存在于网络作品中。

一、网络语言的新奇用法

网络文学语言的狂欢化首先体现在网络语言的新奇用法上。根据马斯洛的需求层次理论,每个人都有自我实现的需要,都希望能被别人重视。现实生活中是这样,在网络上也是这样。到了网上,人人互不认识,互不谋面,如果不在网上发出点声音,就没人知道你的存在。在这种情况下,网民们争着在网上留下点东西,以引起别人的注意,让别人知道自己的存在。为了给别人留下深刻的印象,更是绞尽脑汁,求新求异。网络写手为了使自己的小说能在众多鱼龙混杂的网络小说中脱颖而出,满足人们心理上的认同感,获得高点击率和较高的人气值,就在网络小说语言上动了一番脑筋,通过英汉夹杂,混用多种文字符号,利用标点符号组合成各种表情符号,以及运用计算机上的一些特殊的符号等方式,创造出与传统纸质小说语言不同的网络小说语言。他们希望这些网络小说语言中才有的独创性词汇和符号语言能够引起别人的重视,并希望自己的与众不同能得到别人的效仿与回应。网络的使用者中青少年所占的比重比较大,他们是一个独特的群体:伴随着改革开放而成长起来,正处于人生的黄金时段。因为年轻,所以富有朝气和活力,接受新事物比较快,敢于创新、求新、求异、追求时尚。在网络上表现为喜欢学习和运用一些比较新的字词,无论其是健康的还是不健康的,是充满活力的还是颓废的。他们一味地追求新颖奇特,自己也尝试着将汉字、英语、拼音、字母、数字、符号等随意组合,创造出一些比较另类的字词和语句,希望能够引起他人的注意,以达到与众不同、标新立异的目的。同时由于网络是一种新的语境,互联网正在生成一种新的文化形态,网络中的语言规范发生变异就是必然的现象。由于网络空间与现实社会的可延伸性,网络语言必然要冲击到现实中的语言规范。同时由于网络剥夺了人们诸多物质的和文明的属性,语言变成了个体存在的唯一表征。透过这一表征,我们可以窥见书写者的审美心态与隐于其后的意识形态性。由于网络这种媒体的特殊性、网络写作的随意性、发表的迅捷性,以及网络写手们的文化背景等,都迫使网络写作做出自己的语言选择。

二、戏仿、幽默语言的运用

网络文学中除了对典故、诗词、歌曲的戏仿之外,相当大篇幅的是对古代名著的一些戏仿。对名著的戏仿目的是为了抵制崇高。网络文学抵制崇高有两种形式:一是消解神圣而崇尚鄙微。网络文学是平民文学,与平民的价值取向有天然的亲近感,这使它远离那种不现实的崇高,更讨厌那种虚伪的伟大。网络文学消解神圣有两种形式——价值颠覆和语言暴力。在网络作品中，无论是无情的拆毁、尖酸的嘲弄，还是善意的调侃，目的都在于通过语言暴力来消解传统的价值观念。二是戏仿经典而抵制崇高。文学经典是经过历史潮水洗刷后的规范文本，它是严肃的、崇高的、不容亵渎的。然而经典遭遇到网络，情况就发生了变化，如李白《望庐山瀑布》的戏仿和《三国演义》的搞笑版。

（一）调侃幽默凸显哲理性

调侃幽默作为网络小说的一种叙事方式，其功能主要在于能将写手的心声戏剧化地凸露出来，并带有较强的连贯性，给读者阅读带来有一种宣泄的快感。这是一种极端单极化的情感流动：高兴时的游戏、失意时的消遣。作为一种非主流言语，它力图挣脱传统文学语言形态和语言权威的束缚，以此解放文学话语。

郭敬明的《梦里花落知多少》吸引少男少女的魔力在哪里？其表达的调侃幽默是不可忽视的。"顾小北从衣服里掏出手帕，蓝白色的，同以前一样，我以前就老嘲笑他，说这年头用手帕的男的比恐龙都稀罕，然后畅想要不要弄个栅栏什么的把他围起来做个稀有动物展，我就穿个小黑皮裙守在那门口跟所有老板娘一样沾着口水啪嗒啪嗒数钱。顾小北甩都不甩我跟我放屁似的，放屁还影响一下局部空气指数呢，我整个放了一真空。所以他这个习惯也一直没改。"不言而喻，作者要表达的意味是令人难以忘怀的，调侃了一大通，最后只是点出"他这个习惯也一直没改"，使我们内心的紧张和重压释放出来，化作轻松的一笑，这里边也不乏耐人寻味的哲理意味。

（二）诙谐幽默凸显哲理性

诙谐是民间精神的一种存在方式，而作为网络小说的另一种叙事方式的诙谐幽默，其语言风格表现为感性、灵动、鲜活，可谓新鲜滚热辣，嬉笑怒骂皆成小说，从而也强化了网络小说的游戏哲理意味。

萧鼎的《诛仙》亦然，它从一开始就是以一种轻松、自然的幽默形式出现，使之具有了比传统文化阅读起来要轻松得多的特点。如文中所写：张小凡斜着看了他一眼，只见曾书书原本相貌清秀的脸庞此时看起来似乎都变了味道，联想起刚才那本书，他只觉得曾书书的额头上仿佛写了个"色"字。曾书书回过头来，惊讶道："张师弟你怎么不看他们老看我啊，我是和你投缘，当你是朋友才拉你过来看的，对了，你觉得她们中间哪个人的身材最好？"张小凡立刻转过头去，在心中对曾书书的评语后边又加了个"狼"字。

这些例子中的叙述语言在传统文学中都是几乎没有出现过的。《诛仙》的背景是古代，小说中却有很多地方带有现代化的幽默，使得它的阅读别有一番滋味，给人一种超越世事沧桑的人生感悟或是看尽烟花后的反思。

(三) 黑色幽默凸显哲理性

黑色幽默作为网络小说的一种叙事方式，其功能主要在于它的荒诞不经、冷嘲热讽、玩世不恭之中包含了沉重和苦闷、眼泪和痛苦、忧郁和残酷，即所谓"含泪的笑"或"含泪的怒"，这是它不同于一般幽默的地方所在，故人们后来通常称之为"黑色幽默"。同时，受"文化快餐"和"冷笑话"潮流的影响，读者更乐于接受轻松幽默的网络小说，这促使许多网络写手喜欢用黑色幽默化的语调在自己的小说中调侃一番，以制造一种轻松的气氛，以感染读者，传递哲思。

慕容雪村的《天堂向左，深圳往右》用幽默笔调写出了都市的沉重景象，如"右侧的房间里住着两个身份可疑的年轻女郎，每天晚上都把脸涂得万紫千红，穿得破绽百出"，描写出都市生活肉欲的泛滥和人心的无奈。

从大众文化的立场来看，不少网络小说是应和这个消费时代文化变迁步伐的文学，似乎和当下流行的电子游戏、流行歌曲、动漫一样，体现了游戏性、无深度和消费化等时代文化的特征。

三、语言的休闲性、娱乐性、流行性和消遣性

网络写手从来就不尊崇传统语言的经典与永恒，他们更注重语言的休闲性、娱乐性、流行性和消遣性。这种写作态度使网络文学充满了浓厚的游戏色彩和狂欢氛围。文学评论家南帆认为："这些作者机智俏皮、妙语连珠。他们的幽默表现了某种智力的优势；同时，他们的幽默还包含了不凡的想象，这些幽默的想象，甚至突破了陈陈相因的现实结构而赋予另一种出其不意的秩序"。①

《武林外传》以最经典的后现代面孔诠释着武侠小说这一传统文类在当今网络环境中对当代文化精神的臣服与悦纳。当然，《武林外传》并非无意义可言，它将其深藏在貌似无聊的插科打诨背后，很难被辨认。如"佟湘玉吃千年人参"一节。

> 李大嘴：看，掌柜的冲出来了。只见他以百米冲刺的速度向前飞奔，并以矫健的速度正应了那句老话——迅雷不及掩耳盗铃之势势如破竹啊。她一眨眼的工夫就冲到了我们的面前。
>
> 掌柜的（对众人）：我还有很多的工作要去做，时间可是不等闲人的。为了明天，让我们齐心协力万众一心，张开双臂去拥抱朝阳吧！在这漫长的黑夜里，

---

① 南帆：《网络的话语》，《文艺研究》，2000年第5期。

让我们积蓄力量蓄势待发,美好的未来就在不远的前方。路漫漫其修远兮,吾将上下东西南北中发白所到之处无不披靡而求索!

(对老白):你能感觉到我手的温度吗?烫就对了,手的温度就代表心的温度。让我们的心脏跳跃起来吧!让热血沸腾起来吧!让激情燃烧起来吧!让青春飞扬起来吧!!!

(对众人):我已经想好了,从今天起,我不再是一个坐享其成的剥削者,取而代之的是一个全新的我,一个脱胎换骨的我,一个视事业为生命、视爱情为事业的我!!!

(对老白):你为什么吞吞吐吐的?是不是觉得我没有办法沟通了是不是?你要是觉得跟我没有办法沟通了,你可以说出来我尽量改。朝阳已经升起来了,懒惰的人们是赶不上它的脚步的。

自言自语:年轻的生命不是用来怄气的,美好的未来是要靠双手来创造!!!

(对众人):希望,只有在有准备的人们手中!我算过了,如果我能活到七十岁,每天睡八个小时,那么我浪费在睡眠上的时间就长达二十万个小时;如果我每天只睡三个小时,那我节省下来的时间,就达十二万零八千个小时,约等于五千三百天,也就是十四年零六个月,这相当于什么你说(问秀才)。

你能多活十四年。(吕秀才回答)

(对秀才):聪明,十分非常以及 very 的聪明。

(对众人):人的一生如此短暂,我不要求自己像太阳一般样照耀四方,最起码也要当一个火把,为迷途的旅人指引方向!所以说不能再等了,原定计划从现在开始:小郭,我希望你能像爱护这个店一样爱护这个镇,整条东街就交给你了。如果让我找到一片落叶,这个月的月钱减半!

(对秀才):扫盲工作势在必行!一个月之内,我希望本镇的居民都能够顺利地背诵《三字经》,还要通过六级托福雅思以及 GRE 考试,不要求他们全面发展,至少要他们懂得孰可为孰不可为。人生识字忧患始,春蚕到死丝方尽,蜡炬成灰泪始干,轻舟已过万重山!作为本镇唯一的秀才,你肩上的担子不轻,扫盲工作任重而道远!

(对小贝):你的任务是散发环保传单,三天之内要让本镇的居民人手一份,少一份拿你是问。有多少穷苦的孩子没有书念,有的甚至连饭都吃不上。为了他们美好的明天,牺牲你一个也值了。我知道这件事很难,但是我们绝不能因为它难就不做了,这是为什么呢?因为我的字典里没有"难"这个字!明知山有虎,偏向虎山行。该出手时就出手,舍不得孩子套不着狼!

（对众人）：伙计们，不要慌不要怕，我们要向着自己的目标大踏步地出发。

（对众人）：教训，血一般的教训啊。发生这种情况最该怪的就是我。是我误判了形势才造成这个局面。

（对南宫师妹）：怎么样，感觉到了没有，从我内心深处、散发出来的一股灼人的热度？每个人的人生都掌握在自己的手中。所谓少小不努力，老大徒伤悲，明日复明日，明日何其多，多行不义必自毙，必有一款适合你，你瞅准了，蓝天六必治。

在上述引文中，官方话语、知识分子话语与民间话语在狂欢般的语言中体现了一种政治癫狂症，揭示了在私人空间里政治宣传话语的疯狂性和可笑性。这几乎是一种所指空洞而能指肆意膨胀的话语形式。尽管这一话语形式在消费文化时代似已被消解，但也会在不经意间在各种话语空隙中露出它的真实面孔。这里，作者深刻而荒谬地揭示了政治通过话语形式对主体的塑形与控制。而"吕秀才诛杀姬无命"一节则形象而夸张地揭示了知识思想（话语）游离于现实的可怕的逻辑力量和话语作为暴力的本质。一般而言，话语往往具有明确的现实指涉功能，但有时也会削弱成现实的指涉性而强化自我指涉性，于是话语遂演变成为一种游离于现实的封闭性的话语世界。在这种自成一统的话语世界中，意义的产生便带有极强的随意性和目的性，它既可以产生"真理"，也可以产生"谬误"。正如尼采所言："语言对于文化发展的意义在于，人类在语言中建立了一个与其他世界分离的世界，而这样一个场所，语言所取得的地位被如此坚固地设立起来，以致依赖它就能够撇开世界的其余部分，使自己成为它们的主宰。"① 于是，在一个没有了侠客与江湖的当代社会里，武侠沦落为没有所指的能指符号，在小说的叙事层面被任意言说。

网络小说叙述语言中大量的古代与当代文本的嵌入形成了网络同人小说在话语层面的互文性。这种互文性的运用极大地破坏了小说故事所虚设的时空界限，尽可能地向外开放以容纳其他文本，形成了鲜明的文本间性特色，"文本间性可以指一个文本从一个或多个其他文本中吸取材料，把它们当作前文本，也可以表示一个文本是如何作为前文本而被其他文本利用的"②。

网络小说叙述话语层面的互文性使文本极具后现代主义小说的特征。互文性手法所形成的混杂的文本形式往往被后现代主义小说称为"拼贴"或"拼凑"，如弗雷德里克·詹

---

① ［德］尼采：《上帝死了——尼采文选》，戚仁译，上海三联书店，1989。
② ［美］罗伯特·F.伯克霍福：《超越伟大故事：作为文本和话语的历史》，邢立军译，北京师范大学出版社，2008。

姆逊认为："拼凑与戏仿相似，也是一种奇特面具的模仿，一种死的语言中的言语；但它是这种模仿的一种中性的实践，没有戏仿那种别有他意的动机，取消了讽刺的冲力，没有什么笑料，也没有任何说服力使人相信着你不时借用的反常语言仍然有健康的语言常态。因此，拼凑是空的模仿，是一个瞎眼的雕像：它对戏仿的关系，与另外那种有趣的、历史上最早的现代事物一种空洞讽刺的实践——韦恩·布思所说的18世纪的'不变的讽刺'的关系完全一样。"①

由此看来，网络小说中的互文性手法更类似于弗雷德里克·詹姆逊意义上的"拼凑"，体现了语言运用的无目的性和文化价值取向的模糊性。互文性只是为网络小说的叙述话语提供了一种矛盾性，但没有提供解决矛盾的办法。网络写手所做的只是一种混杂式的呈现、一种语言能指的杂糅，而非目标确定的语言所指和价值判断。也许，在当代如此复杂多变的文化语境中，任何的文化价值判断都带有武断和草率之嫌，而回到语言本身并尊重其固有的复杂性、差异性的叙述也许是目前网络写手更为明智的选择。这种"拼凑"的话语形式极具陶东风所说的"大话文学"所具有的"话语大拼盘"特性。"大话文学继承了狂欢文化的精神，打破时间、地点、文化等级的限制，把古语和今语、雅语与俗语、宏大话语和琐碎话语随心所欲地并置在一起，组成成语大拼盘"。② 陶东风认为，大话文学是当代大话文学艺术的一个文学性表现，而大话艺术则是中国当代经典祛魅思潮的一个文化表征。"所谓20世纪90年代以来的经典祛魅（消费化）思潮，指的是在一个中国式的后现代大众消费文化的语境中，文化工业在商业利润法则的驱使与控制下，迎合大众消费欲望，利用现代的声像技术，对历史上的文化经典进行戏拟、拼贴、改写，以富有感官刺激的与商业气息的空洞能指（如平面图像或搞笑故事），消解经典文本的深度意义与艺术灵韵，撤除经典的神圣光环，使之成为大众消费文化的构件与装饰。一个是政治意义上的祛魅，一个是消费意义上的祛魅。"③ 这里，陶东风的"祛魅观"似乎带有一种"非此即彼"的二元对立思维的味道。其实，文化的"祛魅"并不意味着一种消失、一种取代，而更多的是一种并存的文化状态。这些文本的出现并没有动摇经典文学的地位。经典文学的地位是通过一整套的文化体制和教育系统而得以确立的。这种地位一旦确立便很难被撼动。而网络反经典小说的存在只不过是在经典文学的周边获得了一点生存空间，并没有对经典文学的存在构成威胁，它只是与经典文学共时态性地存在于文学场之中。因而，对于经典文学与网络反经典小说来说，应该采用后现代主义的思维方式，是"既/又"的关系，"后

---

① ［美］弗雷德里克·詹姆逊：《后现代主义，或后期资本主义的文化逻辑》，见《快感：文化与政治》，王逢振等译，中国社会科学出版社，1998。
② 陶东风：《文学活动的去精英化》，童庆炳主编：《文化与诗学》第六辑，北京大学出版社，2008。
③ 陶东风：《文学活动的去精英化》，童庆炳主编：《文化与诗学》第六辑，北京大学出版社，2008。

现代主义的思维方式是既/又,而不是非此/即彼"①。也就是说,在当代文学场中,既要允许经典文学存在,又要允许非经典性文学存在。因而对于网络小说的反经典式的"大话语言",我们要拂去表面的理论遮蔽,去探究其背后的严肃意义。

第四节 网络小说语言的弊病及其纠正策略

网络是一个通过高新科技将计算机与计算机联系起来而构成的虚拟的世界,每个人面对的只是计算机,而不知道网络那头是什么情况。在这样的一个虚拟世界里,人们摆脱了性别、年龄、身份、地位等的限制,成了纯粹的绝对意义上自我的主宰者。想怎么说就怎么说,想怎么做就怎么做,也可以随意改变自己现实生活中的一切,变成自己喜欢的模样。这么一来,在网上,无论是写手还是读者都仿佛成了绝对的"自由人"。因为身份的隐蔽性,写手毫不掩饰地抒发情感,毫无顾忌地畅所欲言。与传统纸质小说相比,网络小说在很大程度上是一种纯粹的卡拉OK式的自娱自乐活动。在传统纸质小说的创作中,作者常为"推敲"发愁,处于一种痛苦焦虑的精神状态中。而在网络小说中,网络写手追求写出来就爽了的精神状态,只要往网上一贴,通过版主或是管理员的审核,就可以了。他们站在普通民众的立场上,通过自己独特的视角去看世界,依从自己的七情六欲去自由地抒写生活,在敲打键盘的机械性动作中抒写情怀,表达思想。纵然输入了错别字,或是说了脏话,也丝毫不会给写手的声誉带来什么影响。

对于读者来说,大多数人接触网络小说只是把它作为一种休闲娱乐或是发泄的方式。阅读网络小说多数是为了消遣,很少会有人把网络小说当作一种说教或是科普知识来看待。因为网络不同于现实,人们在网上比较自由,在网络这个虚拟的空间中,人们追求自我,网上的文字只要有一点能够迎合网民的心理需求、拨动人心弦、引起人们共鸣,不论其是否错别字连篇、是否符合语法规范、是否文笔粗糙,都有可能很快地流传开来。另外,网络本身就是信息传播的媒介与载体,在网上人们多以信息的传递为目的,只要大体上可以理解,知道大概的意思,就不再去顾及网络小说语言中的细节问题,更不会去指责网络小说语言中哪个字错了,或是哪里使用得不规范。大多数读者能接受网络小说语言中的这些弊病,所以这些弊病得以不断繁衍与蔓延。

另外,网络小说语言是在相对自由的条件下出现的,从其产生、使用和传播的整个过程来看,缺少一个有力的监督机制。网络小说语言是写手在网络小说中使用的语言,很多

---

① 〔加〕琳达·哈琴:《后现代主义诗学:历史·理论·小说》,李杨、李锋译,南京大学出版社,2009。

是网民的独创，或是随意造词，或是无意中新造了某种用法。因为缺少专门的机构对其审核，研究其是否符合语言习惯，是否能明白清楚地传达意思，所以这些词语和用法的出现是偶然的，也是不成熟的。如果缺少了流通环节，网络写手创造的新的词汇和用法就不能在网上表现出来，也就只能是写手自己个性化的东西。网络小说的发表使网络小说语言得以流通和传播。网络上是一个平等的世界，人人都有权利创作网络小说，网络小说的发表比传统纸质小说的发表也简单了许多，标准也降低了很多。只要有一点能让人产生共鸣的小说都可以通过审核，显现在网络上。在这个环节中，版主或网络编辑起了非常大的作用，他们决定着一部网络小说能否发表。从目前的情况看，等待审核的小说很多，版主或网络编辑没有充分的时间对每一部小说进行详细的阅读，他们往往只是走马观花，只要有一点让人的心灵产生震撼，或让人读了以后能产生点想法，或能逗人大笑等稍微有一点特色的小说都可以通过审核。小说语言只充当了工具和媒介的作用，没有引起版主和网络编辑的足够重视。所以，网络小说语言中的弊病能够得以传播。

最后，网络小说语言忽略了小说文体的审美本质。小说中的三大审美要素是人物、情节和环境。作为叙事性艺术形式，小说语言也起了非常大的作用。它对人物的刻画、情节的叙述和环境的描绘起着决定性的作用。网络写手在进行小说创作的过程中，只注重尽情发挥、自由抒写，忽略了小说文本对于语言的艺术要求，忽略了网络小说语言自身的审美本质。与情节的叙述和环境的描写相比，网络小说中人物形象塑造的成分比较多，对人物形象刻画的语言也就在小说审美三要素的全部语言中占据着绝对优势，尤其是人物的独白和对白比较多，几乎随处可见。然而这些独白和对白大多是一种嬉笑的语气，有的加入了许多表情符号，让人感觉很随便。每个人物形象的语言几乎都很夸张，而且从总体上说，没什么特色，塑造不出具有鲜明个性特征的人物形象，体现不出小说文体中人物形象的鲜明性这一审美特质。网络小说中情节叙述的语言，也就是通常意义上所说的写手在小说中的叙述性的语句，从总体上看，这些语句与人物刻画的语言相比，少了很多，只起到告诉读者事情发展到了哪一步的作用。对于这些语言，写手只是平平淡淡地一笔带过，没有用心去思考，当然也就谈不上遵循小说文体中情节叙述这一审美本质，更不会对遣词造句进行仔细的推敲了。环境的描写这方面的语言在网络小说中更是少得可怜了，几乎是凤毛麟角。在这个快节奏的社会中，写手的心态也很浮躁，忽略了环境的描写或是仅仅介绍而不描写，造成了网络小说语言环境描写的缺失。

要纠正网络小说语言的弊病，需要从以下几个方面来着手。

一、树立正确的"网络小说语言"观念

要整治网络小说语言的弊病，首先要树立正确的网络小说语言观。网络小说语言是网

络小说中的语言，它伴随着网络的出现而出现，随着网络走进千家万户，并不断发展壮大。首先，网络小说语言是一种语言形式；其次，它是小说的语言，具有小说语言的审美特征；最后，它的传播载体和平台是网络。下面，我们来具体论述从这三个层面上树立正确的网络小说语言观念。

其一，网络小说语言首先是一种语言形式。语言是人类特有的，为人类服务，是人类信息交流的媒介。古往今来，人类的语言在不断进化，不方便人们使用与交流的部分就自然而然地被淘汰掉，而具有鲜活生命力的部分则会被人们一直沿用。网络小说语言作为一种新的语言形式，也是现阶段网络出现以后的产物，是适应社会的发展而出现的，符合语言发展规律。

然而作为一种新生的事物，它的出现不代表它只具有旺盛的生命力而没有不足。网络小说语言出现的时间不长，本身具有不完善的地方，而且人们对于这种新的语言书写形式还掌握得不够好，仿佛没有了语法、词法的约束，随便怎么使用都可以，变成了对语言文字的玩弄。这种做法是不对的。树立正确的网络小说语言观念，就要正视这个新生事物，认清它仍旧是语言，只是其书写方式和载体发生了变化。但其"语言"的性质没有变，所以它依旧要受到一些语法、词法乃至约定俗成等规律的限制。

其二，网络小说语言是小说语言，应具有小说语言的审美特征。这一点上也是网络小说语言不同于其他网络文学语言，更不同于网络聊天语言的地方。小说中的三大要素是人物、环境和情节，这三大要素的好坏关系到一部小说的成功与否。而人物刻画是否细腻、环境描写是否逼真、情节塑造是否动人，关键在于语言，作者通过语言把要叙述的故事展现在读者面前。为了达到这个目的，就要求小说语言要有鲜明生动的形象性、以一代万的典型性、宛在眼前的真实性和明确的倾向性。语言的形象性帮助小说中的人物形象栩栩如生，活灵活现；典型性让读者觉得作者塑造的人物既熟悉，仿佛就在身边，然而又富于个性，比较陌生，在既相似又不同的效果中，抓住读者的心理；真实性让读者感到作者叙述的人物、情节和环境来源于现实，给人一种亲和力，以利于读者与作品、读者与作者之间的交流；文如心声，作者在写小说的过程中总会或多或少地加入自己的思想情感、价值取向和对人物或事情的褒贬，这些都会在语言中反映出来，在语言的使用上也就具有了倾向性。网络小说与传统纸质小说相比，区别之一是载体的不同，但同样是小说，网络小说语言也应该遵循小说语言的审美特征，在网络小说成型的过程中，其语言同样要有形象性、典型性、真实性和倾向性。否则，一部小说不能给读者留下一个鲜明的人物形象，不知道讲述了怎样一件事情，与现实生活脱离很远，不知道写手的真实意图，这样的网络小说语言就是失败的。

其三，网络小说语言生存的基础是网络，没有网络，网络小说语言就失去了存在的可能性。纵然网络小说语言要遵循语言文字的发展规律，要具有传统纸质小说语言的审美特征，然而我们也不能恪守教条，要看到网络小说语言产生于网络这一新科技，所以，正确的网络小说语言观念也要考虑到网络这一因素。网络是一个众声喧哗的场所，其最大的特点是自由，在网上每一个人都可以成为写手，都有机会让自己的作品发表在网上，这种自由导致了网络小说的良莠不齐。网络小说语言也是千奇百怪：数字符号、字母符号代替汉字，一些词语被赋予了新的含义，电脑中特有的符号等出现在网络小说语言中。这种现象的出现是必然的，因为在现在这个竞争激烈的社会，人们的生存压力基本上都比较大，这些语言的使用给人们带来了新奇感，还可以节省很多输入时间，加快了速度，用标点符号组成的图画，给人以直观性，一些词语也在一定程度上解决了人们言不尽意的困难。这让人们无论是写作还是阅读都能感到轻松和娱乐性，帮助人们调节心情、缓解压力。然而如果用得过度了，或者是随意创造、随意滥用就会给交流带来阻碍。树立正确的网络小说语言就要把握好其中的度，既允许这些现象存在，并适当地吸纳到现代汉语中，又不能任其发展，给人们的交流带来影响。

二、提高网络写手的整体素质

网络小说语言是写手在网络小说中使用的语言，它们不是凭空产生的，网络写手的创造、使用和放纵，与网络小说语言的弊病存在着或隐或现的关联。网络写手的素质在一定程度上决定了网络小说语言的优劣。所以，对待网络小说语言中的弊病，网络写手也要担起重大的责任，要从知识水平、文化修养、道德素质等方面提高自身的综合能力，以引导网络小说语言走上健康发展的道路。一些水平不高的写手往往会哗众取宠，刻意地求新、求异，以引起读者的重视，他们不注意词语的运用是否会影响交流、句式的不同寻常能否给读者的接受带来方便，造成了网络小说语言中自说自话现象的存在。所以，对于网络写手整体知识水平的提高是必要的。

文化是一个民族的精髓，语言与文化向来是不可分割的。语言是文化的载体和表现形式。中华民族几千年来的悠久历史和深厚的文化底蕴与我国的语言文字也是分不开的，所以有"每一个方块字就是一个故事"的说法。对于承载能力如此强大的语言文字，不能因为到了网络世界，就失去了其绚丽的颜色。一些网络写手在网络小说中对中国文字进行随意的拆分、拼接，对一些历史文化名城或名人从字面上对其进行歪曲的阐释，俨然成了去除深层内涵，只留浅表的戏说。这些对于中国悠长的文化无疑是一种亵渎。所以，应加强网络写手的文化修养，丰富他们对中国传统文化的认识与理解，对处于精华地位的文化应抱以崇敬的心情去对待，而不是为求读者表面的一笑而随意改编。故而，不断加强网络写手的文化修养，增强他们对中华民族文化的认同感是必须的。

在提高网络写手的知识水平，加强他们文化修养的基础上，道德素质的高低也同样很重要，不能忽视。纵然一个人有深厚的知识，文化涵养也很好，可是道德败坏，表现在网络小说中，是使用一些不文明用语乃至脏话，对不健康的现象进行细致的描写和大加渲染，给读者正常审美活动带来不利的影响，与中国的精神文明建设背道而驰。

三、加强网络文明道德的约束

网络是一个虚拟的世界，在网上不必署真名，没有人知道网络那头连接的是怎样的一个人。在阅读网络小说时，也没人知道这些网络小说的创作者到底是什么样的。网络的这种隐蔽性纵容了一些人，让他们在网上肆无忌惮，不文明用语、脏话随口而出。有的人为了使自己在网上能够得到别人的重视，故意表现出另类性格和反调言论。这些现象正在网络上蔓延，也悄悄影响了今日的社会。我们应要从几方面来加强网络文明道德的约束：①国家应颁布强制措施，对网络文明进行一些约束；②各个网站应对本网站上的网络小说负起责任；③网民们要自律，要进行自我的道德约束；④对青少年加以引导和保护。

对于网络小说语言这种新生事物，在其产生初期就应当得到国家语言文字工作者、批评家等相关人士的重视，随时关注网络小说语言最新的发展动态，即时对其不成熟、不完善的地方加以指导，帮助其向着健康的方向更快地发展。对于网络小说语言中不文明的现象，由于这种新事物产生得比较快、比较突然，没有相关的经验可以参考借鉴，所以应由国家相关机构听从这方面专家的意见后，采取相应措施，制定一些条例制度，禁止网络小说语言中出现不文明用语乃至脏话。另外，各级语言文字工作委员会也要加强对网络小说语言中不文明现象的监管力度，并制定一些相应的适时可行的规章制度。

各个网站要在国家加强对网络文明道德约束的大环境下，对本网站上的网络小说语言进行直接管理。网络小说只有通过了网络版主或是网络编辑的审核，才能在网上发表出来。虽然网络小说数量很多，会给网络版主或是网络编辑带来很大的工作量，但是，还是要求版主和网络编辑不能像以前那样走马观花，工作要做细，要核对网络小说语言，检查其中是否有不文明的用语现象。如果有，则予以删除；若有不文明的章节，则不予发表。

网民们要加强自我的文化道德修养，无论是写手还是读者，都不能因为说脏话、使用不文明语言不会有人知道，就放浪形骸。写手在创作网络小说的过程中，要考虑到小说在网上发表出来后，就会拥有很多的读者，要时刻提醒自己肩上的担子不仅仅是创作一部网络小说那么简单。网络小说在传播的过程中，其语言形式、思想内容等都会对读者产生或大或小的影响。而且，写手还要考虑到，随着计算机网络的普及，上网的青少年越来越多，他们会在网上找一些小说进行阅读，以扩大知识面，网络小说语言中的不文明用语会给尚未完全定型的青少年的世界观和人生观带来极大的负面影响。所以，写手要时刻提醒自己，即使在小说创作的灵感状态中也要进行自身的道德约束。作为接受者，读者表面上看起来似乎和网络小说语言中不文明现象没什么关系，道德的约束对读者来说似乎不起什么实质性的作用。但是，一个完整的文学活动若缺少了读者这个环节是不完整的。

网络小说语言中存在的不文明现象在一定程度上也是因为读者的纵容。因为读者在看到这些现象的时候，并不去阻止它，只是如过眼烟云般，将这种现象放任自流。甚至有些读者还会觉得在网络小说语言中出现这些不文明用语显得很"酷"，在自己创作的时候也会效仿，扩大了网络小说语言中不文明现象的传播范围。所以，在网络上，读者自身的道德约束十分重要。

现在上网的青少年很多，他们易于接受新事物，是国家的未来。且他们的世界观、人生观等正处于打基础的时候，都还没有定型，接触到的东西会对他们以后的学习生活等方面产生影响。网络小说语言中的不文明现象会让他们在接受正规语言学习的同时感到很新奇，不文明现象的频繁出现会让他们把这些现象当成理所当然的存在。甚至有一些素质不高的网民趁机煽风点火，张扬人性深处的一些丑陋现象和罪恶因素，不仅污染了语言，给语言的文明带来不少弊端，也影响了精神文明的建设，给世界观、人生观正在形成中的青少年带来了不好的影响。导致有的青少年在网络上使用的网络语言很极端，或把网络语言当作是宣泄的一种工具。所以，也要加强对青少年上网的指导与约束。引导他们认清哪些是不好的现象，对不好的现象要予以抵制。对于网络语言中的一些脏话、不文明用语乃至低级趣味的东西，要帮助他们加强自身的免疫力，不学不用，更不要带到现实生活中来，要提高自身的修养，增强道德约束的力度。

四、规范网络小说语言的写作行为

网络小说语言弊病的产生与存在还和写作行为有很大的关系。写作行为具有主体性、文本形成的目的性和实践性，写手在运用网络小说语言进行创作的过程中没有严格遵循写作行为的这几个特征，随意地书写，导致了网络小说语言的弊病。所以，我们要对网络小说语言的写作行为进行规范。

首先，写作行为具有主体性。写作过程中，写手要根据自己的知识积累、生活体验等，不仅从生活中选择恰当的语言，还要从网络其他形式的语言中借鉴形象生动的语言形式，然后通过理性判断对这些原始材料进行加工，去粗取精、去伪存真，保留最能细致地叙述故事、传达写手思想感情的最合适的那部分语言。而有的写手在使用网络小说语言的时候是不经思考、不加选择的，怎么想就怎么写，也没有以自己的知识积累和生活经验为基础，导致了网络小说语言弊病的出现。当然，有的写手的确在语言的选择运用方面有所选择，然而在网上，很多写手直抒胸臆，不太考虑对语言文字整体上的驾驭，导致文章结构比较松散，前后矛盾。所以，要加强网络写手运用网络小说语言进行创作时的主体意识，规范网络小说语言的主体性写作行为。

其次，写作行为具有目的性。文如心声，写手对客观世界、客观对象的认识和看法或隐或现地从字里行间中表现出来。最后的文本形式，是作者将自己的思维物化后而形成的，是与读者交流和沟通的一个实实在在的物质中介。传统纸质小说语言多以形成文本为目标，通过读者对文本的阅读，完成文学活动的最后一个环节，使文本真正成为作品，实现读者与作品、读者与作者的对话。而网络小说语言的这一目标很不明确。网络是一个众声喧哗的场所，每个人只要乐意，都可以让自己的心声在网上发表出来，都有成为网络写手的可能。这么一来，网络小说语言更多的是自我情感的抒写与宣泄，导致有的写手半途而废，网络小说连载不了了之，没有实现形成一个完整的文本这一目标。文本的不完整给读者的阅读带来很大的阻碍，而且文本到作品的转化这个过程也必然会受到影响，读者与作品、读者与写手的沟通方面也不很顺利。所以，网络写手要强化网络小说语言这一写作行为的目的性。

最后，文本在其构思、选材、创作直到形成这一个过程中无时无刻不需要作者实际的操作，语言在其中起了很重要的作用：帮助作者进行构思，引导作者的创作，把作者的思想组织成文，并物化出来形成文本。从某种意义上说，在这个具体的过程中，都是对语言的使用、组织与管理，是作者对语言的实践。网络写手在创作网络小说的过程中，同样也离不开对网络小说语言的实践。网络写手需要对网络小说语言进行选择、加工、重组，以达到真实地刻画环境、描写人物、展现情节的作用。一些写手忽视了网络小说语言写作行为的实践性，或者说实践性不强，导致部分网络小说语言粗制滥造，俨然是纯粹意义上的为写文字而写文字，变成了一种空洞的、没有意蕴内涵的、浅表的文字游戏。所以，要提高网络写手对网络小说语言写作行为实践性的认识，规范他们对网络小说语言的使用。

五、以发展的眼光合理地肯定和吸纳一些新的网络语言符号

网络小说语言能够兴起并且越来越多的人已经开始使用这种语言，就说明它具有传统小说语言不具备的优势。所以，我们要以发展的眼光合理肯定网络小说语言中具有强大生命力的成分，并适当地吸纳一些传统小说语言中没有的，但却能更生动形象地渲染环境、刻画人物的网络小说语言，不断丰富与完善我们的现代汉语体系。

根据哲学原理，事物都处于不断的变化发展中，我们要以发展的眼光看问题，语言也不例外。在人类历史的长河中，语言不断地丰富和发展，从远古的结绳记事到今天的多媒体，语言文字及其表现形式伴随着新事物的出现而不停地变化着，网络小说语言就是伴随着网络的出现而产生的一种新的语言形式。

作为一种新生事物，网络小说的语言是在继承传统小说语言优良传统的基础上加以创新和发展而形成的。语言创新是极为重要的因素，是语言生命力的表现。没有创新就没有语言的发展，否认创新，抵制创新，就等于扼杀语言的生命。所以，对网络小说语言，我们要接纳它的存在，并以一种积极的心态去看待这种新的语言现象。然而，接纳不等于全盘肯定，网络小说语言由于发展的时间比较短暂，在其成长的初期还有些不文明现象的存在，我们要取其精华、去其糟粕。总之，网络小说语言是语言在实际社会运用中产生了变化而形成的，尽管有一些弊病，但是作为一种新生事物，它的产生说明了它本身具有强大的生命力，是具有生命力的语言，我们应当以更加积极的态度去看待它，吸取、包容其中有积极意义的新元素。

六、发挥文学批评的监督功能，指导网络小说语言的健康发展

文学批评是在文学鉴赏的基础上，依据一定的批评标准，对各种文学现象进行审美判断和审美评价。它是文学活动得以实现的最后一个环节，在文学活动中起着不可忽视的作用，旨在总结文学发展的经验、指出文学创作的得失、提高读者的鉴赏水平、发挥文学的社会功能，进而推动文学事业的进步。网络小说语言作为一种文学现象，也应该引起适当的注意，并发挥文学批评的监督功能，引导网络小说语言沿着健康的道路发展。对网络小说语言发挥文学批评的监督功能，主要表现在两个方面：对网络小说语言形式的监督和对网络小说语言内容的监督。

任何语言都有一定的表现形式，网络小说语言也不例外，网络小说语言的形式丰富多样，有汉字、英语、拼音、字母、符号等。形式是内容的外在表现，形式运用得恰当才能更好地为内容服务。网络小说语言的文学批评就要核实这些各式各样的语言形式能否更好地为内容服务，表现在网络小说中，就是能否让人物个性更加鲜明，能否让事件的发生发展更引人入胜、对环境的刻画是否能让人身临其境。有的网络小说语言只是玩弄各种各样的符号，追求新鲜感，对小说的内容不能起到推动作用，反而会让读者在这些语言形式的冲击中迷失了自我，不知道作者要传达的是怎样一个意思。对于网络小说语言形式方面的文学批评，就要分析哪些是好的形式、哪些是不好的形式，好的形式对帮助人们阅读起到了哪些推进作用，不好的形式会给人们的接受带来哪些阻碍。在此基础上，引导人们接受和运用一些好的语言形式，丰富和完善现代汉语体系。

语言形式只是语言内容的外在依托，对于以叙事见长的小说这种文学体裁而言，其语言中所蕴含的内容显得更加重要，它关系到小说三要素的优劣，也就进一步影响到小说的成败。网络小说语言中一些脏话和不文明用语属于语言的内容方面。网络小说中不文明不健康的内容出现的频率远远高于传统纸质小说中的频率。这无论是对网络小说语言本身，

还是对网络小说都产生了一些负面的影响，对于读者尤其是接触网络的青少年来说，无形中对中国传统语言文字的崇敬感会被剥夺，容易形成不正确的语言观念。另外，一些网络小说语言的使用十分随意，俨然是纯粹的口语、大白话，有的甚至颠三倒四，让人不知所云。所以对网络小说语言内容方面的文学批评应着眼于语言的文明和叙述内容的明晰。

第七章　新媒体时代的中国文学生产机制

第一节　新媒体改变了中国文学的生产方式

新媒体在文学活动中的介入，首先改变了中国当代文学的生产方式。文学活动的环境、作家的身份和组织形式、文学的生产模式都发生变化。考察当下的文学生产，要特别地注意到市场和媒介两个因素的影响：在市场经济条件下，逐渐形成经济化的文学生产；新媒体的网络化、个人化、平等化、开放化等特点，使得文学活动的主体突破身份的限制，从知识精英到普通大众都尽情地参与到文学活动中来，并因共同的文化倾向，借助网络平台形成新的文学活动群体。

一、新媒体创造了文学活动的新环境

20世纪90年代以来，中国逐渐进入"新媒体"时代。新媒体的应用，最开始只是作为一种新的传播介质，后介入到文学活动中来。新媒体所营造的文学新环境，创造了全民自由参与的虚拟时空，带来了新的文化逻辑，打破了传统的文学规约，改变着传统的文化观念，重建着文学秩序，为文学发展提供了新的可能。

（一）全民自由参与的虚拟时空

新媒体创造的虚拟空间，打破了物理时空的限制，创造着人际交往新空间，给予全民参与以时间与空间的自由。哈贝马斯在《语言伦理学解释》中提出建立"理想的话语环境"：话语的潜在参与者，享有平等的权利，不论其宗教信仰、出身、文化背景如何，都可以表达其情感、欲望和好恶。哈贝马斯所构想的"交往乌托邦"，旨在实现一种交往的

"真实性""规范性"和"真诚性"。这在新媒体时代实现了。新媒体创造了自由、平等、民主的话语环境，每一个人的意愿在这个虚拟的时空中可以得到充分的表达，也有机会得到充分的重视。每一种声音都需要被尊重，每一种声音也得到了尊重的可能，"有着众多的各自独立而不相融合的声音和意识，由具有充分价值的不同声音组成真正的复调"。任何人只需要一台能上网的计算机，或是能上网的手机，就可以从世界的各个角落在任何时间，实时地参与到话语活动中，让他人听到自己的声音，分享自己的作品，而摆脱掉自我和他者的压抑。实际上，大众在虚拟的网络时空中的自由参与、自我意识的凸显，不仅是表达的民主，更是挑战着传统的话语权威，重塑着社会秩序。

当新媒体介入到文学活动当中，其所创造的新的文学生态环境，则改变了传统媒体时代的文化规则和文学秩序。新媒体介入下所出现的"自由"文学活动不再受少数知识精英的特权掌控，而成了每个人日常生活的组成部分。文学活动参与者跨过传统媒体编审的限制，自由地写作、发表、参与评论。与传统媒体相比，作者有了时间与空间的自由，有了任意发表自己作品与评论的自由，有了选择不同文学观念与风格的自由，有了肆意显示个性与特点的自由……在这个自由的虚拟时空中，文化活动的参与者戴上狂欢节的面具，摆脱掉身份的束缚，还原本真的自我，暂时忘掉我是谁，而将"本我"从"超我"的压抑中解放出来。现实生活中他者的凝视和自我的凝视都被暂时搁浅，只要表达自己的所思所想即可，却也面临着另一重的异化，标榜自己的特立独行，刻意追求一种异质的写作格调，甚至突破道德底线攻击他人。但是，必须承认的是新媒体创造的虚拟时空所提供的这些自由，使全民参与，文学回归生活自然、人性自然、个性自然成为可能。

（二）新媒体带来新的文化逻辑

媒体作为信息的承载物，随着社会的发展、技术的进步，不断更新。在人类历史上，信息的传播手段已经发生了三次巨大的革命：第一次是在文字诞生前，以声音为介质的口头传播，信息转瞬即逝，难以流传，且在传播过程中容易发生变异；第二次是以文字为介质的书写传播，以镌刻、书写、印刷术为依托所留下的物质符号，使人类文明的流传成为可能；第三次是用"0"和"1"编码的数字化传播，以互联网、手机等为依托，使世界紧密地联系在一起，加速了文化发展的全球化。

新媒体打破了文人知识分子的文化垄断，大众成了文化活动的主体；表现在文学创作中，呈现出深度模式的削平、主体性的缺失、历史意识的弱化、距离感的消失等诸特点，应和着后现代主义的文化特征。以图像为主导的影视直观，借助感性符号的表现特征，只剩下能指的漂浮。

互联网对于滋生和传播后现代的文化精神起到巨大的推动作用，计算机和手机在其中扮演了重要角色。在新媒体时代，四通八达的网络通道编织成网，每一台计算机、每一部手机都是一个独立的接收信息和发出信息的终端，即使有计算机出现问题，也不会影响到整个网络中其他用户的正常工作状态；网络的平等参与性和自由随意性，打破了既有的话语等级秩序，出现了众声喧哗的场面，任何声音都很难成为权威。至于网络上的用户，除了虚拟的名字和一连串的 IP 地址，就再也找不到任何踪迹了。

新媒体创造的文学活动新环境给文学创作、文学接受、文学批评提供了多种可能，拓展和改变了文学的领域。从目前的文学状况来看，文学发展已经改变了传统文学的发展条件和由此造成的制约。全民自由参与的虚拟时空和新的文化逻辑共同为文学生产机制的改变提供了条件，社会的文学生产也面临着持续的调整与发展。不仅如此，也给文学自身的特点带来新变，使文学必然地要突破传统的文学规约。不同的媒体平台给文学生产、创作、传播、接受以多种发展的可能性。种种新变可能是传统条件下难以预测和接受的，已经出现的新变大大挑战了人们的文学经验、文学观念、文学理想。这都是我们需要研究的——正在发生和将要发生的新变会给文学带来什么影响。

二、新媒体改变了文学活动的主体与组织形式

新媒体时代，作家身份完成了由传统的启蒙者、社会精英向普通大众的转变，而文学的组织方式也打破当代文学前三十年政治规约下的组织化和一体化。任何人都可以参与到文学写作中去，不再受身份的限制，实现了"平民的文学"。网络文学社团、新的读书沙龙和微信平台是传统文学社团在新时代下的演变，其借助网络将更多的文学爱好者组织起来，进行文学创作，坚守文学。

（一）作家身份的嬗变：从精英到大众

纵观中国文化发展史，是一个文化不断下移的历史过程，也是知识精英分子不断平民化的过程。自有文字以来，在漫长的人类文化史中，掌握"文化权力"的始终是少数人。文化传播通过"权力—媒介（把关）—大众""达到社会控制"。在中国古代封建社会，封建贵族垄断着知识文化，普通百姓一般不具备读写能力，何谈文学创作？到了现代社会，印刷术与机械的联合尽管给文学提供了新的物质条件，拓展了文学活动的空间，但是文学的创作仍然掌握在少数人手中，大众只是被动的接受者，尚未形成文学创作的自觉，直到新媒体时代的来临，大众才有了文化生产和接受的自由。

新媒体时代，文学创作的门槛更加降低，文学写作几乎不受身份的限制，只要有文学表达的欲望，依靠一台可以入网的计算机，会打字，就可以了。论坛、博客、空间里铺满肆意的文字，充满自由的声音。文学成了普通大众日常生活的一部分，成了记录和体验生

活的方式。新媒体时代是一个全民作家的时代,文学不再是少数人的专利,任何人都可以进行写作,呈现非职业化、平民化趋向。文学创作主体在由"知识精英"坠落为"普通大众"的同时,也将文学推下神坛。

网络数字空间的平等性和包容性,使得年龄、性别、种族、相貌、财富、权势等一切与文学无关的东西在数字化的文学空间里都变得无足轻重。文学拆掉了"柏林墙",每一个普通大众都参与到其中,而不必再受身份的束缚,文学的平民意识也滋生在人们心中。每一个所谓的文学圈外人士有了文学表达的机会,一种真正地归属于民间的话语权正在崛起,一个全民作家的时代正在到来。

（二）作家的组织形式：体制的"逾越"

中国当代文学前三十年是"准政治"下的文学生产,作家在文联和作协的领导下开展创作——"领导出思想,群众出生活,作家出技巧"。自20世纪80年代中期以来,作家的组织形式改变了,文联和作协组织功能弱化,甚至有作家退出作协,成为"自由撰稿人"。在新媒体时代中,又出现了因共同的文化立场、价值倾向所建立的网络文学社团和文学同人群落等新的组织形式。写作者的文学活动正超出"体制"的范围,并以新的方式组织在一起。

1. "体制内作家"与"自由撰稿人"并存

新中国成立之后的很长一段时间里,国内的作家们作为党的文艺工作者,要按照工作计划完成写作任务。怀着写作梦想的普通人,必须要通过正规的渠道,通过向报纸、杂志投稿,接受严格的审稿,才能发表作品。现代文学时期松散的文学组织和文学社团都不复存在了。生活有保障的同时,作家的艺术创造力也受到了极大的抑制。20世纪80年代以来,随着文化体制改革的逐渐深入,90年代市场经济、大众传媒的出现,既有的文学体制瓦解了,给文学的存在创造了新的可能,"体制外作家""自由撰稿人"在文学界出现了。"体制外作家"的出现凸显着文学的多样性和宽容性。自由撰稿人或体制外作家,他们的创作行为脱开文化管理部门的约束,直面市场和接受群体,实践着"独立之思想,自由之人格"。他们打破了过去三十余年来严格的组织方式,摆脱了单位制度的束缚,开始在制度之外,寻找自我价值。然而,作家身份转换的同时,体现着创作自由性与生存困难性之间的冲突。"自由撰稿人"在脱离单位后,没有了固定的经济收入,要靠卖文为生,其物质来源则有了很大的不确定性,因此,他们需要更充分的"表达空间、传播空间和市场空间"。然而,不幸的是,市场、传媒、资本等成了新的障碍,看似自由的空间,其实正在出现新的不自由。金钱的诱惑、生存的焦虑,让一些自由撰稿人,受到了新的奴役,放弃自己的文学理想,为经济利益而写作。

新媒体时代，写作抛开了某种神圣的意味，成了每个人都可以涉足的领域。写作者的创作大体上可分为两类不同的价值取向，一种是标榜自己所拥有的文化资本，在抒发"性灵"的同时，展示出自己的精神品格，他们的创作成果可以划到"严肃文学"当中，而另外一种则是以写作为生，文学创作成了生产，追寻文学的消遣性、娱乐性和经济性。总之，在新媒体时代，写作越出了体制的界限，在体制之外出现了文学的大繁荣。

2. 多样的新文学群落：文学同人的聚集

新媒体时代，产生了因共同的文学理想聚集在一起的同人团体，如网络文学社团、文学读书会以及微信朋友圈等。他们作为有别于传统组织化、一体化的文学组织形式，应该得到充分关注，这些新的文学群落为考察当下社会民间的精神生活以及文学生活提供了一个新的视角。

（1）网络文学社团

文学社团在现代文学发展史上，占有重要地位。如文学研究会、创造社、新月社、莽原社、未名社等，它们的建立，组织起来了中国的新文学队伍，丰富的理论成果和实践成果，对新文学的建立起到积极作用。然而，随着新中国的建立，在当代文学秩序的建立过程中，自发的文学社团不复存在，作家的文学创作被纳入文化部门的管理当中。不过，新媒体时代的到来，互联网上再次出现了文学社团活动，在保有着现代社团的某些特点外，也出现新特征。相比传统的文学社团，他们的发表周期短、作品容量大，给更多的文学爱好者实现文学梦想的空间。网络平台的交互性，又使文友之间得到及时的交流。他们以创作群体的身份出现，因相近的文学理想和文学追求，聚集在一起；每个社团都有各自的文学主张，且有组织原则与规章制度。与经济化的文学写作形成对比，一股纯净的文学力量正在崛起，成为鱼龙混杂的网络文学环境中的"绿化树"。在社团联盟主页上最引人注目的是名家评论专栏和理论专栏的设置，葛红兵、施战军、洪治纲、季桂起、曹建国、许自强、马原等知名作家、评论家发表专业评论；理论专栏则涉及重点作家、热点现象、知名作品的专题评论，如"80后"作家、"90后"作家、鲁迅研究、苏童研究、网络文化等。这些大大增强了网络文学的理论内涵，对于引导网络文学向高层次发展起到促进作用，有助于扭转网络文学发展的低俗化倾向，而严肃文学评论者的加入，也是严肃文学评论者在新媒体时代对文学活动方式转型的主动适应。

目前的网络文学社团基本属于民间自发组织的，他们的文学写作更为突出地直接和心灵相关而不是和某一时期的审美趣味、某一群体的审美标准、某一类型的文学范式有关。互联网上发表的文学作品在专业技术评定的时候尚不计入成果，发表的作品也没有稿费，但正是这种不计回报的文学坚持，秉着自由的创作心态，更体现这些文学写作者的虔诚的文学姿态。他们对于文学事业的坚持，也正是文学精神的可贵之处。

（2）线上与线下结合的读书会

在新媒体时代，传统的"读书沙龙"重新出现，一些读书爱好者，有组织地聚集在一起，分享读书过程中的心得体会，讨论当下的社会、文化现象，还会请相关专家进行讲座。全国各地都有读书会，在各高等院校以及一些初等院校中，有组织的文学读书会也成为文学教育、语文学习的一部分。这些读书会有组织地展开读书活动，给在繁忙生活中的人以新的精神的存活空间。

（3）微信朋友圈的文学分享交流

腾讯公司的微信平台，为文学爱好者提供了一个便捷的分享、交流平台。首先，因"物以类聚、人以群分"，决定了朋友圈的特殊性质——相似的文化程度、教育背景、生活经历，也进而决定了他们语言表述方式、思维方式的某种一致性。他们或是以"群""讨论组"的形式表达他们自己对热点问题的看法，产生争论，或是直接对一些文章进行转载，表明自己的立场。这种分享交流突破了传统时空的限制。其次，微信网民对朋友圈公众号的共同关注，间接地体现了相近的价值立场。这些公众号是传统刊物在面对新媒体时代新的传播形势下所做出的策略性调整，以争取更多的关注者，适应新的读者阅读要求。

三、新媒体促成了新的经济化文学生产模式

现代社会，写作者为了维持自我的生存和发展，必然与出版商、市场发生关系，其创造的文学作品也就具有了商品的属性。作者作为商品流通链条中的一个环节，不再是孤立的存在，他要时刻关注文化市场的需求，创造出符合消费者的审美口味的作品。文学期刊、出版社的转型是20世纪90年代以来文学适应市场开始主导文化生产的重要策略。畅销书生产机制的建立，成功地树立了经济化文学生产模式。如果说市场在文学生产转型中起到巨大作用，那么新媒体则促成了新的经济化文学生产模式——文学网站的文学生产线以及利用网络资源的文学生产。即以新媒体为依托，通过市场的文学消费要求，以最大化地实现经济收益为目标。

（一）文学网站的文学生产线

文学网站作为新的文学活动平台，在其下正在形成着有别于传统文学生产的形式。文学网站成为文学生产、传播、消费的重要场地，为文学创作者和文学接受者提供了写作和阅读的场所，却更多地作为经济化的文学活动平台，受资本运行规律的规约，确立着新的生产模式。一群有别于传统作家，通过文学网站或网络平台发布文学作品，并通过点击率和作品排行获得稿酬的写作者，即网络写手，在经济化的文学生产模式中应运而生。但是，只有在网络写手的作品达到一定标准时——在文字的数量上或是读者的推荐下，写手

的作品才能与网站签约,获得一定的报酬。写手们通过与文学网站签约,完成协议规定的文字数量,并参照作品的点击率获取经济效益,而这种网站签约写作是有别于传统的文学生产的,更多地是以写作的名义追求着经济收益,作品的价值更多是在接受者的点击率下被衡量的。但是,对大多数的写作者来说,收入都是微薄的,而成为"超级写手"或是"白金写手"不仅要求更新跟进的速度,小说的质量也要达到相当的水准。

从各大文学网站的栏目设置来看,文学网站的文学生产模式,在某种程度上促进了类型文学的兴起,玄幻、仙侠、言情、校园、军事等出现在网站的标头,还有女生专区、男生专区的设置,这些分类详尽的文学作品是标准的文化工业产物,文学也如生活用品被批量化生产。阅读者的"欢喜"将决定写作者写什么、怎样写,文学网站也会主打出一些新类型的作品推荐给读者。写作者完全抛开对于文学写作的个人信仰,而彻底追求经济利益,通过"卖文"获得财富。"商业价值"在"审美价值"和"意识形态价值"之外成了新的文学评价标准。

然而,令人担忧的是,这种片面强调写作速率、追求经济财富的商业写作,将极大地损伤文学的审美品质,造成文学的粗制滥造,影响文学的健康发展。尽管不同品质、风格的作品出现在网络上,有崇高的、有悲剧的、有滑稽的、有丑态的,但是却以消费、娱乐为主导向。经济化文学生产创造了文学的繁荣,却也在经济利益下,无意地导致了文学的人文内涵、审美价值的缺失。我们要警惕文艺成为市场的奴隶。如何在经济化的文学生产中,保障原创文学的质量,是一个值得思考的问题,也是对广大写手们在追求经济价值的同时,所提出的深深期待。

(二) 利用网络资源的生产形式

新媒体更新了传统的笔纸书写模式,代之以键盘的输入。新的书写工具,加快了写作速度,便利了信息传播,已经实现了文学的即写即发。不可忽视的一点是新媒体的一项特殊功能,即复制技术,轻按鼠标右键,或是用"Ctrl+C""Ctrl+V"的组合键就可以轻松地将文字从一个页面复制到另一个空间。在这样的写作条件下,衍生出一种利用网络资源拼贴的文学生产形式——在某一主题的要求下,根据一定的关键词,生产团队在网上搜集相关文字篇章,再筛选出自己需要的网络资源,通过复制粘贴技术,简单地排版后,加以精美的封面,不去考究文字的原始出处,就结集出版了。这种通过整合网络资源的写作方式,满足了消费者在某一热点文学现象下的即时阅读需求,却也造成了盗版图书问题和版权争议。

各种文学艺术形式借助互联网进行生产、传播。无论写作者还是分享他人信息的消费者,都很少关注成果的归属,版权意识淡薄。网络版权同传统著作版权一样,应当得到重视和保护。网络版权是指将文学、艺术、科学作品上传到互联网的合法权利人,许可他人使用作品,并由此获得报酬的权利的。传统著作同网络作品,发表平台不同,但是同属于智力成果的本质却是相同的,因此有必要也必须保护发表在互联网上的智力成果。网络的开放性、速度性、复制性,方便了信息的传播和资源的共享,但相对于传统的作品在版权保护上存在很大难度,开放的互联网文化与保护性的版权思想间存在根本性矛盾。当下一般重视的是传统出版下的版权保护,而对网络上传播的信息还没有充分的版权意识,这也给一些不法分子随意使用他人成果,获取经济利益提供了相当的便利。盗版下,创作者得不到相关收益,影响创作的积极性。

第二节　新媒体改变了文学创作观念与形式

文学观是指如何理解和看待文学。新媒体改变了传统的文学创作观念。在这个多元化的社会环境当中,文学很难再承担唯一的价值和意义,不同的作家也因不同的文学追求,在文学活动中践行着言志载道或是娱情快意的文学观念。文学作品的内容、艺术样式和美学品质因数字技术的介入出现了新的思想意蕴和审美品质。

一、文学创作观念的重塑:从言志载道到娱情快意

作家的文学创作观念是同一定社会历史时期的政治、经济、文化、思想状况密切相关的。"一般世界情况"所形成的"普遍精神力量"塑造着作家的人格,也影响着他们文学观念的形成。在漫长的中华文明发展中,正如周作人在《中国新文学的源流》中所言,中国的文学史是"言志"与"载道"两种潮流的起伏,教化功能与审美功能共存。

20世纪90年代以来,文学所赖以生存的社会条件发生了巨大的改变,市场经济的确定,促进了物质的繁荣,随之而起的是崭新的文化姿态,大众文化、消费文化盛行,传统的精英文化在商业利益的驱使下走向边缘。尽管文学在此之后开始甩掉"启蒙"或是"救亡"的沉重翅膀,有了自足的发展空间,但是受"经济力"的驱使,越来越多异质的声音,盘旋在"纯文学"的上空。

进入新媒体时代以后,文学在政治的或是经济的功利主义束缚外,更加注重抒发自我的功能,回归到袒露心性、娱情快意的自由本质,表现人的精神世界。尽管一部分作者与接受者,仍然将文学视作神圣,但是更多的创作者秉持着一种自由的创作心态。他们多数"躲避崇高"、独抒性灵、不拘格套,在网络的自由空间内表现自己的内心生活和情感世界。新媒体时代的文学创作观念,是从"我"出发,再回归到"我"。不过,有时一些作

者会全然将文学当作游戏的，娱乐的、发泄的。不过，这种"快感"是脱离了"性"本能的，是思绪所到的情感喷发与流淌。

正是这种任意的姿态，让我们看到了文学的活力。我们也在自由的文学创作当中看到了现时代人真实的精神世界、价值取向和文化立场。透过文学的窗口，更加关注人的存在。而这些是与新媒体时代的自由的文学生产与传播平台密不可分的。

自由是一切艺术的人文原点和终极母题，也是文学本体的精神之根。新媒体时代，文学正在找到它的自由之精神，努力摆脱各种社会因素的影响。

受经济利益的利诱，网络文学正在脱离它最初的"自在"本性。新媒体时代，文学尽管摆脱了政治强权的控制，写作的目的有了多种可能性，可以为政治、为经济、为道德、为娱乐，但是文学的最终目的要超越物质而营造精神的圣地，使人在日常生活的烦怨之后，迎来精神世界里的诗意栖居。但是，无论怎样，对于那些有些良知的作家来说，都要怀着一种人世的情怀，不能只把文艺看作审美的自足，把文艺看作自娱的游戏，或是把文艺当作赚钱的工具。

二、作品内容与艺术形式的转型

新媒体在文学中的介入，改变了文学的内容和艺术形式。从文学体裁、题材到表现手法都出现新的样式，文学发展出现新的趋势："小叙事"与"超长篇"是新媒体环境中出现的新文体；类型文学则是商品化文学生产的产物，充满本能欲望；多媒体技术丰富了文学的表现形式。新的社会文化环境和新的媒介环境给文学发展带来了新的可能，也是当下社会生活对文学提出的要求。

（一）网络新文体："小叙事"与"超长篇"

所谓体裁，是指文学作品的具体样式，文体的变革与时代的变迁息息相关。新媒体时代，体裁的稳定体系遭到破坏，新的文体应时而生，而已存在的文体正消亡、整合，传统的文类划分已经无法适应今日的文学新发展，新出现的文学样式正在打破传统文类的既定规约，网络文体正在迅速发展，并逐渐形成了新的审美范式，被普通大众接受。

反体裁已经成为我们时代的主导模式。在全民写作的时代，大批非专业作者，由于没有受到过正规的文学训练，文体意识淡薄，只是即兴创作、有感而发，而不像传统的精英写作，往往要在深思熟虑过后，根据所要表达的内容，选择适合的文类。网络时代，率性而为的写作姿态，导致了文体的泛化、界限的模糊，文学文体出现了无序化状态，传统文体的严整性消弭了，自由散漫的文体正在成为主流；写作者抛开传统诗歌、小说、散文、戏剧的文体规约，肆意地在键盘下流出所闻所思所想。在这个过程中，一些新的文体随之出现，比如一些短小精悍的"小叙事"，如"博客体""日志体""短信体""微博体""微信体""网络民谣（段子）""电子广告"，或是"超长篇"小说等。

1. "小叙事"

现代生活的飞速旋转、文化娱乐的快餐式消费，都对写作规模提出了新的要求，那就是必须简短有效，切中要点。这是与当下的即时写作、碎片阅读趋势相符合的，实现了内容与形式的统一。传统长篇作品的复杂情节、纵深结构与深度思想都无法适应当代的审美阅读需要了。现代社会的快节奏生活方式和社会风气，让人更倾向于文化速食。写作者在狭小的文本空间中，用极为直接有力的方式传达自我，而阅读者也追求着转瞬即逝的审美快感，而不去探寻深度与意义，甚至一笑了之。这种新的文体孕育着新的内容和新的精神，这些新的内容和精神，反映着当代的现实生活。在各种平台上，每天都有无数这样的文字刷新，但却呈现出对宏大主题的告别，民族、国家、社会、责任等的规避，原因在于，网络时代正在全面进入"我时代"。在这个时代一切以"我"为出发点，以"我"为最终的旨归，只关注个体的生存，这也是称为"小叙事"的原因。"小叙事"的凸显是对个人价值的确认，然而这样的价值取向或是意识形态，也是危险的，自我的无限膨胀，必须引起我们的警惕。

2. "超长篇"

"超长篇"是新媒体时代出现的一种新文体，其打破了传统文体中对小说，尤其是长篇小说的概念界定。传统长篇小说的文字量在10万字以上，通过对复杂而广阔的社会现实的把握，从而展览出一定时期范围内的社会风俗人情。作者在波澜起伏的情节中，在众多人物的纠葛中，在多条线索的并进中，结构全篇，并通过文学语言艺术来表现出对社会人生的思索。"超长篇"小说的出现，是与传统长篇小说的兴盛有着不同的社会历史环境的，既不同于古代社会士大夫的缘情而发，也不同于现代社会知识分子的干预社会，而是在市场经济条件的作用下产生的，并与新媒体的写作环境密切相关的。网络文学写手的经济收益，因为以更新的文字量计算，所以，为了更多的收益，也促使其越写越长。网络空间的无限性，打破了传播出版的有限版面限制，为"长篇小说"的无限延长提供了现实的可能。"超长篇"小说文字数量通常都在百万以上，采取网络连载的方式在各大文学网站上更新。网络小说有即时更新的要求，因此缺少草创后的修改而匆匆挂到网上，而导致结构缺少精密构思。在网络"超长篇"小说中，写作者更多地是为了讲述一个吸引人的故事，而并不去考虑"艺术真实"的内涵，既没有写作者的情感真实，更不去在故事的讲述中像传统作家那样反映社会人生的情状，传达出深层的价值和意义。

（二）类型化题材：充斥着本能欲望的虚构世界

现代文学以来，根据对文学题材和主题的认识，分为武侠、言情、推理、历史、恐怖等；新媒体时代以来，传统的题材划分根本囊括不住当下的文学内容，出现了新的题材形式。通过扫描各大文学网站主页，题材分类大致有玄幻、奇幻、科幻、仙侠、武侠、言情、都市、历史、军事、游戏、竞技、灵异、同人等等，这些题材既有超越现实的想象，也有基于现实的讲述，还有再现历史的回望，不过终于指向那些在现实中无法实现的欲望，直至人们对于权力、爱情、新奇的向往。写作者通过对生活的深入挖掘，将文学题材延伸到每一个角落，无所不包，无所不谈，使得当代文学得到了极大的丰富，许多话题禁区也被打破，而这一切都要归于网络写作、发表的自由，不再受到传统文学生产、审查、发表的严格限制。网络为类型小说的消费提供了超市化的服务，也为写作和接受提供了新的互动模式。在这里，终端（读者）决定了一切，读者的欲望被无限地放大、细分，像享受按摩一样，各部位都可以得到专业性的照料。

众多的文学类型，满足了不同读者的阅读偏好，不过，类型文学的创作本身，却遭遇到标准化、平均化的命运，变得同普通的消耗品一样，失去了其作为精神产品的独特性。类型文学是文化工业、文学商品化的必然结果，已经被纳入文化产业的经济效益产出之中。写作者只要紧跟读者的喜好，然后根据固定的模式进行写作就行了，而不再去考虑生活真实，甚至出现了大量相同内容的复制、拼贴，这也导致了网络文学的粗鄙化倾向。但无一例外地，在这种"高度架空"的写作中，都创造和满足着阅读者的欲望，反映着特定时期的社会文化心理。

三、多媒体语言：声像并茂的逼真体验

文学是一种语言的艺术，作家通过文字来创造艺术世界。新媒体时代，科学技术被应用到文学创作当中，于是在文字之外，声音、图片、视频、动画、录像、数码摄影、影视剪辑等成了新的"语言"，丰富了文学的表现手段。多媒体技术的应用，可以在同一时间之内，调动人类的多重感知，创造了身临奇境的感觉；"瞬息之间的由许多形体组成的风景，需要几页散文才能表现出来"，却可能在新媒体创造的一个影像中就被表现出来了，使得文字表意的有限性得到补偿，让读者更快地进入审美状态，并且"将物体从同一和连续的印刷文字空间里解放出来"。

传统单一的文字表意是间接性的，需要转意、思索、领悟，如果不具备一定的阅读能力和理解力，是无法将抽象的文字符号在大脑中连缀成意义，并生成具体的"想象画面"的。文字在某种程度上的抽象性，限制了读者的欣赏。多媒体语言在文学写作中的应用，

形成的互文阐释效果，有利于加深对事物的认识和理解。随着自媒体的发展，大众通过个人的用户终端，将即时的见闻、感触，以"文字+图片"的组合形式，发到互联网上，与人分享交流。从日常生活可见，人们更愿意用直观的声像代替文字去直接地表现和体验某种情绪。在毫无巨细的展示中，一种新的写实主义正在流行，营造着一种身临其境的感觉。

多媒体语言在带来新的审美范式的时候，却也导致了一些负面的可能。图像化的结果造成了审美的直观，剥离了文字所蕴含的言外之美，传统文字文本中的留白都被图像填补得满满，失去了反复体味的美感。阅读者的想象、思考、分析的能力也受到影响。电子技术挑战着传统的真实观，不再是对现实生活和客观世界的真实再现，而是一种"超真实"，比真实还真实。影像不是再现或是一种虚假的意识形态的遮掩，而是成了真实本身。

字、音、图、像等多媒体的联合应用，正在突破着文学与艺术的界限，挑战着文学的内涵，扩充着文学的外延。各国早期的文艺都是"诗、乐、舞"的多位一体，新媒时代的文学，正在成为一种综合性的表现艺术。当"高科技"被应用到文学当中，文学研究者应用开放性的眼光来看待文学，并建立适应当代文学发展的开放的文学观。不过，如何在新的时代重新界定文学内涵是一个难题，如何在多媒体技术的"镜像"下融入深度的判断也是当今需要思考的一个问题。

四、文学美学品质的变异：从追求崇高到美学追求的多元化

文学作为一种社会性存在，其本身必然打上清晰的时代烙印，特定历史条件的社会风尚会对创作者造成影响，并间接地投射到作品中。因此，文学的美学品质与时代发生密切的关系，反映着特定时代的精神气候。21世纪，新的传播媒介，不再只是作为一种工具、手段，甚至已经融入被承载物当中，成为审美价值的一部分。互联网给文学提供了新的生态环境，其后现代的意义指向、中心的消解、个体的凸显，正在消解着集体价值下的唯一的崇高文化，生成着崇高、优美、喜剧、悲剧、丑、滑稽共存的文学现场。

躲避崇高是日常生活的回归，而日常生活的回归，开启了世俗化之路。日常生活确认着人的价值，使人脱离了"神性"而存在，而沾上人间的烟火。在新的历史条件下，人的基本生存欲望得到了满足，有关"性""物质""情感"的欲望，都获得了合法化的确认。当"活在当下"成为现世的人生追求，摆脱泛政治的压抑变得迫不及待，美好的彼岸"天堂"也在现世的美轮美奂中显得愈加遥远。

互联网、手机等参与到社会文化的塑造当中，为世俗化的快乐审美、感官刺激、文化消费提供了新的可能。新媒体的交互性、自由性、即时性、随意性，吸引了大众的广泛参与，为文化的生产和传播提供了有效的工具手段，更为多元的审美提供了生长条件。多元

的审美反映出文学的生命力，也为产生优秀的文学作品创造可能。在"躲避崇高"之后，文学审美呈现多元化的趋向。传统文学中的"崇高"与"优美""悲剧""喜剧""滑稽""丑"等美学品质共存在当下的文学创作当中，然而，却趋一致地出现了"世俗化"的美学倾向。"世俗化"本身并不具有贬义，它只是一个中性的概念，不过要警惕由于审美自由所带来的鱼龙混杂。我们尊重多元的文化选择，但是我们也要看到多元背后的世俗化倾向，以及其中隐藏的消极因子：缺乏人文精神、丧失批判意识、深度的削减以及感性的泛滥，放弃传统民族、国家的集体精神，而愈加地关注个体的价值，避开崇高价值的言说。习近平总书记 2014 年 10 月 15 日上午在北京主持召开文艺工作座谈会并发表的重要讲话，"低俗不是通俗，欲望不代表希望，单纯感官娱乐不等于精神快乐"。"全球化"正在影响包括文学在内的社会生活和日常生活的各个领域，信仰危机也不只发生在中国，其已经成为一个全球性的文化问题。因此，作家们在创作过程中，在创造文学的娱乐性的时候，还要坚持社会主义核心价值体系，注意恰当地反映当今时代的精神，展现出中国风格，并形成自己的价值立场，实现"寓教于乐"。

第三节　新媒体改变了文学传播方式

新媒体突破了传统媒体发表空间的有限性，实现了超时空的即时的无限传播。各种数字化的信息交流平台，为大众提供了一个尽情言说的空间。以网络文学为核心，实现了包括传统纸媒、影视、游戏、广告、动漫等在内的"多层次的衍生品"的共存，大大激活了网络文学的生命力，丰富了文学的生命形态，吸引了不同趣味的消费者，获取了巨大的经济收益。

一、数字媒体实现了超时空的即时传播

工业时代，是机械化生产的时代，也是原子的时代。信息传输依托印刷术与机械的结合，在特定的时间和空间内来完成。工业时代主要的传播介质有如报纸、杂志、书籍等，而这些媒介因原子的有限性在某种程度上束缚了信息的传播。随着人类科技的发展，在蓬勃的 21 世纪，我们迎来了信息传播的新纪元。信息传播介质革命性地再次发生改变，由"比特"构成的互联网、手机等，将以数字化的方式，挣脱时间、空间的限制和"原子"的束缚代替纸质传播媒介。数字化生存能使每个人变得更容易接近，让弱小孤寂者也能发出他们的心声。

网络空间的无限性，让每个人都有了表达的机会，有了自由表达的权力，人们在现实

的有限的物理活动空间之外,在虚拟的网络空间自由飞翔。网络空间的无限性,增加了信息的承载量;对文学来说,扩大了其存在空间。如果 2BT 可以存储一个汉字的话,那么 1GB 就可存 5.36 亿的汉字。假设一部长篇小说有 20 万字,则可存储 262 351 部小说。如果用实体图书馆收藏 27 万册图书,则需要占据相当大的物理实体空间。传统期刊、报纸、书籍因版面的有限,期刊周期过长,只能在投稿作品中千挑百选,而一些有价值的作品,最终错过了发表的机会。新媒体所创造的文学空间,使文学彻底从狭窄的纸媒空间中解放出来,任何有意愿发表作品的人都可以将自己的作品与他人进行分享。电子技术突破了传统物理传播时代的信息壁垒,物质、时间、空间的阻隔与冲突在数字媒体时代得到了解决。写作者只要将在计算机或手机上敲打好的作品,点击发送,就可以将没有重量的比特传输到世界各地,同时,其他用户也可以即时地收到发出者的信息。数字媒体实现了信息发送的即时性、超时空性和无限性。

　　数字化生存是人类社会的未来走向。印刷媒介和电子媒介的斗争,是不可避免的,然而在相当长的一段时间内,它们将共存,比特媒介的成本远远要低于原子媒介,它可花费极低的成本来传播大容量的信息,并且,比特媒介的快速传播也要比传统信息媒介具有优势,甚至实现了同步性、实时性。同时无论从存储的角度来说,还是从环境保护角度来说,数字化都将成为必然之路,因为"以一个容量为 4G 的电子阅读器来说,它一般能容下 3000 本电子图书,而同样版本的纸质书,如果按照每本书平均 500 克计算,3000 本书需要 1.5 吨的纸张。如生产这么多纸,就要砍伐 30 多棵树龄在 20~40 年的树木,需耗费 150 吨水、900 度电、1.8 吨煤和 450 公斤化工原料。也就是用一本 4G 的电子书阅读这 3000 本书,不仅能少砍几十棵大树,而且还能减少水、电、煤的消耗"。然而,就在比特传播趋向未来的时候,我们不能因此断定"书"没有未来,纸质传播失去其优势,毕竟,那墨香和手翻书页的触感,所带来的美好的感受,将吸引读"书"爱好者。

二、新媒体提供了自由选择的传播平台

　　进入新媒体时代,互联网、手机等的广泛应用,不仅更新了信息传播介质,方便了信息的传递,还给文学的发展提供了具有互动性、开放化、个人化的新平台。依托互联网、手机存在的 BBS、博客/个人主页、微博、微信等个人化写作空间,为大众开辟了语言狂欢的场所,也为迎来文学的全新写作时代创造了必要的条件。这些自媒体的出现,让每一个人都成了信息的发布者,实现了自己的说话权。网络文学"多源性"的参与机会,凭借技术实现了印刷文学梦寐以求的"互为间性"的理想效果,即作者、读者、文本和环境在一个开放"场域"共生共舞,因为传统媒介的信息传播方式是单向传播,接受者只能被动地接受信息,新媒介则实现了互动式传播,参与者既是信息的接受者,也是信息的制造

者。

借助一台计算机、一部手机，通过博客/个人主页、微博、微信等平台，作者就可以开始他的心情日记。网民通过网络编辑、发送、转载信息等也成了普遍的现象。作者不拘泥于特定的文体，不按照特别的格式，或许干脆连标点等省去，发一个表情、写一段话，或是一段视频，随时随地记录情感，而无所顾忌。博客/个人主页、微博、微信等相对于传统发表平台有许多优势。第一个优势就是，写作者在新的平台里实现了即见、即写、即发，表达此时、此刻、此地的心情，并实现视频、图片、声音、文字的互文表达，让文学不再是单一、枯燥的文字叙述。多媒体的参与，使表达变得"声情并茂"。新的发表方式，在"正统"的文学写作之外开出一条新路，不再受篇幅的限制，不再受时地的限制，不再受传统文学规范的限制。第二个优势就是转发功能与回复功能，为广大用户搭建了一个信息化的社交平台，实现了双向的互动与交流，去除了中心，也彰显了每个自我，实现着民主。第三个优势是在真实世界的社区之外，突破地缘的限制，基于共同的兴趣、爱好、经历等建构虚拟社区。"状态发布者"可以在圈内获得情感支持、友谊和归属感。新的表达平台一方面强化了写作者"自恋"式的"表白"欲望，另一方面也满足了他人的窥视欲望。借助新发表平台的写作，是极具个人色彩的写作。用户在这个紧张与焦灼的时代里，找到了倾诉与宣泄的平台，缓解了他们的焦虑。这些空间在某种程度上的虚拟性，又让他们获得了另外的虚假身份，而减少顾及，真实地释放自己、认识自己。专门的中文文学网站，降低了文学的门槛，让文学爱好者的才华得到尽情地展示，文学梦想不再因发表的障碍而无法实现。文学网站的商业化运营模式，还给写作者创造了经济收入。

三、全媒体融通促进了文学多种艺术形式的传播

网络文学通过传统出版、影视改编、游戏改编等全媒体的跨界合作，再次扩大了其传播空间，赢得更多的消费者，实现了其经济价值的最大化。网络文学原创作品，通过与影视、娱乐、广告等的深度合作，正在形成一条引人注目的产业链条，已经实现了"一次生产，多次利用，全版权获利"。更重要的是在"视觉"时代，找到了文学的生存出路。

（一）线上文学的线下出版

未来的网站经营将会是跨产业、多种模式的综合发展，会员制、出版与周边开发将会成为三足鼎立的赢利途径。

网络文学的跨界出版，既是文学网站增加收益的手段，也是传统出版业寻找发展生机的出路，更是网络写作者的自身要求。

对文学网站来说，必须将其丰富的网络文学资源与传统出版相结合，才会有赢利点，

这是文学网站造血机制的根本,这样做有助于实现文学网站发展的良性循环。网络文学的实体出版,既可以吸引原有的线上读者,也可以赢得新的读者,而实体出版的作品,又通过数字化技术,转化成数字图书形式。文学网站的实体出版战略,是其扩大市场的重要手段。在网站和出版商的合作下,打造的实体畅销书,吸引了很多读者,尤其是年轻读者。

正当文学的网络出版风华正茂,大量作者依靠网络实现自己的文学梦想,却出现了作品发表的逆向生长。早期在网络上写作的人渐渐地淡出了网络空间,而回归到线下写作,并通过传统媒体出版。曾经,安妮宝贝、慕容雪村等早期网络作家在互联网上发表作品,看重的是网络写作的自由,在网络里,他们内心的真实情感得到释放,而不用顾及他者的眼光。网络文学发展到今天,却与他们的初衷相悖。那"自我的文学""真实的写作",现在蜕变成了娱乐性、消遣性、轻便性的"快餐文学",除了创作、传播、接受的在线性没有变,其内涵与意义发生了变化,更多地与商业经济、消遣娱乐相联系。随着网络文学的经济化发展,为生存而写作的写手大量繁殖。写手为获得经济利益,逐渐背离早期写作者的写作初衷,而沦为受众和经济的奴隶,写作质量下滑。于是,早生代的写作者们纷纷退出网络平台,回归到传统的出版路径。早期的写作者向传统写作的回归,可能深受"出版才是硬道理"的精英思想影响,更试图与当下的网络写手们划出分明的界限,并告别"草根身份"。"因为纸质出版是传统文学的出路,传统文学有其权威性;而网络文坛芜杂混乱,写手们需要获得一种权威的认可。说白了,纸质比网络更有面子。"然而,对于更多的网络写手来说,选择实体出版不仅仅是"面子"问题,更多的还是"生存"问题。网络写手的实际生存让人惊心,为了留住读者,每天都要进行更新,透支着身体和青春。实体出版的稿费较高,并且还有相应的版税。

总的来说,纸媒出版有相对严格的出版程序,其发行的设限,有利于提高文学的品质。网络文学的超大容量,给出版商带来了巨大的选择空间。纸媒的出版发行,通常选择点击率高的作品,在泛滥成灾、泥沙俱下的作品中选出精品,也给网络文学经典化提供了可能。然而,网络文学在传统出版"招安"的过程中,在线性的丢失,也必将丧失网络文学本身的特质。网络文学的高使用量,在于其依赖计算机、手机等新媒体的便捷式阅读,还在于阅读的流行、时尚、开放、轻松等,至于日日更新中,上文所留下的那份悬念,更是吊足了读者的胃口。当网络文学离开网络,离开它赖以生存的土壤,其存在也面临合法化危机,更无法同具有高品质的传统文学相比。

(二)畅销作品的影视改编

文学作品的另一条发表途径,即影视出版,将文字转化成影像作品。近几年来,通过网络文学改编的电影或电视剧备受青睐。通过影视发表的经典畅销作品如《平凡的世界》

《狼图腾》《白鹿原》《红高粱》等。影视化改编是文学在生存困境中的自我拯救，是文学适应市场化、产业化，扩大发展空间的重要选择。图像代替文字，正是这个时代所正在发生的，以声、光、像为主导的影视产品，越来越受到大众的普遍喜爱，复归着人类形象思维的原始天性。影视作品，相对于单纯的文字作品，有很大的优势，其作为一门综合性艺术，通过声音、语言、画面、动作、行为、场面等多种符号进行表意，因其生动、形象、直观、动态、多维的相对优越性吸引了更多的眼球，而文字的抽象性，则需要将观念转化成形象，因而对接受者的文化水平、思维能力、鉴别能力都提出要求，也就天然地将许多参与者拒之门外。多角度的图像呈现、虚拟的仿真情境，充分结合了欣赏者的感官系统，听觉、视觉、嗅觉、触觉等，让接受者产生身临其境之感，实现融入性体验，进而加深对作品的认知，因而，传统单靠文字进行表意和审美传达的作品自然地陷入危机。

网络文学的影视改编，通常选择点击率高、已经经过市场检验的作品，这样可以避免许多风险。文学作品改编成影视剧后，原有的读者会怀着不同的心理期待加入影视作品的观看队伍中，而电影票房获得高收入的同时，又反过来促进了原著的点击率，许多原本没读过小说的人，也纷纷开始阅读。然而，在改编过程中，编剧或者导演的误读，又会限制接受者的理解，甚至给原作造成巨大的伤害。不仅如此，文学的影视化改编也给文学创作带来影响，如，思想的浅显化、语言表达的简洁化、情节的戏剧化、矛盾的冲突化，而传统文学的细腻的情感、复杂的心理、张力的语言、精致的环境等不符合影视的"平面化"审美需要，一点点从文本中淡去，一些写作者甚至在写作的时候，为方便可能的影视改编，从选题、题材、形象、情节、结构等方面，自觉地靠近影视剧对文本的要求。文学正在失去其作为文学存在的独特属性。

"文学性"是文学之为文学的必然要求，而当影视观赏越来越成为人们业余时间的休闲方式，那么影视文学也应发展其独特性，除了要注重传统叙事中人物、情节、结构、矛盾等的设置，还要更多地利用拍摄手段和技术制作。当视觉文化代替文字审美成为新的消费风尚，"开掘数字文学性"成为新的任务：复归影视文学的文本特性时，突出语言的表现力，并结合超文本、多媒体、3D等新媒体技术，以丰富表现手段；新媒体时代网络的虚拟技术在影视作品中的运用，突破了现实条件的制约，实现了不可能的图式、场景、模型的想象性构建；充分发挥摄像机的作用，通过位置、速度、角度来增强神经系统的刺激，增强观看者的审美快感。

影视的直观性，决定了影视改编后的文艺作品所传播的范围要更广些。这些改编的影视作品演员多时尚、靓丽，一些时候观众对剧中人物"形式"的关注超过故事情节、精神内涵本身，剧中人物同款的服饰、挂件等很容易激起新一轮的消费欲望，如郭敬明指导的电影《小时代》，是一个场面奢华的当代幻梦，各种奢侈品频频现镜，它们反映出了这一时代的文化风俗——追求光鲜，商品拜物。在以获得高收视率的目标推动下，古代历史题材普遍关注皇家秘史、宫廷政变、宫闱逸事、情爱绯闻，在矛盾冲突的制造中，我们看到的甚至是封建思想意识的复苏——皇权、等级、纲常等，它们在当下中国的发展中，像一只无形的手，仍然操纵着社会生活，但观众并不反感，它们作为人们无意识的一部分，得到整个社会的认可。在消费主义流行的今天，物质取代精神，各种形式的文艺作品，更要思考和反映人的现实存在，尤其是影视作品，因其受众之广、影响之大，更要超越现象世界的表现，要有穿透生活的力度，将属于未来的健康的东西展示出来，并要以艺术的方式将我们思想、情感、行动中最珍贵的东西保存下来。

（三）网络文学的游戏制作

网络文学的跨界发展中，网络游戏也是重要的一极，因为游戏天然地与文艺有着某种密切的关系。网络游戏是网络文学产业链上最重要的一环，是新媒体时代文学在传统出版、影视改编之后的新出路，其蕴含的巨大商业利益，成为新的掘金之地。文学作品转换成其他媒体承载的形式，既是文学的生存需要，也是经济价值的追求结果。大众对市场提出越来越多的文化形式要求，以满足不断扩大的精神需要，网络游戏应时而生。当网络游戏越来越多地出现在我们的视野，越来越大众化、越来越强调人性因素的时候，网络文学与网游的结姻结合的硕果，为一度匮乏的游戏文化填补了宏大严谨的世界观、深远的文化背景与内涵，也成为填补玩家精神寂寞的一个重要手段，能够让玩家在游戏之外找到更多活动的内容。自网络文学改编的游戏，打破了传统游戏的单一性，网络文学的故事性、情节化丰富了游戏的内涵。开发商的高水平制作，所营造的艺术氛围，让玩家在娱乐之外，也参与到一种审美活动当中。网络文学中的玄幻、科幻、仙侠等类型作品又同游戏有着密切的关系，其所构建的想象世界与网络游戏的虚拟世界有内在的相通性，数字化技术的应用，再现着文字所描述的假想世界，尤其是玄幻类作品，宏大奇特的构思，超长篇的文本架构，非常适合改编成游戏。网络游戏有资深玩家，而人气高的网络文学作品已经有稳固的读者群，这些网文读者有成为新玩家的潜在可能。游戏开发商，通常以网络文学的人气量和点击率作为改编前提，这样能够争取到更多潜在的用户和社会关注度。网络游戏的情节，通常以原作的故事为蓝本，在经过去粗取精的加工之后，实现对原作的经典再现。

第四节　新媒体使中国文学产生新的接受与批评方式

新媒体使中国文学产生新的接受和批评方式。普通的读者在阅读中追求娱乐和休闲，专业的文学批评者在网络文学面前,面临着前所未有的尴尬。旧有的文学评价体系已经无法对现有的文学现象进行阐述,而新的评价体系尚未建立。因此,理论界亟待建立新的评价体系,而不能因网络文学的一些缺陷而排斥回避。

一、"浅阅读"演变为大众的文学接受方式

随着改革开放的深入、人民生活水平的提高,在商品经济的冲击下,大众的文学阅读日益成为一道亮丽的文化景观。大众阅读的崛起,是在物质生活得到了极大的满足后,大众对文化提出需求的必然结果,打破了国家的文化霸权及知识精英的文化垄断,普通人也有了欣赏和参与文化的权利,精英文化和大众文化走向融合。大众的文学阅读所具有的流行性、娱乐性、日常性是与传统精英阅读的严肃、高雅、精致相对的。21世纪以来,计算机、手机等大众媒介的应用,扩大了文化的生存空间,加快了文化的传播速度,推动了大众文学阅读的发展。新媒体时代,与以往任何一个时代相比,都增加了文化参与的社会性,进而促进了文艺的民主化进程。网络上庞大的文学作品,给受众提供了丰富的选择可能,多数读者可以找到适合自己口味的作品。

在新媒体时代,文学消费与接受发生转变,不再是知识人的专属特权,由少数到大众,由接受到对话,由过去式到现在进行时。传统的文学阅读,带有着精英的意味,对接受者的文化水平、经济状况、审美能力等提出很高的要求,受诸多因素的限制,很多读者被拒绝在阅读的门外。新媒体时代的文学阅读,真正地实现了"普及",大批的隐形读者渐渐浮出水面。无论是在交通站点,还是在公交车上,总能见到"低头一族"。相比之下,新媒体时代有更多的人进行阅读,只是阅读的品质有待考察。网络文学的整体思想品质较低,内容显浅,缺少严肃的思考,但也降低了文学阅读的门槛;与实体书籍昂贵的书价相比,网络文学的价格低廉吸引了不少读者。尽管随着商业化的文学生产,各个网站实行收费制阅读,也丝毫没有降低

读者的阅读兴趣,通过付费阅读到的文学作品,质量较高,保障了阅读者的审美效果。新媒体时代,读者越来越成了主动的参与者。文学的接受者在新媒体时代发生了颠覆性的改变,他们的文化需求受到了极大的关注,得到了极大的满足;对于写手们来说,只有紧紧地摸准读者的胃口,才能在激烈的竞争中赢得生存的地位。读者的趣味恰似一只看不见的手,调节着文学生产。

新媒体时代海量的文学作品,种类繁多、品种齐全,给阅读者的选择提供了巨大的空间。写手们为了满足读者的需求,还根据读者对题材、情节发展的要求,完成专门的写作。从各大文学网站的点击量、排行榜来看,玄幻、奇幻、仙侠、灵异等非现实主义题材的小说深受阅读者的喜欢,这些作品的奇崛、浪漫,满足了对未知探寻的渴望,填补了感

情的空白，更实现了阅读主体对"残酷现实"的逃离。伴随着眼球的飞速旋转，阅读者在鼠标的点击中，或是手指的触屏中，轻松地完成了阅读。因网络文学的未完成性特点，有时候，阅读者耐不住等待的煎熬，甚至敲击键盘，进行续写或仿写，参与到文学的创作中，一种读与写的快感，被抒发得淋漓尽致。

伴随着计算机、手机、iPad等媒体的出现，全新的阅读时代来临了。首先，读者的阅读方式改变了，可以随时进行在线阅读或下载阅读，还有利用"懒人听书"等软件，来收听录制好的小说原文。阅读打破了传统的"看文字"的内涵，而融入了"视听"等新意义。其次，接受者的接受目的变了。在传统的概念中，文学阅读具有认识作用、教育作用、美感作用，主体通过阅读获得知识，提升自我，陶冶情感，具有极强的"功利性"和"目的性"。现如今，文学阅读的目的多元化了，或是物质生活富足后的精神消费，或是闲暇时刻的娱乐休闲，整体上从严肃的文学欣赏走向了轻松的文学消费。多数情况下并非为了寻求精神上的陶冶和升华，而纯粹为了休闲、娱乐、打发时间，呈现出"消费"的阅读倾向。"既然是娱乐休闲，大家都愿看一些通俗的、轻松的、幽默的、微微有点刺激性的东西，而不愿看那些板着面孔教训人的东西，不愿看那些太沉重的东西，也就是很自然的了。"

阅读的整体状况是消遣性增强、知识性减弱。传统的深度阅读模式正在消失，越来越多的受众沉迷于那些粗糙、显浅的电子阅读当中，而不是那些曾经带给我们文化营养，具有极高文学性、审美性、深度性的传统报刊书籍。鲁、郭、茅、巴、老、曹在新媒体时代面临"生存"危机，哪怕在中文专业的学习者中间，其阅读的普遍性也面临下降。在网络平台上回归的传统名家名篇，或被装扮成绝口的心灵鸡汤——某某说人生的情况，某某说爱情的甘苦，或是干脆被戏说调侃。文学阅读简略了过去神圣的阅读"仪式"，适当的光线、舒适的桌椅还有安静的"自己的房间"，带有了更大的随意性，发生在等车、排队、乘车、吃饭的间隙，成了琐碎时光的排解。总之，一切可能的时间都被充分地利用了，文学阅读也在信息化时代被快餐化了。

二、精英批评的式微与大众批评的兴起

这既是一个全民写作的时代、全民阅读的时代，也是一个全民批评的时代。当下的批评盛景是从未想象到的。当代文学前三十年，文学批评的作用被过分夸大，批评的权力被死死地控制在文学体制之内或者少数文化权力者手中，专栏评论中所见到的群众观感，不过是假托群众之口，表达官方意识形态。

文学批评是通过对已有的文学活动、文学现象进行分析、研究、评价的科学活动，并要对未来的文学活动给予一定的指导，在这样的前提下批评主体的任务，即行家，就要

"跑到幕后"，去窥探文学创作的社会历史背景，设法理解创作意图，分析创作手法。文学批评要在对本质规律的揭示后，对文学活动进行指导，以实现批评的公共性。鉴于此，文学批评对批评主体本身提出很高的要求，因此，历来文学批评都由受过专业训练的读者来进行。专业读者在进行文学欣赏时，除了同常人一样带着的审美动机、休闲娱乐的心理体验外，还总会有意无意地用价值判断的眼光来看待作品，从深沉的情感中跳出来，试图把握作品的思想意义，判定其时代意义、文学史意义。批评者除了要具备良好的文学感受力，还要掌握丰厚的文学理论，并且要有良好的文字表达能力，能"从感性认识上升到理性认识，从经验直观上升到理论分析，从具体的文学现象抽出普遍意义的规律"。从知识精英的批评文字来看，引经据典、铺陈婉转、滔滔不绝，还有统一的"八股"格式，而要想读懂他们的文字必须具备一定的学理知识。大众媒体出现以前，文学批评始终是一个神话，不食人间烟火。

新媒体时代的文学批评不再是知识精英在象牙塔里的自说自话，普通网民从各个角落涌现，走上了十字街头，发出属于他们自己的文学声音，文学批评也进入了"平民时代"。在新媒体时代，无论是谁，只要拥有了一台可以接入网络的计算机，有基本的文字应用和表达能力，他就拥有了整个网络媒体，他就拥有了写作权、发表权、交流权、批评权。新媒体时代批评门槛的降低，开启了文学批评的新时代。对于大多数没有受过专业批评训练的普通文学读者来说，尽管他们的理论素养不高，表达能力不强，但是也可以表达自己对文学的认识。通常情况下，普通的文学读者只是在阅读之后，根据自己的感悟，对人物、情节及故事的合理性做出判断，而不去深究文学作品背后的社会、文化动因或是创作者的写作动机。他们强调直觉性的体悟，并不追求对道理的演绎和罗列，而是"注重我的情感和物的姿态的交流"。

大众通过文学网站、个人主页、BBS等平台，发表个人观点，少有长篇大论的鞭辟入里，更多的是情绪化的点评，根据阅读后的直觉和体验，进行三两句、几个字的即兴留言。

从广大网民的感性的、直觉的评价中，我们看到中国古代批评传统的复归，既有印象的、直觉的、感悟的，也有注重主、客体的交融统一，注重气韵、境界、神韵。借此，我们需要正视现代以来基于西方理论所建立的学术规范，甚至是有些机械的操作：讲究逻辑思维的严密、讲究论述的有理有据、讲究批评的格式……但是，文学毕竟不同于科学研究，其更强调一种人文关怀，关注人的情感、人的价值、人的生命。网络文学批评由于不受程式化的批评制约，批评者可以随性地表达自己的看法。尽管留下的文字缺少精心的打磨和严谨的逻辑，却带有"原始"的情愫，那"印象式""评点式"的批评，让我们看到了发自内心，不计目的的文学意趣。

网络讨论专区的设置，还给读者和读者、读者和作者提供了充分的对话、交流空间，写作者可以及时得到反馈，这样传统的批评权威在自由的表达中被消解了。伏尔泰说：评判的责任是读者的；而读者的评判是正确的，只要他能公正地阅读，能摒弃学者的偏见和虚伪的虚弱心理，这种心理往往使我们瞧不起一切不符合我们习惯的东西。新媒体时代，文学批评得到了大众读者的广泛参与，他们抛开传统精英批评的偏见，更加包容地面对新的文学现象。网络文学批评匿名身份的参与、批评者主动的无功利参与，使得批评现场出现了"真实"的声音。进入21世纪以来，文学批评也开始遵循"利益交换原则"，专业的批评者出于各方面的考虑，在批评时往往避重就轻，只谈优点不谈缺点，或是说一些无关痛痒的话，而缺少对文学作品价值评判的穿透力。正是广大网络批评者可以不为所谓的情面所困扰，对文学的价值做出恰当评估，也算是对当下人情化批评的一种矫正。然而也会出现恶意的攻击，甚至由于不同读者所持观点不同，而形成对骂之势，这时又往往脱离了文学文本，沦为了人身攻击。从目前的批评状况来看，网络文学批评整体水平不高，这是与批评主体的素养密切相关的，因此需要提升网民的整体素质，包括文化水平、道德水准等，使网络文学批评不仅仅停留在"口水"式的批评阶段，而真正地成为一种思想的生产。

三、文学批评原则与标准的建构

新媒体时代，网络文学有着很大的阅读群体。可是，注重消遣性和娱乐性的网络文学与强调思想性和艺术性的主流评价形成了价值上的冲突。面对这种冲突，我们需要重新思考当下的文学评价体系，建立适应符合文学时代发展的文学理论。

（一）主流评价与网络文学的价值冲突

从当下的评奖机制中，可以看到主流评价与网络文学的价值冲突，而这种冲突并非是不可调和的，因为人们都旨在以评奖的方式在文学大繁荣的当下，激发写作者的创作热情，淘洗出属于这个时代的经典，以观后世。

网络文学在主流文学评奖中的失败，从侧面反映出无论是茅盾文学奖还是鲁迅文学奖，其评价标准还是基于传统文学的。主流文学评奖范围的拓宽，看似是对网络文学的承认，实则评审的话语权仍然掌握在"体制内"，那来源于民间的草根创作，并未以文学奖的形式得到肯定。不过，主流文学界已然认识到，网络文学在民间的影响力。可是，要在现有的文学传统下，真正实现传统文学和网络文学的平等对话，还有很长的路要走，不仅要在内容和形式上对网络文学进行全面的提升，还要发挥"网络"文学的特性。网络文学，因其新的创作环境、新的接受特点、新的艺术特质，应当结合网络的特点，建构自己的评价体系，而非要在主流文学奖的他者眼光中，确认自己，而这本身就带上了一种"殖民"色彩。不过，网络文学作为"文学"的基本特性，尽管与传统文学有所不同，但是其还是主要以"文字"为表现手段的审美意识形态，反映人的生存状况和精神状态，因此，"一个文学，两个标准"就不免显得不合适。

从另一侧面来看，新媒体时代的文学评奖，是主流文学与民间文学的价值位移。纵观文化的发展历程，那些属于民间的文化形态，又在多种因素的作用下，成为"宫廷"趣味。如宋词、元曲、明清小说都最初生长在民间，不入流，然而，在今天看来都成了"高雅"之作。对"雅"与"俗"的评判，要结合具体的社会历史下的社会风俗、文化取向、审美趣味来看。民间文化给主流文化不断提供新鲜的血液。不管主流文学出于何种意图，其将网络文学纳入参评范围，可见主流文学已经意识到网络文学作为当下文学发展中不可忽视的文学力量。在一些重要的文艺工作会议上，也可见主流评价和网络文学的冲突和解。

（二）新媒体时代文学批评体系的建立

新媒体时代的文学生产、创作、传播、接受都打上了新媒体的烙印。新的批评体系的建立是与对网络文学的批评密不可分的。当代文学批评面临着理论的困境、尺度的模糊、批评的人格以及批评队伍分化等诸多问题，这也是网络文学批评的困境。新媒体时代的文学批评可谓是"众神狂欢"。批评场面红火，却"无中心""无权威""无标准"。新媒体文学批评现场面临着失序的潜在可能。网络文学阅读正在成为新的阅读焦点，网络上更是充斥着无法统计的文学作品，然而，相应的专业化的文学评价并没有及时地全面展开，严重滞后网络文学的发展。

基于传统的批评范式，一部优秀的文学作品不仅要在思想上表达对社会、人生、人性的思索，还要在行文用笔间展现出独特的韵味，有着特别的格式。网络文学仍然是以文字作为主要的形式载体，强调思想性、文学性，但是将传统文学批评的一套直接移植到网络文学的批评之中，显然是不合适的，在研究网络文学时其在线性是不可忽视的。

网络文学与传统文学最明显的差异就是载体的不同，正是网络载体的在线性、开放性、自由性、网络性，才随之带来了书写方式、发表平台、表现手段、表达方式、审美趣味的变异。文学之根本是一种带有审美特性的精神产物。一个时代有一个时代的文学，网络文学的评判应放置到它所存在的历史秩序当中，在历史、美学、技术三个维度上进行考察。在坚持文学本质的基础之上，对网络文学的评判应该充分考虑网络媒介、科学技术、市场、文化、创作者和受众等多重影响因素，实现科技与人文、市场与理想的统一，并通过文学批评，展现出这个时代的精神面貌。网络文学的参与程度之广、产生的效应之大，已经超出了单纯的文学意义。网络文学所特有的精神品质，无论是正面的还是负面的，都参与到国民精神的构建中，深深地影响着世界观、人生观、价值观、审美观的塑造。因此，新媒体时代的文学批评仍然要发挥它价值引导的功能，提高读者的审美趣味，提高读者的鉴赏水平，积极发挥文学的社会功能。

　　新媒体创造的文学活动环境使文学处于开放、自由的传播空间，形成了百花齐放、百家争鸣、百草共生的状态。这就需要研究者针对文学现实，提出理论主张，给予及时的阐述和批评。或是由于专业批评者的不屑与不愿意，或是由于批评者面对新的文学现象的力不从心，到目前为止，主流文学界尚未很好地参与到网络文学批评当中，有多少褒贬判断是零阅读下的判断。虽然目前已经出现相当的研究成果，但多普遍的一般原理性讨论，缺少对当下现象的密切联系。涉及网络文学的相关研究，仍然只是对公共概念的界说，缺少辅助的支撑材料。作品的引用，仍是最初的创作成果，对网络文学的批评远远跟不上网络文学的发展速度。中国新媒体文学在多年发展中不断异变。当下的网络文学与最初的网络文学已经有着明显的差别。借助新媒体科学技术发展起来的文学，其形态和样式与纸媒时代的文学相比，显出巨大的不同，"新文学"不仅正突破着已有的评价体系，更打破了井然的文学秩序和关于文学的种种预设，有了多种发展的可能性。网络世界中，"批评家死了""理论家死了"，在巨大的网络文学现场之中，发声的只是"手无寸铁"的读者。他们在兴致所到之处，进行着情绪化的评价。"点赞""好看""看过"是多数的声音，既缺少批评的理性，也缺少批评的深度与力度。尽管有部分学者已经意识到网络文学是不可忽视的存在，进行了相关研究，但已有的网络文学批评理论，因缺少大量文学作品的阅读基础，仍然停留在现象的宏观描述以及针对新媒体文学而与传统文学展开的比较特点的描述上。一些研究者在匆忙中所下的判断只是一厢情愿的先验假设。当下的著名的文学评论者多数成长在非网络的文学环境，接受的是传统的文学教育，因此，在批评网络文学时，仍用传统话语，一些批评者甚至会因殊异的文化心理、知识结构，在内心中先验地排斥，而拒绝接受。即使那些敏感地看到文学在当下时代的变革的批评者，而其已经形成的文学观念、审美观念等定势思维也会影响其瞬时做出判断。新媒体时代要多培养和扶持青年的评论家，他们不但成长在新媒体的环境当中，而且与当下的网络作家有着共同的情感经验，代际隔阂的减小，或许可以更多地引起情感上的共鸣。不管主、客观条件是什么，都有必要对当下的文学状况做出总结。

　　既已成规的文学批评理论，是理论家基于"纯文学"的研究建立起来的，遵从着"为人生而艺术"或"为艺术而艺术"的法则，而网络文学更多地作为"为自由的艺术""为消遣的艺术""为经济的艺术"，与"纯文学"的法则相去甚远。网络文学通常将自身的审美娱乐价值，置换成经济价值。当代文学的前三十年我们倡导文学的政治功能，20世纪 80 年代出于对政治的反拨又倡导审美价值，而 90 年代开始，在市场经济下作家们又不约而同地追求经济价值。在文学获得了新自由的生存环境的当下，在社会意识形态标准、道德标准、审美标准、文化标准之外是否还存在其他标准，我们究竟应该以何种价值作为文学评判的尺度，是需要思考的，经济价值和休闲价值是否也应成为一种标准？当下的作家富豪榜，提供了一种看起来有些"世俗"的经济标准来衡量文学艺术。高居榜单的作家、作品，有很多的"消费"者，"消费"者愿意为他们所喜欢的作家、作品花费金钱。不得不思考那些作家、作品被喜欢的原因。直到 20 世纪 90 年代，无论是专业批评者还是普通读者，在评判一件文学作品时，首先强调的仍然是文学的严肃性和思想性，而艺术性在其次，至于文学能给人带来的阅读快感则被有意地忽略掉，那些消遣性、趣味性、娱乐性较强的作品，则被划入到通俗文学当中，当作市民大众的口味。一直以来，在现实生存面前，人类必须不断压抑生命的本能，而获得持久的发展，文学也因此拒绝娱乐，但是文学的起源是与游戏性质密不可分的。享受快乐本是人作为动物的天然欲求，因而，必须注意到文学的"悦目"作用，将"快感与美感"相结合作为网络文学的基本评判标准之一，这也是符合人类社会发展规律的。尽管文学在历史的进程中，伴有极强的现实功利色彩，而人类实践活动的最终指向是要超越生理的束缚、现实的局限而向善、求美的。

当前中国缺乏与文学现实紧密联系的新媒体时代的文学研究理论，网络文学批评还没有形成一套完整的理论体系，因而未能对新媒体条件下出现的新文学现象做及时、科学的总结与批评。从现有的网络文学发展的迅猛之势来看，建立起符合新媒体时代的文学理论和批评标准，对网络文学批评做出规范，让网络文学在作为"文学"的"普及"中实现"提高""扬弃"，具有紧迫性和必要性。新的批评体系的建立，应当结合网络的特点展开，注意文学发生的大众文化、消费文化、流行文化语境，进行跨学科、跨领域的批评研究。建设新媒体时代的文学批评体系，应立足于当前的文学事实，并积极寻找一切可利用的理论资源，结合实际，发展创造，并在实践中接受检验。任何主观地将网络文学排斥在文学研究范畴之外的做法，只能给当代文学研究带来负面影响。

第八章 汉语言文学教学的思考

第一节 当前汉语言文学教学中存在的问题及对策

汉语言文学不论是在古代还是如今，都是一门非常重要的学科。中国母语的传承和发展促使我们无法不正视汉语言文学教育这一重要课题。汉语言文学教育的好与坏直接影响到学生对汉语的掌握程度和对中华传统文化的继承优劣。面对当前我国汉语言文学教育的情况，确实存在不少急需解决的问题，如汉语言文学教师专业素养的不平衡、课程体系的松散、汉语言文学教育理念的不清晰、教学与运用的脱节等等问题都普遍存在。这些问题如不及时解决将会导致汉语言教育的诸多困难和阻碍，所以本章将从这些问题着手，通过分析这些现存的问题，再进一步提出一些解决措施，力图使更多的人能对汉语言文学教育的问题有一些清醒的认识，从而将中国优秀传统文化和优良作风以及博大精深的汉字发扬出去。

一、汉语言文学教育中存在的问题

无论是哪类学科一定或多或少存在一些问题需要我们去发现和解决，汉语言文学当然也不在其外。从古代的儒家经典教育到现在的新课标改革，汉语言文学随着时代的变迁，也在不断处于更新中。下面就从几个主要方面来探讨汉语言文学中存在的问题。

（一）汉语言文学教师队伍方面的问题

首先是汉语言文学教师队伍方面的问题。教师是汉语言文学教育中的实施者，也是其中的一个不可缺少的主体。汉语言文学教育的传达和讲解都需要教师来进行。因而语言文学教育的成功与否与教师密不可分,而教师队伍的表现则直接影响着汉语言文学教育的质量。在当前的语言文学教育中存在这样一些问题,不少教师缺乏专业的语言文学素养,教学水平参差不齐,甚至许多教师依旧运用传统落后的教学模式和教学方法进行教学,这样就势必导致课堂的沉闷和学生的厌烦,无法提高学生学习汉语言文学的兴趣,也达不到教学的目的。

其次,部分教师教学策略方面也存在不少问题,课堂上学生与老师缺乏学习互动与交流,学生学习积极性不高进而导致排斥语言文学教育等现象出现。在不少初中、高中以及大学课堂上,我们经常会遇到这样一些情况:教师上课滔滔不绝,一味地对书本知识进行传授,而学生的反应大都比较消极,睡觉、玩手机、讲小话等现象屡见不鲜。语言文学的教育实质上是语言的教育,语言的教育说到底就是与学生交流沟通的过程,教师的滔滔不绝一味传授严重影响到学生的思维能力和独立思考能力,而学生缺乏表现的机会和互动的机会对其语言口语也会产生严重的制约。在教师队伍方面也还存在这样一个问题,即教师的专业素养和教学技能良莠不齐,甚至有许多语言文学教师的职业素养相当欠缺。有些学校因师资力量的缺乏,致使许多教师身兼多职,同时担任好几门课。语言文学因其本身的独特性和普遍性,相对其他学科而言更容易上手,因而就造成许多非语言文学专业的教师进入语言文学教学的队伍,这一部分教师缺乏专业的语文教学技能和语文专业知识,教学策略也采取传统的教学模式,这也是制约语言文学教育的一个因素之一。

最后,教师的职业修养也各自不同。有些教师缺乏必要的职业修养,上课不注重自己的言谈举止,对不好的一面也不加节制,而学生的行为和语言很容易受教师的影响和潜移默化,长此以往,不仅与语言文学教育的目的严重相违背,对学生的其他方面成长也势必造成不良的影响。

(二) 学生方面存在的问题

学生是学习的主体,也是教育的主要接受者和继承者,学生学习的质量和学到的知识多少直接意味着教育的成功与否。针对现在汉语言文学教育中存在的诸多问题,反映到学生身上则表现为学生的积极性不高,参与程度不够,对汉语言文学教育意识淡薄,自我文学修养不扎实。首先是学生的参与度问题。正如上文提到的,很多学生认为语言文学是一门不重要的课程,因为其容易掌握,且我们从出生开始就接触汉语,所以导致部分学生对这门课程出现态度不端正、闲散或怠慢等现象。这样的学习语言文学的态度必然会导致语言文学教育的无法进行和难以传达。由于语言文学本身的特性,有些学生又急功近利,想在短时期内在这门课程上有所提高,一旦无法达到目的时,就会出现一些负面情绪,从而抵制或反感语言文学教育。其实语言文学是一门需要长期持久不断坚持的课程，其进步和成效在短时期内难以凸显，这就更需要学生的不懈坚持才能看见效果。另一方面，也有一些学生对语言文学缺乏兴趣，也不爱看这方面的作品和书籍。这就导致其语言文学素养贫乏，这也对语言文学教育极为不利。

（三）其他问题

就目前我国语言文学教育的实际情况来看，除了教师队伍和学生学习方面存在的问题，其他如社会、家庭、学校方面也存在不少值得反思的地方。从社会方面来看，有些地方，尤其县级、乡级或是相对贫困的地方，其教育水平存在很大差异，除了教师队伍的缺乏外，其地方对语言文学也相对不那么重视，甚至有些地方政府拨款极少，对教育的投入量也极少，导致教材供给不足、教学设备不齐全、教师水平不专业等。这些因素不仅仅影响了教育的普遍性，也使得语言文学这门独特的需要长期奋斗的学科陷入一个异常尴尬的境地。其次，社会对语言文学重视程度的高与低，也影响到语言文学教育质量的优与劣。从家庭方面来说，父母的教育也存在一些问题。有些家庭本身语言文学素养就不高，再加上现存的教育体系制度，致使许多家庭的教育偏向于更具有实用性和功利性的科目，并且在这方面的投入也更多，而对于语言文学这一科目，家长的重视程度却呈现一种相对忽视的情况，平时也不注重对孩子人文知识的培养，甚至在孩子看课外读物和文学作品时加以训斥和制止，这些在一定程度上也成为语文教育的一个绊脚石。最后从学校方面来说，课程体系的设置、考核体制的设计以及教学的设计和教学设备等方面也存在一些小问题。由于社会就业和需求等问题，很多高校对于语言文学这门课程也不够重视，将课时安排得很少，有些高校甚至直接忽视这门课程，这就致使语言文学与实际相脱离，学生实践能力缺乏，汉语言文学的教学目的也就不成功了。

针对这些问题以及语言文学教育的现状，在这里提几点简单的建议，希望能够对语言文学的教育有一定的帮助作用，从而不使中国的传统文化和语言陷入一个更尴尬的境地。

二、解决措施

首先针对教师队伍的良莠不齐等状况及问题，可以通过一些外在的和内在的方式进行改善和提高。关于教师职业素养的缺乏这方面的问题，我们可以进行专业的技能和职业素养培训，真正使教师体会到使命感和责任感，以及作为一名语言文学教师应该注意的方面，真正做到言谈举止符合自己的专业特点。在知识水平这方面，可以通过校方的培养和自身的努力，通过学习和看书以及思考等形式，增加自己的专业知识和专业技能，精心设计好每一堂课，使学生真正能够参与课堂，对语言文学产生浓厚的兴趣。

其次是学生接受的这一方面，面对一些学生的调皮和兴趣的缺乏，教师应该及时与学生沟通，以及组织各类活动来培养学生的兴趣。如可以进行小组语文文学知识竞赛、组织学生采风写感想等形式。而学生自身也应当摆正自己的学习态度，语言和文学是一门存在于日常生活的课程，学生应予以重视和尊重。平时文化的积累可以通过阅读和写作等方式来提高和加深。

最后从社会家庭以及学校方面存在的问题来看，全社会都应该动员起来学习语言文学。中华文化的博大精深历来被世界各国所称赞，学汉语热的兴起也使不少外国人喜欢上中华的语言和文化，作为一个中国人则更应该有责任和使命把自己的语言文学学好。在家庭方面来说，父母也应该重视对孩子这方面的教育，可以组织家庭活动或者家庭读书日等，跟着孩子一起学习。学校也要采取相应的措施对这一问题进行解决，对课程设置采取适当的方式，对教材的挑选也要符合学生的学习特点和兴趣，同时可以引进一批多媒体设备和先进专业的教师队伍，以确保这些外部环境能够促使学生更加热爱语言文学。

（一）重点搞好教育理念的培训工作，使得汉语言文学教学的指导思想得到统一

教育理念是广大教师在深刻领会教育工作实质的前提下产生的有关教育的基本观点以及信念。汉语言文学有四个方面的教育理念：提升学生的语文素养，准确把握语文教育的核心，努力提倡协作、自主以及探究的学习方法，构建开放而又充满活力的语文课程体系。对于这种指导性的纲领广大教师必须系统而全面地进行学习，在准确掌握大的发展方向的基础上，必须遵循理念指导汉语言文学的教学工作，而并非在肤浅的学习过后，根据以往的教学经验，随意制定教学方法。汉语言是一门基础性的课程，其教学工作更加应当遵循教学改革的理念，在统一的教学指导思想下，根据具体实际制定切实可行的顺应汉语言文学发展趋势的对策。

目前有不少教师为了适应课改的趋势，发明了一些独具特色的教学方法，取得了一定的效果，这种创新发展汉语言文学教学观念的可行性还有待检验。

（二）掌握汉语言文学教学的实质，制定切实可行的教学方法

针对汉语言文学教学的实质说法众多，事实上汉语言文学教学的本质是以言语为核心的一种教学活动，工具性是其最主要的特征，符号性以及人文性是其辅助的特征。尤其是在教学改革的情形下，汉语言文学教学中的工具性就显得愈来愈重要，努力培养学生以语言作为工具，有效运用到实际生活以及工作过程中是其关键所在，而并非在应试教育中通

过考试、升学,唯分数论成败,所以,教师的首要职责是根据汉语言文学教学的基本特征,制定科学可行的教学方法。

应试教育下教学的根本目的就是为了考试成绩,主要体现在考试分数的高低。教师教学的本质是为了学生能够取得好成绩,分数是根本,对学校而言升学率则是教学的根本目标。而通过教学改革的汉语言文学教学本质应当是提高学生的文学素养、思维能力等,由之前有形的表现形式转化为有着极为深刻内涵的内在无形的形式,按照这种本质转变来制定科学可行的教学法,做到有的放矢。比如目标教学法,让学生成为学习的主人,在教师的指导下,充分调动学生的主观能动性,学生在学习过程中能获得享受,提高他们的学习效果,教师围绕教学目标开展导向性的教学活动,学生围绕教学目标进行多样化探究式的学习。

(三)确定理论指导实践的教学思想,将教学法的研究在实践教学过程中得到有效运用

许多教师理论研究的能力很强,熟悉各种教学策略,各种理论如数家珍,发表了不少论文、成果,然而在实践教学活动中效果并不明显,主要原因在于理论的研究与实践教学活动相互脱离,片面地对教改理念进行解读,制定的理论方案不切实际,不重视知识的实用性肯定无法获得明显的教学成效。汉语言文学教学绝不能空口白话,教学方法必须通过长期的教学实践才能形成,只有通过长期教学实践,才能找到最适宜的教学方法,汉语言文学教学的传统根基非常深厚,能够汲取的教学经验也是非常丰富的。同时要想在新时代汉语言文学教学改革过程中不断取得新的进步,教师必须在教学实践活动过程中根据学生所反馈的情况,不断进行分析与总结才能够取得良好的效果。教师必须在全面分析与总结实践教学经验的基础上,根据所教学生的具体实际制定科学可行的教学策略,才能切实发挥教学策略的实际价值。

俗话说,万丈高楼平地起。汉语言文学教学方法的探索与研究,绝对不可凭空想象,只有深入领会教改的教育理念,准确掌握汉语言文学教学的本质,在教学实践过程中反复分析、不断总结与提炼,才能归纳出适应汉语言文学教学发展趋势的教学方法。汉语言文学的教学改革是一场持续改进的工作,不会有终结的时候,必须以发展的眼光才能顺应时代发展的需求。

通过对语言文学教育存在的问题的探讨和加强措施的提出,希望在一定程度上能够改善语言文学教育的现状,同时也能将中华民族的传统文化发扬出去,把中国语言的魅力散发出去。

第二节 汉语言教学中文化教学的必要性

一、语言与文化的关系

语言是人类特有的信息交流工具。它与制造工具的劳动一样,是区别人和其他动物最重要的特征。它首先是一种社会现象,是社会交际的工具。语言和社会有着密切的关系,语言随着社会产生而产生,随着社会的发展而发展。每一种语言都是在具体、特定的社会、历史环境中产生和发展起来的。每一种语言中的形象意义都是在自己独特的历史、社会条件和民族风俗语境下形成的。与语言的发展很相似,文化也是社会发展到一定阶段的产物,各民族的文化既有共性,又有个性。共性来自人类共有一个客观的大自然,对于大局的认识基本相同,而个性则是由于各民族所处的小环境不尽相同、民族区域生态环境不同、文化积累和传播方式的不同、社会和经济生活的不同等等,从而产生了文化的不尽相同和各个民族文化的鲜明个性。因此,语言与文化的关系,包含语言的文化性质和语言的文化价值两方面内容。语言的文化性质指语言本身就是一种文化现象,是文化总体的组成部分,是自成体系的特殊文化;语言的文化价值是指语言包含着丰富的文化内容,是体现和认识文化的一个信息系统。也就是说,语言与文化既是部分与整体的包含关系,又是形式与内容的制约关系。一般来说,语言属于制度文化的层次,但一切文化知识又都是靠语言来记载与传播的,即使是属于文化物质层次的现象,也只有通过语言的命名和阐释才有意义。这主要是因为语言是文化的一个组成部分,文化包括了语言。文化社会学认为,文化涉及人类生活的各个方面,任何人类社会都离不开文化,而语言只是构成文化大系统的要素之一。语言是语义结合词汇和语法的体系。词汇是语言的基础,词汇的核心是语义,而语义又是文化的一种体现。语义反映了人们对客观世界独特的认识和态度,记载了该民族历史发展过程中长期积累下来根深蒂固的生活方式、传统习惯、思维方法。不同的语言社团各有独特看待世界的方式,形成了各自个性化的语言。同时,他们的语言为我们提供了理解他们文化系统的线索。

语言作为文化的一部分,又是文化的镜像反射,它忠实而全面地反映出民族文化的特征。反过来,一个民族的文化必然体现在其语言的各个层面上,即语音、词汇、语法、语义和语用等。透过一个民族的语言层面,展现在眼前的乃是这个民族绚丽多彩的文化形态。索绪尔在《普通语言学教程》中曾举过一个很好的例子,"语言还可以比作一张纸,思想是正面,声音是反面",其中,思想是指文化观念,声音就是表达该文化观念的语言符号。语言与文化的关系,也正是这种声音符号与文化观念的关系,它们就像纸的两面。通过分析语言的结构可以分析阐述语言所反映的文化内容。

二、汉语教学中的语言文化因素

汉语言文化因素是与汉语教学关系最紧密的文化教学内容。包括语构文化、语义文化和语用文化。

(一)语构文化

语构文化是指词、词组、句子和话语篇章的构造所体现的文化特点,反映了民族的心理模式和思维方式。汉语结构最大的特点是重意合而不重形式,不是用严格的形态变化来体现语法关系和语义信息,而是除了遵照一定的结构规则外,只要在上下文中语义搭配合乎事理,就可以合在一起组成句子、语段。很多学者认为这与中国人善于概括、综合,以及从整体上把握事物而疏于对局部的客观分析和逻辑推理的传统思维方式有关。这种思维方式来源于作为中国文化一部分的传统思维方式。中国传统哲学思想的主要特点之一是"天人合一"的主客体统一观,强调人与自然客体的和谐、融合,注重对客观世界通过直觉体验领悟和把握,而不是把自然和客观世界看作是要与之争斗的对立面,进而从事物的内里进行冷静的客观剖析。这种文化心理反应到汉语的词、词组、句子和篇章结构上,就形成了不注重形式的标志、强调语言结构内部意义关系"意合"的特点。

汉语的意合性必然带来语言结构的灵活性和简约性。在构词上体现为非常灵活的词根复合方式。两个词根只要意义上能结合,就可按一定的句法关系组成新词。如"动"和"静"这两个语素本身是单纯词,采用并列方式合在一起就成了另一个合成词"动静"。而"动"又可以和别的语素通过不同的句法关系合成"动物""动手""动心"等不同的词。汉语词类的功能也有很大的灵活性,造成大量的"兼类"现象。汉语句子由于主要由语义和语序来表达意义,因而词语位置也有很大的灵活性。如:"苹果多少钱一斤?""苹果一斤多少钱?""一斤苹果多少钱?""多少钱一斤苹果?"这几个句子语序不同,基本意思则一样。又如"三个人吃一斤饺子"与"一斤饺子三个人吃"、"衣服淋湿了"与"淋湿衣服了"等句只要从意义上总体把握,施动者与受动者的换位并不会产生歧义或误解。

综上所述,我们可以看到汉语有重意合、多灵活性的结构特点,但这并不意味着汉语无规律可言。与汉语结构科学性(规则系统)同时存在的还有其深厚的人文性,或者说仅用少数语言的语法概念和理论框架无法全面地、准确地揭示出汉语结构的规律。对汉语结构的研究与教学,要充分考虑到汉语言文化背景知识的影响,找出真正能揭示汉语特点和规律的语言理论和方法。

（二）语义文化

语义文化指语言的语义系统，主要是词汇中所包含的社会文化含义，它反映了民族的心理模式和思维模式。这是语言中的文化因素最基本、最大量的表现形式，也是语言教学中文化因素教学的重点之一。语义文化常常和词汇教学结合在一起。首先是汉民族文化中特有的事物和概念体现在词汇中，而在少数民族的语言中没有对应的词语，如不加解释，学生就难以理解。胡明扬先生又把它分为：受特定自然地理环境制约的词汇（如"梅雨""梯田"等）、受特定物质生活条件制约的语汇（如"四合院""炕"等）、受特定社会和经济制度制约的语汇（如"科举""农转非"等），以及受特定精神文化生活制约的语汇（如"虚岁""黄道吉日""红娘"等）。此外还有很多汉语中特有的俗语和典故。

（三）语用文化

语用文化指语言用于交际中的语用规则和文化规约，是由不同民族的文化，特别是风俗文化所决定的。语用文化是培养语言交际能力的主要内容，是对少数民族汉语教学中文化因素教学的重点。在问候与道别、道谢与道歉、敬语与谦辞、宴请与送礼等方面，少数民族与汉族的用词有很多不同，这类语用规则突出地体现了中国文化的和谐思想。

三、汉语教学中的文化教学原则

语言与文化相互依存、密不可分，是一个整体。要真正理解或研究一种文化，必须掌握作为该文化符号的语言；而要习得和运用一种目的语，必须同时学习该语言所负载的文化。对目的语的文化了解越多，越有利于语言交际能力的提高。但也不能过分强调文化教育，需遵循以下原则。

（一）要为语言教学服务，要与语言教学的阶段相适应

文化教学必须为语言教学服务，为培养语言交际能力的教学目标服务，这是本学科、本专业的性质决定的。脱离语言教学的文化，不是本学科、本专业所需要的文化教学，也远远超过了本学科、本专业所承担的任务。文化教学要为语言教学服务就必须与语言教学的阶段相适应，文化项目的选择也不能脱离语言教学阶段，要体现由浅入深、由近及远、由简到繁、循序渐进的原则，而且要适度，不能借题发挥、喧宾夺主，把语言课上成文化知识课。

（二）要有针对性

文化教学要针对学生在跨文化交际中出现的障碍和困难，确定应教的项目并做出解释和说明。

（三）要有代表性

中国幅员辽阔，人口多，汉民族分布广。汉文化也呈现多元化的倾向，南北之间、城乡之间存在着文化的差别。文化教学中所介绍的汉文化应该是主流文化。

（四）要把文化知识转化为交际能力

一般文化教学的目的是让学习者掌握有关的文化知识，而对学生的汉语教学中文化教学的目的就不仅仅是掌握知识，更重要的是把这些知识转化为跨文化交际中的交际能力，也就是能正确理解语言中的文化内涵，自觉遵守社会规约。这就需要在教学中进行大量的练习与实践，掌握一定的策略。

四、汉语言教学中的文化教学方法

文化因素是语言的一个组成部分，文化知识是语言所负载的，那么文化教学的作用应该是把语言中已有的文化内涵揭示出来。文化教学的方法主要有以下几种。

（一）通过注释直接阐述文化知识

这一方法比较灵活简便，在语言学习的各个阶段都可以用。开始甚至可以用学生的本民族语言来注释，随着学生汉语水平的提高，可逐渐用汉语注释。学生自己阅读，可以省去课堂上讲解的时间。

（二）将文化内容融会到课文中去

课文本身就可以介绍某一文化风俗，学习语言的同时也就学到了文化，这是比较理想、效果较好的文化解释方法。如汉语言专业所学的《中华文化》课就是以文化为纲、结合语言点教学的语言材料，在教学中取得了一定的成效。

（三）通过语言实践培养交际能力

课堂中引进有关文化项目的练习，对于把文化知识转化为技能是非常必要的。但要想真正培养语言交际能力，还必须在真实的社会语言环境中进行语言实践。

学习一种语言与学习和了解这种语言所属的文化有着辩证的关系。语言是文化的象征，是文化的一种表现形式，所以我们要学习一种语言，当然要重视学习这种语言所属的文化。学习语言要和学习并了解文化相互作用，如果只是单纯地埋头学习语言而不重视学习和了解文化，就不能有效地提高学习该语言的水平。

第三节 语文教育与汉语言文学教育的对接性思考

语文教育是教授学生交际的工具性学科，汉语言文学教育从根本上来说属于语文教学的范畴。而由于在较长时间内受到应试教育观念的影响，在语文教育中，缺乏对汉语言文学教学的重视，更多地注重理论知识的学习，而忽视了对学生文学素养的培育。因此，在新时代发展的背景下，为提高语言教育的质量，优化学生的综合素质，必须实现汉语言文学教育与语文教育的有效对接，将汉语言文学的精髓注入现代语文教育中，从教学方法与技术运用等方面实施对接思考，将汉语言文学教育信息融入语文课程教育中，转变教育观念，以开放的思想正视汉语言文学与语文教育的对接。

汉语言文学应该说，它本身就属于语文教学内容的一部分，但是，在应试教育模式下的语文教学并没有重点把握对汉语言文学的学习，反而更多的是为考试而学习，而不是为文学学习。因此，语文教育和汉语言文学教育应该实现更多方面的共通和交流，应实现语言教育和汉语言文学的对接性教育，这样才能构建我国现代语文教育的高素质和高质量发展，也才能更好地弘扬我国的汉语言文学精髓。语义教育与汉语言文学教育的对接需要综合考虑多个方面，比如在语文知识的运用上，教学方式或者计算机信息技术等的运用上，都要进行对接性思考，这样才能够把汉语言文学的一些信息反馈到语文课堂教育中去。另外，我们应该抱着开放的心态来看待汉语言文学与语文教育的对接，特别是现在教学理念越来越宽容、开放的情况下，我们更应该以乐观、积极的心态来正确理解语文教育和汉语言文学的对接问题。

一、语文教育的重要性

（一）语言是交际的工具

人类之所以区别于动物，就是因为人类会使用工具，而语言作为人类社会一种重要的工具，良好的表达能力就显得尤为重要了。语言成为人类交流的重要工具，主要是因为语言的交流不需要任何媒介，人们可以任意地进行交流，在人类使用的各种工具中，交流沟通仍然是最重要的工具。

（二）有助于锻炼学生的思维能力

众所周知，沟通的过程就是把内心的想法和语言通过一定的语法结构转化为外部语言。因此，在这个过程中，人们通常是边想边说，或者是想了之后通过思维组织，最后再将想法表达出来。所以，培养学生良好的语言表达能力也能促进学生思维的敏捷和活跃度，促进智力的发展。一个思维非常混乱的人，是不可能说出很有条理的话的。因此，语文教师要意识到语言表达能力的重要性，并在教学中重点注重这方面的培养。

（三）语言可作为定向的交流工具

语言具有其独特的定向表述作用，是指人们在特定的场合与特定的对象进行交谈，为了使交谈达到最佳效果，通常要求讲话者注意场合和交谈对象的身份等各方面因素，就是说在进行语言交流时要根据交谈场合和交谈对象的身份等因素选择合适的谈话方式，什么话适合用什么言语直接表达出来，什么言语不适合直接表达，要想掌握好这个尺度，就必须拥有一定的语言表达能力。

二、以语言现象作为基础，实现语文教育与汉语言文学教育的对接

汉语言文学是语言的艺术表现。它承担着传播人文精神风貌的责任，担当着提高整个民族语言文化水平的社会职责。汉语言文学教育注重语言之于人类生存与发展的意义，它关注的是学生人文素质的培养，它并不注重实际性的经济效益，而是更为重视社会精神文明方面的培育效果。文学艺术作品有别于实用性文体，对比议论文、科普读物来说，它有其情感表达方面的独特优势，能够以情动人、以美学教育人。因此，要实现汉语言文学教育与语文教育的对接，首先必须将语言现象作为其对接的基础，将文学作为语言学习的养料，实现语文教育与汉语言教学中对学生人文关怀的培养。语文教育与汉语言文学教育之间的共通性不仅在于文学知识的教育方面，两者在课堂教学、教学观念、师生关系等方面同样存在一定的联系，两者同样关注对学生人文关怀的教育，将文学教育融入学生的观念与生活。因此，为实现两者的有效对接，还需重视对学生人文关怀的教育，给予学生必要的情感关怀，在课程教学时，注重丰富学生的情感，陶冶情操，进而提升学生的人文修养与品格。此外，在师生关系的建构方面，教师需转变传统的教学方式，采取多元化的教学手段，可将辩论赛、讨论、游戏等形式纳入课堂教学中，活跃课堂气氛，增强课程的趣味性，促使学生与教师之间建立和谐的师生关系，促进两者之间的交流，同时能够从根本上调动学生的学习积极性，使学生掌握更多语文知识，完善其文学素养，促进文化的传承与

发展。

三、以实践能力的提升作为探索对象，重视两者之间的应用与发展

（一）整合语文教育与汉语言文学教育综合发展的实践优势

教学活动的目的主要是为社会提供复合型的人才。因此，语文教育与汉语言文学教育的最终目的便是为提升学生的实践能力与综合素养，使其能够更好地迎合社会对人才的需求，两者在培养目标方面有一定的共通性特点。因而，为提高其对接的有效性，首先，应开设汉语言文学教学实践课堂，为学生开展文学实践创造必要的条件，在此过程中要深化对学生实践能力的培养；其次，创设语文教育与汉语言教育文学综合发展模式，在提升学生语言表达能力的同时，提高学生专业应用方面的能力；最后，从其就业方向考虑，重视对学生读、写、说三方面技能的培养，关注其理解能力、调研能力的提升，整合有效课程，拓宽语言教学的广度，丰富汉语言文学教育的内容。

（二）利用现代化多媒体教学技术，丰富汉语言及语文教育中学生的创新能力

计算机技术的迅猛发展催生了多媒体技术的普及。当前多媒体教学已广泛应用于不同高校的课堂教学之中，它在实现汉语言文学教育与语文教育有效对接方面也有一定的积极意义。因此在语文教育中，需以多媒体作为媒介，收集更多汉语言文学教育的素材与内容融入语文教育中，激发学生的学习兴趣，提升学生的想象能力，增强其在文学写作方面的兴趣，提高学生的汉语言文学鉴赏能力，培养学生的自主学习能力。在实时多媒体教学后，能够将汉语言文学知识普及于中小学课堂中，强化对学生文学素养的培养，为其积累深厚的文学底蕴。因此，为实现语文教育与汉语言文学的对接，教师还需树立开放的教学思想，善于利用最新技术的成果，掌握现代化教学手段，激发学生的创造性，在语文教育中注入更多的汉语言文学元素，提高学习的创新性与有效性。

（三）重视课堂环节设计，开放学习资源，提高学生的语言实践能力

新课程改革标准同样表示，要在语文课程教学中重视课程环节的设计，根据教材内容选择适当的教学活动，确保教学组织形式的多元化，通过采取编排相关课本剧，开展语文游戏、诗文朗诵等活动，提升学生对课文内容的理解，深化其文学修养。同时可适当组织汉语言文学作品的鉴赏活动，培养学生的人文精神与文学素养。让学生在阅读与鉴赏的过程中，感受文学作品的魅力，充分发挥文学育人的作用，使学生在活动中体验到学习文学作品的乐趣，丰富其实践体验，进而提高学生的听、说、读、写能力，实现教育的有效

对接。

四、以情感体验作为媒介,实现语文教育与汉语言文学教育的对接

语文教育与汉语言文学教育均充满着较为强烈的情感,蕴含着丰富的情感体验。在语文教育方面,古人最早有提出意、情、行、知四者相互交融、渗透的观念,同时也表明在语文课程中,情感体验是学生知识来源及学习体验的主要部分。一般语文课本中包含了许多文学作品,而作品中也富含各类情愫,有不同的情感纽带。因此,在语文教学中,应该重视情感体验的作用,让学生进入作者所创设的情感意境中,体会文章创作的感情,让学生在优秀的文学作品中体验到生活中的不同情绪,感受到大千世界的不同表现——真实、善良与美感。改革后的语文课程教学标准中提出文学作品的价值主要通过阅读与鉴赏过程体现。这便要求教师在语文教学过程中善于引导学生进入作品情境,在教学中,注重对文学形象的把握与感知,关注作品内涵的显示,督促学生用创新思维解剖课文。汉语言文学的教学过程应是打破现实生活限制,使学生能够在更为广阔的时空范围内体验生活、感受情感的过程。它体现了语文教学的美,能够使学生打破局限环境的限制,体验到实际生活中的真实情感。因此,在语文教学过程中,需引导学生全身心地投入教学情境,丰富其情感体验,让学生真切感受到文学作品中人物的情感与其心理感受,从人物表现中领会文章的中心,把握文章结构,以情感体验作为媒介,完成语文教育与汉语言文学教育的有效对接。

教师的人文关怀在一定程度上可以弥补远程教育的多种媒体格局中人气不足、友情缺乏等缺憾,也可以纠正成人教育的知识化倾向,同时还可以激发、培养学员自主学习的积极性。文学是人学,只有当它真正进入了人的心灵,才能让人体会各种生活滋味,从而丰富情感、陶冶性情、塑造灵魂。因此,汉语言文学教师应通过营造欣赏氛围,让优美的文学作品陶冶人、塑造人,同时增加教学情趣,用多种指导形式关注学生、引导学生。如教师在电话答疑时,一接通电话首先应先问候学员,在答疑过程中做到热情、耐心、语言风趣、优美,尽量赞赏学员的进步与收获,鼓励学员不懈努力,体现出教师对学员的关心和以学员为本的高度认真负责的师德风范。构建交往互动的教学机制,以对话合作方式激发人、解放人,这样有助于建立学员的学习集体感,使他们逐渐养成互相关心、平等合作的做人习惯。这与中小学语文教育强调的语文教学要注重人文性和构建师生民主关系是一脉相承的,有利于语文教师向学生展示美好的一面,并自觉培养学生丰厚的人文关爱,发展其人文品格。

五、以基础知识作为前提，建构语文教育与汉语言文学教育的对接

以现代文学专题教育为例，在教学过程中，首先必须让学生明确当代文学发展的主要轨迹，整理发展的基本阶段，列举各阶段的代表性作家、作品，分析其所属流派，辨别各流派的代表特点、艺术特色，明确流派之间的联系与区别，使学生能够自主勾画出现代文学发展的主要轨迹。因此，在语文课程教学中，需要充分把握与课程相关的教学资源，在明确课程基本内容后，设计完善的框架结构，整合相关课外题材，向学生多角度、多方面地解读不同作品，设置专题开展文学作品讨论，分析同时期不同作品的文学特点，使学生能够清晰掌握课程讲授的脉络，深化其自主学习能力，助其建构新的知识结构，提高语文课程教学的新颖性与灵活性。新课程标准下的语文教学要求教师面向社会与生活，重视学生的情感体验与思想意识教学。在一定程度上打破了传统教学中将语文课程视为工具教学的封闭特征，呈现了语文教学的开放性形式。

因此，汉语言文学教学需从知识构建方面强化与语文教学的联系，重视两者有效性地对接，强化新时代背景下，开放教育意识与宣传理念的灌注，使学生掌握建构知识的方法，明确语文学习的特征。将学生作为课堂教学主体，注重学生学习精神及能力的培养，激活学生在语文学习方面的欲望，使其树立终身学习的思想，进而实现语文教学与汉语言文学教育的对接。

综上所述，语文教育是帮助学生掌握交际工具的主要途径，是人们交流的媒介，是提高学生表达水平、锻炼其思维能力的主要依托，它有其独特的表述作用，能够发挥其充分的交流作用。现代语言教育与汉语言教学并不存在本质上的冲突，汉语言义学教育同样属于语文教学的范畴，两者均承载着传播语文知识与人文精神的神圣职责，共同目的均为向社会输送所需求的相关人才。因此，必须树立语文终身教育观念，实现语文教育与汉语言文学教育的有效对接，以语言现象作为基础，以实践能力的提升作为探索对象，以情感体验作为媒介，以基础知识作为前提，实现两者之间的有效对接。

第四节　现代媒体对汉语言教学的影响

我们将信息的载体称为媒体（Medium）。例如文字、声音、图形、图像、动画和影像等都是信息的媒体。在传统的教学中，媒体一般通过语言、黑板、课本等来呈现。但是随着信息技术的迅猛发展，媒体不仅仅是一个技术名词，更重要的是作为一种教学工具，媒体在教学中发挥的作用愈来愈突出，对教学方式乃至教学模式都产生了巨大的影响。

一、多媒体技术的特点

多媒体技术作为一个多学科、多功能的学习工具具有以下几个特点。

（一）信息的交互性

多媒体为教师授课和学生学习提供了图文、声像并茂的学习环境，突破视觉的限制，并能够突出要点，使学生更加直观、更加生动地接收和反馈信息，产生深刻的认识，学生有更多的参与，学习也更为主动。

（二）信息源的丰富性

运用多媒体教学能够更客观地呈现事物的空间结构和特征，对复杂的过程可以通过多媒体展示而简化，使人们能够更加直观地感受和接收到立体的、多彩的空间结构。

（三）极大的共享性

利用多媒体教学可以有效地传输信息，达到资源共享。有效地改善了媒体教学的表现力和交互性，优化了课堂教学内容、教学方法和教学过程。

二、现代媒体在远程教育中的运用

媒体从物理性能来看，大致可分为电声媒体、投影媒体、电视媒体和计算机多媒体四类，各类媒体均包含有硬件和软件。而从人对媒体的感官及信息的不同流向来看，我们又可以将其划分为视觉媒体、听觉媒体、视听媒体和计算机多媒体四类。这两种分类实际上是交融的，而远程教育的产生和发展也随着媒体的发展而形成了不同的阶段，由于现代媒体的介入和应用，远程教育也形成了其演变、发展的过程。

视觉媒体的运用，在传统的课堂教学中一直占有主要地位。它是最原始的，也是使用最广泛的一种传统教学媒体，直至现在它仍占有着重要的地位。

听觉媒体的出现推动了第一代以文字函授为主的远程教育的产生和发展，这种需要调动听觉感官系统来接收信息的媒体，在一定的程度上打破了时间和空间的距离，为远程教育的产生打下了基础。这些媒体实际上又可以分为两类：一类是控制性播放媒体，如广播和收音机，它们的优点在于传播面广，而缺点是学习者难以控制，并受时间的严格限制，不利于自主性学习；另一类为自主性播放媒体，如录音机、VCD和DVD机等，这些媒体克服了广播的局限性，可由学习者自主控制，能将声音记录、保存，能把记录的录音反复播放，多次使用，操作简便，便于学习者模仿、记录和进行自我评价，但从教学的角度来说比较枯燥，容易导致注意力涣散。

视听媒体是同时利用视觉、听觉双重感官接收信息的媒体，如电影、电视、录像、VCD和DVD等。视听媒体以其生动逼真、充满动感的画面效果在教学中发挥了独特而巨大的作用。它们能够通过对事物发展变化全过程的真实再现提供给学习者一个有意义的学习环境，从而唤起学习者的情感参与意识，调动其学习积极性。特别是电视视听媒体的出现，它跨越了时空，能高速、优质、高效能地传递和再现教学信息，能将声音和图像信息传输到世界的任何地方，其速度之快、信息容量之大、质量之好，是其他传播手段难以比拟的。它的出现推动了第二代远程教育的发展，广播电视大学正是以这种媒体作为教学应运而生的，但视听媒体也有其不足之处，其信息量不易控制，不易裁剪，与学生不能产生互动，在教学节目中，常有呆板的画面而无吸引力。

计算机多媒体是利用数字化技术将文字、声音、图形、图像、动画和影像等各种信息媒体融合在一起的多种媒体的集成。经过计算机处理的多媒体作用于多种感官，促使信息多向交流，利用多媒体进行教学可通过多种感官刺激，使之在教学中发挥无可比拟的作用。基于计算机网络的多媒体的发展，推动了第三代远程教育的发展。计算机多媒体具有多重感观刺激、传递信息量大、易于接收、人机交互性强、操作简单等特点，可从视觉、听觉、体觉三方面来使学习者获取信息，调动学生互动性、积极性和学习兴趣，达到最佳学习效果。从教学媒体的演变及发展来看，媒体已经由单通道媒体走向多通道媒体，媒体的功能趋于综合化，媒体的交互性增强了，信息学的影响量增大了，信息传播速度增快了，媒体资源共享性得到了加强，在更大程度上丰富了远程教育的功能。

三、汉语言文学的特点

（一）汉语言文学的独特文学形式

文学是文字升华的最高形式。既有汉字所共有的文学形式，又有它特有的格律诗、词、赋、曲的形式。

（二）文字的文学潜力

汉语言有它独有的文学潜力，汉语言的发展促进了诗、词、曲、赋文学的产生和发展。中华五千年的历史表明汉字从唐代到宋朝，到元朝，再到明、清时期都有其不同的发展形势，每一个朝代的到来就意味着汉语言文学特有的文学形式的再创造和完善。从这一发展的过程中我们可发现，某一种文字的发展都依赖于文字的文学潜质的空间。

（三）汉语言文学宝库的继承和发展

现阶段，汉语言文学的发展已经达到了完善和成熟的阶段。自现代媒体网络出现后，人们在思想和信息交流方面日益便利，同时也有效地继承和发展了汉语言文学的成果。

四、现代媒体的发展对汉语言教学模式的影响

（一）现代媒体的发展对汉语言教学的推进

自从印刷媒体的出现，就成了汉语言教学最原始的依托，从而奠定了传统的"教师、课堂、书本"三中心灌输式的教学模式，而学生常充当着机械服从者、被动接收者的角色。同时，传统授课仅凭一张嘴、一支粉笔、一块黑板，这时候的教学主要是运用视觉媒体来进行，所传授的知识是抽象的，所画的图形是平面的、静态的，并在时空上受到限制。但是在多媒体教学中，尤其在语言的语音教学中，发每个音时，各发音器官所处的位置、发一个字音所形成的动作，都可以通过生动、具体、形象的多媒体图像来展示清楚发音的方法，能让学生准确地认识发音部位的成阻位置和发音方法的除阻方式。

视听媒体将视听结合，并以其生动逼真充满动感的画面效果在教学中发挥巨大的作用，通过这一媒体的运用，可以解决动态画面以及语音跟画面合成的问题。但视听媒体信息量不易控制、不易剪裁，而且拍摄和制作非常专业化，因此视听媒体虽能克服视觉媒体的不足，为语言教学带来具体可感的图像，但由于它操作的专业性非常强，不能让教师根据教学的需要来制作教学图像内容，对汉语言教学的帮助亦未能凸现，人机互动性亦不强。

随着媒体技术特别是多媒体计算机及基于网络的教学多媒体的飞速发展，汉语言教学环境发生了显著的变化。而多媒体计算机就克服了视听媒体的缺陷，使学生可从视觉、听觉、体觉三方面来获取信息，它跨越了时空的限制，而且其易接收、易剪裁，制作课件简单、操作简便，人机交互性强，教师可根据教学需要来制作课件。通过运用多媒体可以把不同语音的发音动程情况，通过图像和规范的读音配合，把发音部位、发音方法通过生动、准确的图像表现出来，让学生能清楚地模仿，同时对发音的整个动程能清楚地掌握。逼真和充满动感的画面能清楚地展示发音部位和发音的动程，解决了语音学习发音部位不易把握的难点，对语音的教学有着很强的针对性和可感性。尤其是在对普通话语音的学习上，首先我们通过课件制作，把我们母语方言的发音部位和发音情况通过课件展示清楚，然后再展示普通话语音的发音时发音部位和发音方法的画面，并把两种语音的差异相比较，有针对性、有目的地纠正和掌握发音，从而达到最佳的教学效果。

（二）现代媒体的运用促进汉语言"教"与"学"模式的改变

多媒体辅助语言教学的应用，可以实现文字、图画、声音、影像的有机结合，创造一个立体的语言环境，为学生提供一个活动而逼真的教学场景，使学生能够充分利用视觉、听觉的认知，产生对语言学习的亲切感和兴趣感，从而更加激发对汉语言学习的热情，同时也促使基于这一环境下的传统教学模式乃至教师的角色都发生极大的变化。

1. 在教学方面

由于多媒体计算机辅助手段的使用，有动态效果和非线性顺序，有时可以打破循序渐进的教学程序，可以灵活调整，按需取用。或分类呈现素材，或归纳整理素材，可将各设计模块运用于各个不同的教学环节中，交换使用不同的设计方案，在不同阶段突出不同重点，使教学形式灵活多样。教师可根据学生的实际情况，设计不同的教学程序，真正做到因材施教。

2. 在学习方面

一切设计安排都是以学习者能充分理解、易于接受、激发兴趣、乐于参与为前提，能最大限度地发挥学生的主体作用，从而提高学习效率为目的。利用计算机实现汉语言教学信息的表达和人机对话，彻底改变了传统教学中以教师为中心而忽视学生自立发展的状况。多媒体辅助语言教学的应用，让学生可以根据自己的兴趣爱好，结合自己的知识能力水平，选择相应的教学程序学习。如果遇到疑难问题，可以通过计算机直接查询，亦可通过邮件与教师及时进行交流，尽快得到解决。学生还可以根据反馈的信息了解自己的学习情况，分析自己学习中的成败得失，改进学习方法，调整学习目标。使学生个性化发展达到最适宜自己的程度，即学生发展的最佳水平。

五、多媒体技术在汉语言教学中的积极作用

（一）生动教学，激发学生对汉语言学习的兴趣

多媒体教学能够有效地弥补文字学科枯燥、乏味的遗憾。教学方法生动而形象，把枯燥乏味的教学内容借助于多媒体形象生动的画面来激发学生学习的热情。

（二）增大信息量，有效扩展课时容量

多媒体教学方法节省了大量的手写步骤，能够加大教学容量。同时，省去了大量板书的时间和内容限制。多媒体教学让学生能够在较短时间内接收大量信息，扩大学习范围，完成学习任务。

（三）开阔视野，培养和提高学生的综合能力

通过对信息技术的掌握能够引导学生运用信息技术和技能，能够多方位地开展学习，培养学生的信息搜索、分析和处理能力，开阔视野，培养学生的思维能力和信息技术素养等综合能力。

（四）提高教学效果，改善教学质量

多媒体技术的应用可以降低对授课老师的依赖，让教师的授课水平与多媒体技术的优势结合起来以提高教学质量。

（五）为语文教学发展提供资料，为教学改革带来新的契机

传统的语文教学实践很难给教学提供大量丰富的信息，其教学手段单一，而多媒体技术的应用给教学方式带来了更加直观、形象的效果，教师可以根据实际情况设计媒体教案，从而为课堂教学模式提供可操作的物质基础。

六、多媒体技术在汉语言教学中应用的局限性

（一）过多地依赖多媒体技术降低了教师自身的示范作用

虽然在教学中利用多媒体技术能够改善教学质量，但多媒体教学的手法在一定程度上也会让教师失去主导地位。

（二）过多地依赖多媒体技术妨碍了师生之间的知识与情感交流

教学活动是师生之间的一种双向沟通，大量地运用多媒体教学方法后，课堂的教学程序由最初的教师主导变成现在很大程度上的被多媒体课件控制，因此妨碍了师生之间的交流。

（三）过多地依赖多媒体技术降低了语言和文字的基础地位

多媒体课件更多的是课外拓展性的内容，虽然会使学生开阔眼界，但教师若过多地依赖多媒体课件就会忽视课本语言和文字的基础作用。

总的来说，现代媒体的发展对语言教学的模式有着深远的影响，尤其是在语音教学中语音的发音模仿和语音发音动程的展示方面，对语音的学习和掌握有很大的帮助。而在教学上，我们对多媒体课件的制作、运用及其教学效果有一个认识、观察、检验和不断完善

的过程。重视对"教"与"学"过程的探索与研究，可以给师生极大的自我反思和自我调节的空间。只有在教学实践中本着求实进取的精神，我们才能走出一条切实可行的路来。

第五节 审美教育在汉语言文学教学中的渗透

在我国目前高校课程的设置上，汉语言文学无疑是最重要的一门学科。汉语言文学教学旨在提高人们的文化素养，由于在实际教学过程中涉及的知识面广泛，教学方式比较灵活，受到学生的喜爱，因此学生们学习的积极性很高，达到提高学生对汉语言文学知识的掌握和专业素养形成这一目的。作为语言文学的一个重要组成部分，审美教育的加强，不仅能够有效地提高学校的教育力度，而且有利于学生精神文化素养的提高，从而使他们能够积极地面对竞争日益激烈的当今社会，这将会是教育界的一大胜利。所以，我们必须要高度重视审美教育在汉语言文学教学上的渗透，将审美教育和汉语言文学教学紧密地结合在一起，提高高校的教学水平。

我们到底怎样才能做到审美教育在汉语言文学教学中的良好渗透呢？可以从以下几个方面来考虑。

一、加强对审美因素的挖掘

教师在汉语言文学教学的过程中，赏析课文时要引导学生去体会作者所用的艺术手法和文章结构以及课文内容所包含的某种情感，通过这一系列的思考，使学生们逐渐养成高水平的审美能力，感受作品的美好。我们不可否认，任何作品自身都具有一定的审美能力，充分利用这一特点我们就可以引导学生感受文学作品中的美好意境，让这种美好体验转化为自身的审美情趣，提高审美的素养，利于品位的提升。

二、加强对学生学习兴趣的培养

兴趣是一种无形的力量，是一个人走向成功所具备的充分条件。任何人做任何事情要想取得成功，都必须对这件事有很浓厚的兴趣，进而激发自己潜在的积极性和动力，否则是不能成功的，学习也是一样。好成绩的取得也是需要学生对学习有浓厚的兴趣。在汉语言文学教学中，必须要激发学生学习的兴趣，只有这样，才能更好地让学生们在汉语言文学的学习中提高审美能力。新时代的大学生，对未来有着美好的憧憬，肩负着建设祖国的伟大重任，对知识有着强烈的渴求。现代汉语言文学教学应该紧紧地抓住这一特点，向学生们强调汉语言文学知识的重要性，激发起他们学习的积极性，然后在教学中，潜移默化地将审美这一理念灌输到学生的思想当中，让他们在对文学作品的品读以及自我写作过程中有意识地感受文字所蕴含的内在美。学生们有了这一美的感受，将会有意识地在后来的汉语言文学学习中加以体验，从而养成审美情趣，提高审美能力。这对我们的汉语言教师提出了更高的要求，只有把文学作品解读得有声有色，激发学生的兴趣，勾起学生对知识的欲望，才能让学生们有这样美的感受。

三、提高汉语言教师的文化素养和教学能力

总的说来，文学作品实际上是作者内心情感的一种表达。汉语言教师在解读文学作品时，要将作品的内涵剖析得深刻准确，引发学生的联想与想象。"仁者见仁、智者见智"。鼓励学生表达各自的想法并交换意见，使大家能够真正地体会到作者当时创作时的心情，明善恶、辨美丑，使心灵获得美的熏陶。这就要求教师要对汉语言文学教学有着深刻的了解，对文学作品所蕴含的内涵要充分挖掘，激发学生们对文学的热爱，培养他们文学鉴赏的能力，使他们对现实中的美有更高水平的体会。除了以上一些要求之外，我们还应该结合单篇教学手法，把其中具有的三大优势特点（整体性、系统性、综合性）充分地运用到作品的品读过程中。抓住每一篇作品的写作特色，帮助学生养成一个良好的审美情趣，有意识地将自己的审美层次提高到一个更高的水平上来。

四、合理地安排汉语言文学教学中的内容结合

随着汉语言文学知识内容的增加，存在的审美教育问题应该受到重视，要将审美教育与汉语言文学的学习融会贯通，强调审美教育在汉语言文学教育中的重要性，就要让学生在日常的汉语言文学学习中有意识地培养自身的审美情趣。除此之外，教师教学时要将感性的理解和理性的知识点放在同一水平线上，让学生真切地体会到审美与汉语言文学的内在联系，极大地拓展学生的审美视野，提高审美的能力，实现审美教育与汉语言文学教学的完美结合，从而提升学生们的审美层次。

综合以上观点，新的时代背景赋予了大学生新的学习任务，要想在竞争日益激烈的社会上立足，必须要全面提升自己的素质，尤其是要提升自身的审美素质。现代高校也认识到了这一问题的重要性，倡导在教学过程中将汉语言文学教学与审美教育结合起来，让学生通过对文学作品的欣赏以及对其内涵的深刻感知，实现审美素养的提高，达到素质教学的目的。

第六节　汉语言文学教学改革与创新

　　文化是国家、民族、社会有序可持续发展的根本动力，脱离文化规范的任何发展形势都是危险的。无论世界如何发展，在守住优秀传统文化中心地位的前提下吸收外来文化的合理因素，挖掘其现代意义当是中国文化发展的基本路径。汉语言文学专业是传统文化和大学文化的双重载体，承担着提高学生文化内涵和更好地应对多元文化冲击的重任。在多元文化的背景下，汉语言文学专业的人才培养和专业教学改革必然要体现创新性、综合性、应用性和示范性相结合的时代要求，进一步深化教育教学改革，全面落实面向现代化、面向世界、面向未来的战略思想，探索适应时代发展要求的汉语言文学专业人才培养规格和培养模式，将传统与现代有机地结合，制定合理的课程体系、教学计划和教学大纲，更好地培养底蕴厚、素质高、能力强的创新型人才。

一、高校汉语言文学课堂的现状

　　目前，越来越多的高校受到应试教育的影响，将注意力集中在了专业课程的教学上，很多大学生认为学好专业课是未来找个好工作的敲门砖，他们认为汉语是母语，只要会说、会读、会写，就算是懂得汉语言文学，而不用浪费时间和精力在汉语言的专门学习上。结果，作为大学课堂中的一门公共基础课程，很多专业都忽略了该课程的教学，甚至有的老师教学积极性都不高，他们很难将精力投入到专业课的教学和研究上，而是以有价值的科研项目为主；或者有的老师难以静下心来对汉语言教学的方式方法进行探究和思考，也没将汉语言教学的关键及目的搞清楚；或者有的老师的授课方式比较守旧，依然是以课本内容为主，读课本，写作文，这些传统的教学方法已经无法满足高校大学生的学习要求了。除了老师的教学模式方面，目前，从各个高校的科研经费来看，学校往往把科研经费都投在本校重点学科和专业上，对大学语文课几乎没有科研经费的投入，使得汉语言教学质量堪忧，课程地位下降，生存空间不断受到挤压。针对目前高校汉语言文学教学的课堂情况，我们应该重视起来，从各个方面弥补教学的缺陷和不足，努力激发学生们的学习兴趣，改变课堂的教学模式，发挥汉语言的文学魅力，通过让学生认真学习汉语言文学，来重新塑造课堂的教学模式，提高该课程的教学质量，让学生们深刻体会到汉语言学科的重要性。

二、高校汉语言文学教学的创新途径

（一）高校汉语言文学教学环境的改善

要想从根本上改善高校汉语言文学教学工作的质量，做到教学模式的创新，首先要改善该门课程的教学环境，努力创造出平等、信任、理解、相互尊重的、和谐的课堂氛围，使得学生们渐渐对该课程的学习产生兴趣，让学生们从"被学习"逐渐转变为"要学习"的状态。例如，可在课堂上经常开展一些讨论及即兴演讲等训练，既可以锻炼学生们的胆量，又可以培养学生们即兴发挥的能力，开拓学生们的发散性思维。老师要起到以帮助及引导为主的作用，鼓励学生们的踊跃参与，帮助语言表达能力较差的同学，大胆尝试。这种训练既可以增进师生感情，也可以促进课堂教学环境的改善，最主要的是，还可以培养学生们大胆讲话，不怯场、不慌张的心理素质，为学生们在今后的求职道路上打下语言训练的基础。

（二）培养学生们的创新型思维

所谓的课堂教学模式创新，最主要的是要将创新的思路带到课堂上来，培养学生们的创新型思维，让学生们切合实际地学到对自己未来发展有意义的知识。高校课堂是一个学知识的课堂，更是一个积累本领的课堂，这种积累不仅仅来源于书本，更多的是来源于一种思维的形成。因此，我们应该培养学生们的创新型思维，这种创新不单单针对简单的造句、组词之类的常规训练，而是应该从深层次的角度，让学生们体会到汉语言的无穷魅力，从认识世界，学习文学、史学知识开始，领悟语言的神奇作用，让学生们了解到语言的功能所在，它不仅仅是人与人之间交流的工具，更是体现个人素质与发挥人格魅力的工具。

（三）拓展高校汉语言文学课堂的教学环节

对于师生之间的直接交流来说，课堂是最直接的交流环境，课堂教学模式的创新，要注意到教学环节的改进，过去的教学环节大多是以老师讲、学生听为主，将实际训练、软件教学、多维教学、小组讨论等形式忽略了，使得学生们无法认真对待这样枯燥的教学课堂，甚至很多学生开始厌倦这种课堂，将精力转移到了其他科目的学习上，久而久之，汉语言文学课堂将越来越不受大家的重视。因此，我们要优化课堂教学环节，改进原有的教学模式，努力让学生们真正意识到学有所得的价值，让学生们有拓展自己思维的空间。在课堂上，老师要将讲课与训练同步进行，以传授为辅、沟通为主。用实际应用的办法来提高学生们的语言表达能力和思维反应能力，在课堂中，尽量多地给学生们发挥自己的时间，让他们从中获得学习的兴趣，获得展现自己的信心和提高自身各方面素质的意识。

（四）加强教师自身的创新型教学素质

从教师的角度来讲，教学模式的创新与教师队伍的整体素质有着很大的关系，要想全面改善汉语言学课堂的教学模式，就要从教师教学素质的提高抓起。首先，教师的职责是教书育人，但是教书并不是唯一的目的，单纯的教书模式已经无法跟上时代前进的步伐了。我们不能只是机械地将课本知识传授给学生，而是要勇于探索、大胆实践，要有不拘一格的思维，在沉闷的课堂中融入自己的新思想和新发现。其次，教师的经验固然重要，但是经验毕竟只是日积月累保存下来的"真理"，这种"真理"只能引导我们把握基本的教学大纲，而不能作为一成不变的教学目的与重点。尤其是高校教师，要由以往的经验型转变为专家型和学者型，一名教师只有当自己对所教学科、领域里的知识达到了精、通、深、博四个字，才能对教学内容做到挥洒自如，游刃有余。才能形成自己独特的教学思想、风格和体系。

三、多元文化背景下汉语言文学专业教学改革

（一）多元文化背景下汉语言文学专业教学面临的问题与困境

多元文化间的相互渗透与影响对于文化选择带来了多重不确定性，导致汉语言文学专业教学内容难度把握不易确定。由于文化的趋高性影响，部分大学生容易受到外来文化的冲击，甚至出现崇拜洋文化而忽视本国文化的现象。汉语言文学专业由于内容上大多以传统文化为载体，往往与现实联系不甚紧密。

作为传统学科，汉语言文学专业教学手段和教学方法的创新相对文化多元化具有滞后性。伴随现代通信技术高速发展的直接后果是文化的日新月异，新的文化观点和文化现象层出不穷。汉语言文学专业教学方法和手段往往以传统形式为主体，跟不上社会需求和学生需要的现实步伐而出现创新性不足的滞后倾向。主要体现为过多重视教师的引导而忽视学生的自觉，教学之间呈现明显的不对等；重视知识的传授而忽视能力的培养，教学效果不尽如人意；重视教学过程的规范性而忽视学生情感的激发，直接导致学生专业积极性下降。

解决汉语言文学专业的现实困境的根本途径在于改革教学方式和手段，增强教学过程的实效性和长期性，真正提高学生的文化内涵和实际能力。

(二) 多元文化背景下汉语言文学专业教学改革措施

多元文化背景下汉语言文学专业尤其承担着弘扬本土文化的历史使命,并需要统筹文化教育、专业建设和能力培养等各项功能,既要巩固学生的专业深度,又要适应社会对学生知识的需要,着力加大专业教学改革力度。

1. 优化课程体系和教学内容,兼顾知识、能力和综合素质培养

汉语言文学专业的课程体系和教学内容由于专业性和现实需要之间的矛盾导致难以操作和把握,应该使基础课程具有专业深度以承载文化培养的功能,全面提升学生素质。汉语言文学专业课程体系主要包括专业和实践两个板块。二者相互交叉但分工明确,前者具有很强的延续性,后者的现实性和创新性更加明显。

专业课程包括基础课、专业课、方向课,以语言和文学课程为主体,体现专业深度和一定的研究能力,尤其是体现文化性。特别是古代汉语和古代文学等专业课程,要有意识地激发学生对传统文化的兴趣,讲清传统文化的线索和精髓,培养学生思考问题的角度和能力。其中一个重要内容就是传统的礼乐文化,可以以选修课或专章的形式加以强调,使学生了解传统文化中的善良、孝悌、诚信、谦让、尊重等美德,为以后的工作和生活打下良好的基础。实践课程包括技能、素质、活动等内容,根据社会实际需求安排课程内容,重点在于培养学生的动手能力和应用技能,做好应用文写作、演讲与口才、礼仪训练等系列课程的落实,同时可以根据地区或用人单位需要设置特殊技能课程,真正提高学生的实际应用能力。

从全面实施素质教育出发,进行课程体系的重组和教学内容的精选与优化,加强课程间的整合,使板块间形成互补优势,不仅有利于学生个性和特长的发挥,拓宽学生的知识面和适应能力,还能更好地体现科学性、系统性和可操作性,使课程体系中的各门课程成为有机统一的整体。

2. 改革教学方法和手段,充分调动学生的积极性和主动性

汉语言文学专业课程由于枯燥难懂往往使学生产生厌倦情绪,在教学方法上应该围绕调动学生积极性和主动性的宗旨,实行教师引导、学生掌握,大力推进教学内容、教学方法、教学手段和考试方法的改革,激发学生自主性学习、研究性学习的积极性,不断提高教学质量。

课堂教学首先要树立平等的教学思想,从传统的以教师为中心向以学生为中心转变。围绕课程核心内容组织系列问题,让学生自主学习并解决相关问题,教师以对话教育和阐释引导的方式进行教学,积极开展讨论式教学、启发式教学,建立讨论课、自学课、辅导课、提高课、实践课等多种教学形式,要求根据教学内容确定各门课程相应的教学形式。

教学内容应该更加灵活多变。教学计划应该具有一定幅度的浮动空间，给教师根据教学实际情况和现实重大问题调整教学内容的余地。同时可以进行适当的学习内容的分流，对学有余力或拟进一步深造的学生提高专业难度，进行一定程度的研究性学习。教学手段上要大力推进现代教育技术手段的运用，积极开展多媒体辅助教学改革研究，提高现代化教学能力和水平。多媒体的应用不应仅限于课件的制作与应用，应该进一步加强自身平台建设，利用网络实现资料共享、问题交流、作业批改、课后辅导等多种形式的师生互动，提高学生的积极性和主动性。考核方式上不再以试卷作为唯一形式，应根据学生实际情况进行全面考核。试卷考试对应基础知识，平时成绩对应综合能力，加大平时成绩比例，采取论文、作业、讨论、讲解、开卷等多种形式给予成绩评定。

文化熏陶是一个潜移默化的过程，学生通过更多的自主性学习不断提高自身的专业水准和文化内涵，教师通过有效引导和精深阐述让学生体会到专业、敬业和关爱，以获得更多情感体验和审美志趣，从而能够更好地适应社会需要，以及抵抗负面文化的侵袭，为正确的人生道路奠定根基。

3. 加强师资队伍和教材建设

师资队伍和教材建设是一个老生常谈的问题，但在多元文化背景下又给汉语言文学专业教学改革赋予了新的内涵。汉语言文学专业因其学科特点具有更强的传授性，教师相对缺乏改变教学方法和手段的主观愿望。教师要想在专业教学中渗透文化教育，必须先提升自身文化底蕴，才能使学生心悦诚服地接受教导。教师还要更多地钻研新的教学方法和手段，改输入型教学为互动性、开放性、探究式教学，真正提高学生的积极性和自主性，提升教学效果并获得自我解放。由于汉语言文学专业知识本身的稳定性，教材选用也基本约定俗成，教师主要在辅助学习教材上下功夫，可以根据学校和学生实际，自主编订相应的辅助教材，集知识性、文化性、趣味性于一体。

（三）多元文化背景下汉语言文学专业教学改革应注意的问题

树立学生立德成人的中心地位。学校教育要体现文化性，实质上就是培养学生成人的过程，学生要成才首先必须要成人，要有正确的人生观和价值观。传统文化的核心是德育文化，修身是个人发展的前提。汉语言文学专业作为文化教育的重要载体，不能跟风应景，应以培养学生的高尚人格和文化底蕴为目标，塑造传统文化的文人风骨和学术精神。

课堂教学围绕学生主体展开。汉语言文学专业教学改革的重点是体现学生的主体性，进而激发其积极性和主动性。课堂教学是改革的主战场，应该充分围绕学生展开，而不是传统的"满堂灌"，应给予学生明确的学习目标和任务，并设定完成任务的路径和方式，与全面考核挂钩，自主完成任务和实现目标，最终把知识转化为观察和解决问题的能力。

教师要转变观念，提升素质。学生主体地位的确立是以教师主体地位的让步为前提的，这就要求教师转变观念，不能固守自己的中心地位不放弃。如果教师不能做到有目的、有意识地调动学生的积极性，所有的教改就将流于形式。同时，多元文化和多变技术都要求教师不断提出新的问题，适应新的形势，与时俱进地提升自身素质。不明白现代教育理念、不使用现代教育手段的教师无法有效引领学生，也不能实现真正的教学改革。

汉语言文学专业作为弘扬优秀传统文化的主干专业，在多元文化冲击下应该给予更多的保护和重视。汉语言文学本身也必须跟随变化的形势而改变自己的教学方式和手段，重点在于突出专业内容的文化性以维持自身文化载体的历史使命，加强学生的主体地位将文化的德育功能内化为学生适应社会的实际能力，把继承传统与现实创新相结合，为汉语言文学专业的长期可持续发展提供动力，亦为中华优秀文化的伟大复兴尽到应有的责任。

四、汉语言文学专业创新课程体系建设的探索与实践

汉语言文学专业是研究汉语言文学现象和规律的专业。该专业历史悠久，具有深厚的文化底蕴，是新闻与广告、编辑与出版、播音与主持、戏剧与影视等各类文化艺术学科的重要基础。近年来，全国许多高校都对该专业进行了不同程度的改良或改革，但大都还没有从根本上动摇它几十年一贯制的课程体系。

（一）创新课程体系建设的基本思路

1. 汉语言文学专业培养目标的确定

培养目标是创新汉语言文学专业课程体系应该解决的首要问题。培养目标的确定是指对人才类型、层次、规格等基本问题做出阐述和规定，同时涉及人才服务、面向和评价标准等方面。根据区域高校服务于区域经济和社会发展的原则，结合近三年汉语言文学专业毕业生的就业去向调研，按照"为沂蒙服务"的办学宗旨，临沂师范学院文学院确定的汉语言文学专业的培养目标为："培养德、智、体、美全面发展，理论知识扎实，基本技能强，综合素质高，富有创新精神和国际视野，系统掌握汉语言文学专业知识，具有一定的口语表达能力、写作能力和文艺鉴赏能力，能够在中小学校从事语文教学与研究，或在机关、企事业单位从事文秘、宣传等工作的应用型人才。"

2. 汉语言文学专业确定培养目标的理论依据

只有准确地把握汉语言文学专业人才的培养目标和人才培养规格，才能正确地设计好汉语言文学专业学生的知识、能力和素质结构；只有正确把握了专业设置原则，才能更有利于汉语言文学专业教育的正确定位，做到健康、和谐地发展。目前，学生就业难已经成为一个社会问题。从根本上讲，就业难的原因并不是社会人才过剩，而是因为高校招生的

计划性、专业课程设置的模式化、培养目标的专业化与就业的市场性严重脱节。所以说，认真寻找学生就业的出口，并按照学生就业出口重新设置课程体系，将成为任何一所区域高校生存的必然选择。谁先迈出了这一步，谁就赢得了发展的优先权。

3. 汉语言文学专业确定培养目标的现实依据

汉语言文学专业创新课程建设的基本原则是按照"从出口往回找"的理念，要求每位教师都要努力建设最"有用、有效、先进"的课程。

（二）创新课程体系建设的突出特色

1. 汉语言文学专业创新课程建设的创新性

（1）坚持"培养专业人才与职业人才相结合"的原则

人才类型通常按"二分法"分类，即学术型人才与应用型人才。目前，大部分高校汉语言文学专业的课程体系都是以专业特征为出发点的，其核心内容基本上是偏重系统化、知识化、理论化的专业学科知识体系，较少系统地考虑社会实际需要的人才素质特征及其背后的能力结构，培养出来的"专业人才"是文学学士，但目前社会急需的是中学语文教师、机关企事业单位文秘等"职业人才"。这就出现了培养的人才规格与社会需求的脱节。

（2）坚持"一个专业，多个出口"的原则

按照传统模式培养出来的人才一般只能满足某一方面的素质要求。在中国已全面融入市场经济时代的今天，我们必须走出传统的象牙塔，努力培养与市场接轨、能够多方位适应市场竞争的高素质人才。按照这个目标，汉语言文学专业分别开设了文秘和对外汉语两个不同的培养方向。文秘方向培养的是适应市场经济和企事业单位实际需要的德智体美全面发展的、具有丰富扎实的公共关系与文秘专业理论知识和较强的公关能力、写作能力、综合服务及辅助管理能力的高素质技能型人才。对外汉语方向是应经济全球化、教育国际化、文化多元化的快速发展的要求，建立以对外汉语教学为核心、跨文化交流为辅翼的专业结构模式，培养的是具有汉语言文化和国际社会的基本知识、基本理论和现代信息处理技能、具有对外汉语教学和跨文化交际需要的广泛知识和综合素质的应用型人才。

2. 汉语言文学专业创新课程建设的实用性

（1）专业方向主干课程中加大了实践课程的比例

从近些年单位的招聘要求来看，"选才用人"观念比过去更趋于实际，大多数企事业单位根据自身的实际和所需职位对专业、学历、层次需求招聘人才，走出"人才高消费"的误区，不再片面地追求"高学历""高层次"，而更加注重学生的实际技能。针对这种情况，汉语言文学专业在专业方向主干课程中加大了实践性课程的比例，从一般的社会实践到课程设计，再到专业实习和毕业设计，体现了全面培养学生能力的原则。实践性的课程主要有《写作技能训练》《文学解读与论文写作》《应用文范例研读与习作》《秘书应用写作》《诗选及习作》《词选及习作》《文学创作》《阅读与评论》《中小学教师技能》《文秘技能综合》《新闻写作》《速记训练》《文化活动策划与管理》等。

（2）专业方向主干课程中加大了应试课程的比例

汉语言文学专业按照与时俱进的时代要求，不断更新教育内容，创新课程形式，构建起以学生"出口"为导向、以素质和能力培养为重点、以与国际融合接轨为标志、以资源配置为保障的实用的、先进的新课程体系。该体系强调夯实学生的专业基础，最后一学年结合学生就业这个核心问题，灵活开出应试课程，很受学生的欢迎。如《考研专业辅导》《中学语文教师上岗考试》《教学设计的理论与实践》《公务员应试》《申论》《事业单位人员录用考试》等课程，让学生真正成为既有理论知识，又有实际能力的人，保证学生凭借在学校掌握的知识和技能，在社会上迅速找到适合自己的坐标，快速地适应社会，更好地服务社会。

3. 汉语言文学专业创新课程建设的国际化

（1）借鉴和学习国外或境外大学先进的课程体系

汉语言文学专业在创新课程建设过程中，借鉴和吸收了很多知名大学的优秀课程，主要参考了麻省理工学院、牛津大学、台湾大学、香港中文大学等相近或相关专业的课程设置方案。如台湾大学中文学系的特色是发扬中国文化，传授文学、文献学等专门知识，培养学生对于中国语言、文学、学术思想、文献资料等深厚的认知与研究能力，为以后工作打好基础；其课程模块采取多元化设计，基础课程与进阶课程并重，重视古典也不忽略现代，各领域皆开设多门课程，以求均衡，其课程模块包括本系必修课程、群组必修课程以及通识课程、选修课程等。

（2）加大单门植入课程引进的力度

为了实现"强配置、国际化、高质量、大规模"的办学目标，汉语言文学专业开出植入课程26门，有效地借鉴了国内外最先进的信息资源，对建设品牌大学的品牌课程体系形成了有力的保障。该专业主要从（中国）香港中文大学植入《逻辑学》《训诂学》《中国传统文化》《历代文选》等课程，从美国麻省理工学院植入《中国现代都市文学》《西方文化基础》《西方小说导论》《现代西方戏剧基础》等课程，另外植入的课程还有北卡罗来纳州大学的《文学解读与论文写作》、得克萨斯州立大学的《美学导论》、英国牛津大学的《二十世纪西方文学理论》等。

第九章　新媒体环境下汉语类教学创新

第一节　新媒体时代现代汉语教学资源的整合与利用

当今中国，社会信息化趋势日益凸显。新媒体时代的到来，不仅改变了我们的日常生活，也改善了我国高校的教学手段。在当前背景下，现代汉语教学的重要性更加明显，直接关系到学生的文学内涵和文化素养，以及大学生的语言表达能力等问题。通过利用新媒体，将现代汉语教学的视野拓展、口径扩大、效率提高、趣味增多。有利于丰富现代汉语课程的教学资源，更加焕发汉语言教学的活力，推动现代汉语课程教学的稳步前进。

一、目前现代汉语教学所面临的问题

现代汉语是高校的一门基础必修课程，在教学改革不断推进的今天，现代汉语教学也面临着机遇与挑战。因此既要把握机遇，又要迎接挑战。在此过程中，首先要明确目前现代汉语教学过程中所面临的一些问题。只有清楚地认识到现代汉语教学现状，才能针对现有的问题，结合新媒体优化现代汉语教学资源。

（一）教学内容与实际相脱节

当前高校现代汉语教学最突出的一个问题就是教学内容过于陈旧，与社会实际相脱节。当今社会发展迅速，现代汉语的内容与编排尚处于较低的水平，对新的语言现象没有进行补充说明，所以就会与社会发展实际有较大差距，不能结合实际来丰富现代汉语教学，也没有将现代汉语教学融入社会生活中。脱离了实际、脱离了学生的现代汉语教学，必然难以激发学生的学习兴趣，教师在教学过程没有创新能力，会使学生产生厌烦情绪，

难以达到预期的教学效果。

(二) 教学理念相对落后

目前,很多教师的教学观念相对落后,教师占据课堂的主体地位,不会积极引导学生参与到课堂活动中,教师们只是把课堂当作自己的表演平台,对学生的反应视而不见。与此同时,传统陈旧的教学手法,使得现代汉语教学变得枯燥无味。教师无视学生们的个体差异,无法进行因材施教。这不仅影响了教学质量,现代汉语的优势和特点也会逐渐被忽视,不利于现代汉语教学的发展。

(三) 学生学习态度不端正

当代大学生的学习状态不佳,学习态度不端正的现象较为普遍。现代汉语是一门理论学科,对提高学生们的语言能力和文学修养具有重要作用。但是在教学过程中,许多教师没有使学生们认识到现代汉语的重要作用,学生认为现代汉语没有什么重要的现实意义,实践性不强,所以会忽视对现代汉语的学习和研究。学生们似乎只对实践性强、能够引起自己兴趣的学科感兴趣。

二、新媒体时代现代汉语教学资源整合利用的可能性与现实性

科学技术不断发展的当今社会,新媒体技术也成为教学改革的重要手段之一。新兴传媒传播的信息是社会变迁的晴雨表。新媒体作为信息载体,其包括丰富的资源,内容贴近社会实际,不仅能够引起学生的学习热情,还能够激发教育工作者的创新能力。利用新媒体技术将现代汉语教学资源加以有效的整合利用,能够促进现代汉语教学的进步,实现教学与实际相结合。

(一) 新媒体蕴藏丰富的资源

新媒体是信息的载体,大量信息通过新媒体的传播,很快融入人们的社会生活。在现代汉语教学过程中,同样需要大量的信息和资源,而新媒体正好可以弥补现代汉语教学的不足,为现代汉语教学提供大量的社会资源和信息。新媒体能够反映出当今社会日新月异的变化,时事政治、社会万象、娱乐新闻等大量信息都蕴藏着丰富的资源,通过新媒体的传播,人们可以时刻了解社会发展动态,一些新兴词汇的出现,可以为现代汉语教学与研究带来新的生机,在教学过程中通过分析这些新兴的内容,来体现学习现代汉语的精髓与实质,促进现代汉语的丰富和发展。

（二）新媒体的使用方便快捷

当前，新媒体的使用也越来越大众化。手机已经成为大学生必不可少的生活用品，计算机也是大学生们的标准配置。收发短信、语音视频、网络追剧、微博讨论都已经融入大学生的日常生活，在此过程中，不仅仅有大量的信息传递、情感的交流、感情的抒发，还有语言的多元多质、丰富的语言技巧和鲜明的语言特点。因此，新媒体不仅拉近了人与人、人与社会之间的联系，在课堂上，也增强了现代汉语的实践性。而且，新媒体技术运用简单，操作方便，信息量大且传播迅速，而且新媒体技术可以将文字、语言、画面有机结合起来，能够有效转变现代汉语课程教学模式，提高教学成效。

（三）新媒体在教学中具有实用性

新媒体在现代汉语教学过程中能够实现全方位的教学目标。语言学习包括语音、词汇、语法三要素，在现代汉语教学过程中，也要注重这三方面的联系。将现代汉语与新媒体相结合，能够促进学生对现代汉语的掌握和运用能力。例如，拼音输入法可以训练学生的普通话；韵文的学习和运用能够提高学生们的语言使用技巧；连续联想输入法能够促进学生的想象力，为现代汉语注入活力。运用新媒体，播放影视作品、流行歌曲等，都能体现出现代汉语的魅力。还能够将汉语使用过程中出现的问题用最有效的方式展现出来，使学生印象深刻。

三、整合利用的方法和途径

新媒体与现代汉语教学相结合能够提高学生的兴趣，也能提高现代汉语的实用价值。那么，怎样将新媒体技术与现代汉语有机地结合起来，在不破坏课堂秩序的情况下，提高现代汉语教学效率是一项重要课题。"要大力推进信息技术在教学过程中的普遍应用，促进信息技术与学科课程的整合。"新媒体与现代汉语教学资源的整合也有重要的实践意义。

（一）积累和筛选教学资源

积累和筛选是教学资源整合的前期准备，在多媒体时代，教学资源具有多样性，所以，要在丰富的资源中进行筛选，因为并不是所有的内容都适合用于教学。因此，在课前需要对有效资源进行筛选然后积累。大量的资源收集到一起，并不是简单的堆积，还需要整合。在新媒体时代下，对教学资源进行整合的方法有多种，一般形式有重新组合、技术分类、科学改编等。利用新媒体技术将收集来的教学资源进行有效归类，然后重新组合，现代汉语教学需要更多的具有时代特色的内容，所以在准备教学前，可以将收集到的资源进行科学改编，使得教学内容更加适用于课堂教学。组合、分类、改编都是现代技术的一部分，将新媒体技术与现代汉语教学资源有效结合，不仅凸显了新媒体技术的优越性，也能通过新媒体技术来表现出现代汉语的独特魅力。

（二）生成和构建课堂资源互动

在现代汉语教学过程中，课堂互动是提高教学效率的最有效的方式之一，在新媒体技术的支持下，课堂上教师通过运用新媒体，让学生更加热爱现代汉语学习。例如，通过播放新闻联播中所报道的国际或国内时政、社会热点等问题，展开讨论。在此过程中，不仅训练了学生的逻辑思维能力，还训练了语言表达能力，而且在新闻联播的过程中，学生也可以听到最标准的汉语。运用来自社会和媒体的鲜活语料，虽然能够激活课堂气氛，但还是有一定的负面作用。例如，对于中性的社会话题，在讨论过程中就会产生较大的分歧，虽有运用价值，但是对于这种资源的把握难度较大，教师要善于分析价值并且利用有效方式，进行总结和阐述。

（三）练习与实践相衔接

语文学习的外延等于社会生活的外延。因此，课后演练是对新媒体时代汉语教学的实践，现代汉语教学并不是拘泥于课堂，而是要开阔视野，激发创新能力。精心设计课外教学活动，利用教学资源，通过运用新媒体，开展丰富的交流与竞赛活动，是鼓励学生亲身参与现代汉语实践的有效方法。通过快速打字、朗诵、写作竞赛等，都能够加强学生们的实际操作能力、巩固知识并且提高技能。在户外将现实的教育资源与新媒体结合运用到现代汉语教学过程中。例如，户外风景如画，可以图配文的形式把文字转换成语言，更能体现出现代汉语的实际应用价值。整合和利用现代汉语多媒体教学资源，更能彰显现代汉语的实践价值。

新媒体时代现代汉语教学资源的整合和利用，旨在将现代汉语课程教学活动的资源最优化，它包括课前准备、课中实施以及课外活动，在这些环节中，所有的人力物力、社会资源以及自然资源的总和。与传统教学相比，新媒体时代的现代汉语教学具有很大的优势和特点，但我们也不能否认传统教学中的优点，传统教学中凝聚了许多专家学者的思想智慧，是长期科研与实践的成果。传统教学资源的最大特点就是严谨、权威、准确。因此，在科学技术不断发展的今天，我们既要保留传统教学中的精华部分，又要充分发挥主观能动性，借助新媒体技术，将传统教学资源与创新的教学资源加以有效整合，使现代汉语教学能够与时俱进。凸显出现代汉语教学的重要性，彰显现代汉语的深刻内涵和独特魅力。

第二节　大学现代汉语课程教学模式探索

当前各高校大学生的汉语表达能力普遍下降，中文专业的学生也是如此。造成这种状况的一个重要的原因就是缺乏语言文字的相关理论素养和实践训练。而同时，中文专业的学生未来的职业又多对语言文字运用能力有着较高的要求。

大学中文专业的语言类课程，特别是现代汉语课程正是语言理论和语言实践的结合。现代汉语课程的良好教学状况有助于学生掌握语言文字的相关理论，树立规范运用汉语的意识，并进一步提高汉语运用能力，提高其就业竞争力。但是现代汉语课程的教学实效性普遍不高。一方面，传统的教学模式难以激发学生积极参与。传统的教学模式以教师为主导，进行单向灌输式，该教学模式虽然在系统传授理论方面具有优势，但由于其重教师讲授、轻学生探索与创新，重学习结果、轻学习过程，重学生被动认知、轻学生主动参与，难以激发学生学习的兴趣和能动性。另一方面，课程的讲授内容缺乏和实际生活的联系，难以引发学生的学习兴趣。《现代汉语》课程主要从语音、词汇、语法、语用、汉字等方面对现代汉民族使用的语言进行系统、深入的介绍，但教材内容重语言理论轻语言实践、重语言体系介绍轻创新成果引入、重传统研究少与时俱进，难以让学生产生兴趣和共鸣。

一、调整教学内容，使其更贴近实践和现实

现代汉语课程目前的教学内容，一方面，重理论介绍轻实践训练；另一方面，缺乏与时俱进，没有很好地和当前的社会生活联系起来。要想真正通过该课程教学激发学生兴趣、提高学生语言能力，需要对现代汉语的教学内容进行调整。在语言理论学习内容的基础上，增加社会热点语言现象调查研究、与学生未来职业能力相关的语言项目教学实践等内容，使理论与实践、课程内容和社会生活有机结合起来，增加理论的现实性和针对性。具体来说，针对学生"只知文学家，不闻语言学家"的状况，可以向学生推荐介绍相关语言学家的生平和研究成果，将课本中的理论和生活中的人物对应起来，拉近学生和语言理论的距离。针对学生理论学习多、语言实践少的状况，可以设计方言调查的教学内容，引导学生初步运用理论进行实践，调查自己方言的基本面貌，关注方言生存的社会文化问题。针对学生未来的职业能力，可以引入小学阶段的拼音教学、汉字教学、词汇教学，以及针对留学生汉语项目教学等实践内容，既可以巩固所学理论，又可以锻炼教学能力。

此外，外来词语、网络词语、广告用语等语言现象的实践调查、理论阐释、规范研究等都可以设计为生动的教学内容，让学生感受到语言与社会生活密切相关，培养在社会生

活中关注语言现象、发现语言魅力的习惯。

上述教学内容的调整可以为课程教学内容注入更多的活力，打破课程教学封闭、单一的理论介绍模式，建立起更开放、更丰富、更有效的教学内容体系。

二、构建形式多样的互动式教学课堂，提高学生的参与度

传统的现代汉语课程的课堂教学模式一般是教师台上讲、学生台下记。这种模式导致的结果常常是学生参与度低，对很多知识的理解流于表面，动手能力差。本文认为要切实提高课程的教学效果，学生的主动参与至关重要。为此，课堂应该采用形式丰富的互动式课堂教学。经过几年的探索和实践，本文提出如下几种课堂互动模式以资参考。

（一）语言实践互动教学：以学生为主体

《现代汉语》的教学应该改变脱离实际生活的状况，引导学生关注身边的、社会的各种语言现象，让所学落到实处。基于此，教师可以有意识地引导学生将课堂理论与日常学习生活的实践、未来职业联系起来，帮助学生设定实践目标，展开相关调查，在调查的过程中将所学的理论与现实结合起来，发现问题并通过师生间的互动、小组成员的交流和文献资料的查阅等方式寻找问题的根源和解决的思路，并将调查学习成果总结成报告或PPT在班内进行交流。比如，《汉语拼音方案》的内容和学生未来的教师职业相关。它是小学语文教学和国际汉语教学的重要部分。本部分内容可以分为两步，第一步引导学生对拼音教学进行文献研究；第二步布置学生进行汉语拼音教学的实践活动，让学生学到的知识真正落到实践的实处。

（二）案例收集互动教学：让学生参与教学过程

案例分析式教学是《现代汉语》课程日常教学常用的方式。《现代汉语》实质上是用一套抽象的规则描写语言体系，对规则的理解离不开案例分析。所以，案例的选择对《现代汉语》课程的教学效果有重要影响。教材因为修改滞后的原因，提供的案例经常比较陈旧，缺乏时代气息，无法引起学生共鸣。要想达到好的教学效果，一方面，需要教师与时俱进，精选电视、报纸、书刊等媒体上的相关案例开展教学；另一方面，鼓励学生一起收集生活中、媒体上的相关案例共享。在这个教学过程中，学生直接参与进来，与老师共同经营教学，既能有效激发学生的学习兴趣和深度思考，又增强了内容的现实感和实践感。比如，在语音部分，可以动员学生收集身边同学不规范语音现象；在词汇部分，引导学生收集自己网络语言生活中的语言案例等。

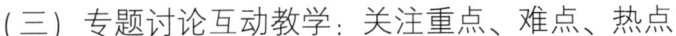

(三) 专题讨论互动教学：关注重点、难点、热点

教师根据学生的学习情况，结合多年教学经验，确定每章的重点和难点，同时根据学生的接受程度适当引入学科热点，组织学生围绕这些问题展开讨论，通过师生之间、生生之间的讨论、交流，深化学生对重点、难点内容的理解，激发学生对热点问题的思考。比如，汉字部分，繁简字是教学的重点和难点，也是社会讨论的热点，可以引导学生查找汉字简化运动历史、主要规则等资料，较深入地了解汉字的发展历史，引导学生开展实践活动，读一篇繁体字古文，将一篇简体字文章转换为繁体字文章等，在实践过程中，让学生亲自感受汉字简化运动的利与弊、繁简字的复杂对应关系；最后，组织学生展开讨论，根据自己收集的资料和实践感受形成自己的关于汉字简化运动利弊的认识。

(四) 自查自测的互动课堂作业：在自主测试中深化理解

现代汉语课程的学习效果与练习的形式和数量大有关系。以往的课堂作业一般由老师布置或教材提供，作业和练习起到一定的作用，但是也常常出现学生应付、没有实现巩固所学效果的现象。本文提出应该改革课堂作业形式，让学生自查自测。每章内容结束后，老师提供一份作业或测试题目样板，由学生分组自行另出一份作业或试题，各组交换试题进行解答，出题组负责批分，答题组对批改情况进行复查，两组就相关问题进行讨论。这样的课堂练习模式很好地调动了学生的学习热情，促使他们在一连串的环节中细化、深化所学内容。

三、采用新媒体技术创建课程微信辅助教学平台

大学生熟悉各种网络交流媒介，也喜欢尝试新鲜事物。微信兴起后，一跃而为大学生的新宠，使用微信进行碎片化阅读也成为大学生新的阅读方式。基于此，在课堂教学时间有限和空间受限的情况下，可以充分利用微信平台将现代汉语的课堂延伸到课外，教师与学生之间在课后也可以开展广泛、深层次的沟通、交流和互动。目前，利用微信平台可以实现以下多种形式的辅助教学功能。

(一) 通过平台发布教学资源

教师可以利用微信的信息发布功能将课程的教学资料发布在平台上，学生可以随时浏览，反复阅读。

1. 章节要点

包括章节学习重点、难点。教师将一些需要重点复习的章节要点发布到平台，学生可

以随时使用手机进行复习浏览。比如,汉语教学的内容,在课堂讲解示例后,把要点发布到平台。语法章节的教学结束后,把章节要点发布到平台。

2. 作业、练习

包括章节练习发布、各类拓展作业、实践活动作业的布置。现代汉语课程的学习需要较多的练习。除了课堂练习和课本的练习外,教师收集或自拟练习和测试,章节学习后、考试前发布到平台,由学生课后训练。一些要求比较繁复的实践作业也会提前发布在平台,方便学生严格按照要求准备。

3. 拓展材料

包括语言类、学习方法类等参考资料。教师根据教学内容选择相关的阅读文章、资料发布到平台,引导学生通过阅读较为深入地了解现代汉语的相关内容。比如:在讲词典时,推荐《现代汉语词典》修订历史的资料,让学生很具体地体会语言研究怎么做;针对学生对语言学家很陌生的情况,推荐介绍语言学家的文章等。

此外,也可以通过微信的"关键词"回复功能,设计专门的试题,学生通过"关键词"提取后进行测试。

(二)通过平台进行辅导答疑

微信平台设有用户管理功能,利用该功能可以将学生用户实名登记并分组。用户登记完成后,可以利用"回复"功能,与学生进行互动。学生可以发送作业,教师回复批改;学生也可以提问疑难问题,教师回复解答。

(三)通过平台展示学习成果

平台发布的内容可以非常丰富。发布学生写作的作业、教学活动报道等可以更好地激发学生的学习和参与热情,让平台真正成为学生学习的平台。

总之,大学生是一个特别的群体:他们拥有强烈的学习欲望,需要学习交流平台;他们经常使用移动互联网,关注新媒体新技术;他们喜欢体验新事物,希望教学更新潮。目前,微信已经成为大学生交流沟通的主要方式之一,如何发挥这个平台的教育作用值得思考和探索。如果微信辅助教学平台构建合适,势必会让学生更主动地关注和参与课程的学习。

四、微信平台的现代汉语翻转教学

网络化和信息化是当今时代的特点,随着新媒体时代的进一步发展,微信公众号进入到人们日常生活中的方方面面,利用微信公众号为专业教学服务,不仅增强了学生学习的参与感，还能丰富了教学模式，促进我国教育事业的发展。传统教学方式就是一种将教师当作核心、将知识教授当作重点的方式，是围绕板书、考试、教学规定的一种方式。在这一教学方式内，学生只学会了被动性地记住教师讲解的知识点，在课堂内没有跟教师进行互动，也没有一个良好的学习气氛；同原来的教学方式有所差别，借助翻转课堂进行教学就是一种将学生当作核心的方式，学生成了学习中的主导，教师则成了指导者，这是一种"信息技术+教学"的方式，也是一种提前预习、课上探讨的方式。

信息技术的进步，使得学生在进行现代汉语的学习期间，可以借助网络，收获各种各样有关现代汉语知识的信息及材料，而不只是将教师在课堂内教授的知识点当作唯一收获知识的源泉。微信作为 21 世纪下的产物，它发展速度令人备受瞩目。微信不再局限于与个人之间的交流交往，更被广大社会组织使用在日常的人员工作管理以及生产营运活动中。微信公众号作为微信的一种功能，并且作为一种新媒体，它的无时间空间限制等优点有效地改善了教学水平，并开始将微信平台作为一种新的教学模式。

（一）微信平台在现代汉语翻转课堂教学的应用价值

1. 提升学生的学习兴趣

微信是一种新兴的社交媒体软件，通过手机、平板电脑等作为媒介，及时进行图片、语音、文字、视频等沟通，操作简单、灵活开放、功能强大，因此在各行各业得到了广泛的应用。而将微信平台应用到现代汉语翻转课堂教学当中，能够有效强化教师和学生之间的互动和交流，其价值也能够充分发挥出来，还能够有效推动教学模式的革新。微信平台让教学变得更加简单，通过微信将文字、声音、图片传达，有效地丰富了教学手段。学生可以根据个人的喜爱进行学习内容的选择，有效地实现了学习的个性化。

2. 实时交流和沟通

随着微信的广泛应用，微信公众平台应运而生，微信公众平台是一种多渠道、快捷、准确及方便的新媒体，其是在微信基础上增加的新的功能模块，支持移动互联网及 PC 端的登录，用户通过绑定私人的账号群发文字、语音、视频、图片、图文消息的内容。此外，微信吸引着思维活跃、容易接受新生事物的大学生们，成为学生校园生活不可或缺的一部分，同时学校应适应时代发展的需求，在现代汉语翻转课堂教学中运用微信公众平台，进而创新教育活动，提高学生的个人素养。当微信平台进行开通后，就能够让学生以多种形式同教师进行直接的互动和交流，提出自己对教学的建议，比如以表情和图片、视频以及音频的形式。同面对面访谈以及问卷调查的形式相比起来，学生在微信公众号平台上所反馈的信息，更能够将学生真实的看法反映出来。

3. 随时随地学习

借助微信的公众平台，学生可以打破空间、时间的限制，获得自己所需的信息。不管是预约续借还是挂失借阅证等服务，学生都可直接在平台上办理，而且学生可在平台上直接进入到一些数据库当中寻找自己所需的资料，这样不仅给其带来了极大的便利，而且能够使得教师的工作量得以减少。更为重要的是，对微信平台号进行关注的学生，可将自己碎片化的时间充分利用起来，学习平台所推送的内容和信息。

(二) 微信平台在现代汉语翻转课堂教学中的运用策略

1. 注重对相关教师开展教育及培训

当前，现代汉语教学依旧存在很多问题，而对教师进行教学的能力及水平加以增强及提高是妥善处理这些问题的关键。在还未通过微信平台开展翻转课堂之前，教师就应当具有相应的制作视频的能力。虽然对视频进行制作可以请教于学校聘请的专业工作者，但是对教师来说，还是要把握最为基础的制作视频的方法。如此，就可以极大地促进翻转课堂得以顺利开展。事实上，翻转课堂已经真正地颠覆了原来的教学方式，为此，教师有必要构成新兴的教学观念，在进行教学期间，制定出更为周全的教学规划，以促使学生产生更多对现代汉语进行学习的兴趣，同时还要从各个方面来促使学生的个人性格获得发展，这些对于教师而言都是不小的挑战。对于这样的挑战，教师就应当定期去参加培训及教育，以充实自我，不但能转变教学观念，提高教学素养，还可以提升自己微信平台的运用能力，如此就能使教师更快地把握制作简单视频的技术，从而突破原来教学内的常规，形成新兴的教学理念，借助全新的教学方式实施教学。

2. 确保平台推送内容的质量

以往的现代汉语教学对于教育资源的在利用和传播不重视，教学资源主要通过学生上课记笔记与老师的课件进行传播，但大部分学院学生对现代汉语教学内容不感兴趣，这就导致学生不认真听老师的课，更少记录笔记，进而使现代汉语资源传播困难。此外，现代汉语的课程较少，从而使学校的现代汉语薄弱。微信公众平台的运用，实现了现代汉语资源的广泛传播。这是由于微信公众平台对信息的传播快捷、准确及方便，并能够对传播的信息进行储存，其在现代汉语翻转课堂教学中的运用，使学生能够无限重复地学习教育资源，而且学校可以非常容易地传播现代汉语资源，学生也更容易接收现代汉语内容。

现代汉语教学应用微信公众号平台的关键在于，其所推送的内容和信息能够符合学生的口味，满足学生的需要。因此现代汉语在建设微信公众号平台的过程中，不仅要充分利用好微信平台的优势，共享教师的丰富资源，同时，还要向学生传送有质量、有价值的内容，使学生获得较好的体验。首先，要确保平台推送内容的原创性，注重平台的长远发展，而不能够为了博眼球，传送一些爆炸性的信息；其次，在编辑内容的时候，要浓缩内容的精华，精心进行排版；再次，在设计内容形式的时候，不仅要考虑文字和图片，还要考虑简短的视频以及语音，这样才能够有助于学生缓解文字阅读的疲劳。最后，推送频率和推送时间，推动频率不应过高也不应过低，过高频率给学生推送内容，会引发学生产生反感的情绪，而过低的推送频率，就会让学生放弃对公众平台号的关注。因此，除了发送一些意外情况的意外通知，应确保每天均有推送内容，每期要保障有几条有价值的内容和信息。

3. 增强学生的引导和督促

教师要多注重学生的课后活动，并对其自行开展的学习加以引导、督促与激励，确保学生能够正确对待翻转课堂内的所有教学内容。在使用了翻转课堂以后，学生会愈发喜爱观看视频材料、同教师互动等这些轻松的教学方式。因此，教师应当要合理借助微信平台，将其中的各个步骤同内容加以贯彻，以凸显出更大的作用。翻转课堂本身的特殊性就是其能够缩短教师课上传授信息时长，节省出很多课堂空间，以让教师同学生之间能够更好地进行交谈，这不仅加强了教师通过和学生的交流互动，增进彼此的情感，也能缩短两者的距离。教师在上课之前进行教学目标、教学重点、教育难点的设计，并且制定好课前学习任务，让学生们进行课前预习。教师根据教学的目标和任务进行教学视频的录制，并且表明重点和难点，最后通过微信平台让学生们进行自主学习。学生通过在线进行自主学习，教师通过网络平台进行指导，并且需要加强主题的探究，引导学生进行课堂的教学讨论。之后让学生进行学习汇报，帮助学生进行理论知识学习的巩固。课后，学生自我完成作业，并在微信平台上分享学习心得，加强交流。教师在进行批改时，需要将存在的问题与学生进行及时的探讨，并且根据学生的表现、谈论以及作业完成等因素进行成绩评定。

运用微信公众平台进行现代汉语翻转课堂教学工作的开展已经成为时代趋势，这也是学校新的机遇与挑战。一方面，微信公众平台的运用带来的机遇，为学校的现代汉语翻转课堂教学工作提供了载体，有利于学生素质的培养与教学模式的创新，还有利于实时了解学生的思想状态，进而深入探讨学校现代汉语翻转课堂教学工作；另一方面，微信公众平台的运用带来的挑战，学校将面临如何科学合理地运用及网络舆情与信息的监控等问题。因此，在这种情况下，学校相关工作人员要不断优化微信公众平台在现代汉语教学中的运用，并对其进行深入、全面、科学的挖掘，进而有效提升现代汉语的教学水平。

第三节 新媒体时代古代汉语教学方法的创新

古汉语教学对于丰富广大学生的语言内容，实现对文化的了解来说，具有非常重要的意义。在新媒体时代下，古汉语文学教学体系对于大学生文学素养的提升来说具有非常重要的意义。古汉语教学在新媒体时代下，逐步形成了自身的特色，极大地推动了古汉语的发展。

一、新媒体时代下古汉语文学发展的困局

（一）古汉语受网络流行语的冲击

网络流行语在新媒体时代呈现良好的发展趋势，并给广大人民群众的生产生活带来了巨大的冲击，特别是古汉语教学。网络流行语在古汉语词汇的基础上，通过改变古汉语语法结构以及广大人民群众的用语习惯来对其进行改革，这对古汉语的传承是非常不利的，甚至不利于初学者深入了解古汉语的含义。但我们也应当意识到，网络流行语的诞生对于古汉语来说，还具有一定的创新意义，它实现了部分汉语言的个性化，实现了古汉语的发展，使古汉语能够与人们的生活和生产有机结合在一起。将古汉语的时空跨越性以及数字化特点表现出来。在具体的实践活动中，越来越多的人在QQ和微信的交流中运用古汉语知识，这在一定程度上使人们之间交流方式变得更加多样化，使语言变得更加丰富。与网络语言对古汉语的积极意义相比，网络语言给古汉语发展带来的冲击也不容忽视。在形成语言结构的过程中，语言使用者往往忽视了古汉语严格的语法结构，导致选择的语句往往存在不规律之处，没有遵循古汉语的用语规范，这对古汉语的发展来说起到了一定的消极作用。对于那些正处于学习阶段的青少年来说，受到网络流行语冲击的古汉语，很有可能对其学习产生一定的误导，从而不利于我国传统文化的弘扬。

（二）传统受众的地位发生了变化

在新媒体时代，信息技术水平得到了进一步提升，在这种大环境下，传统的受众地位发生了翻天覆地的变化。人们在生活实践过程以及交流过程中，过多地依赖电子传媒载体。而随着网络流行语的应用，人们在研究古汉语的时候，也会或多或少地受到新媒体时代的影响。在新媒体的影响下很多学生在研究古汉语的时候，往往忘记了古汉语本来的意思，而是将网络语言的含义，机械地应用到古汉语文字当中，这对古汉语文学的健康发展

是非常不利的。新媒体技术的出现，使得人们在网络上发言的权利得到了更好的落实，年轻人成了网络语言发展的主要力量，古汉语受众地位发生了一定的变化，不利于广大学生形成正确的古汉语思维方式。

（三）古汉语教学知识，与现实生活脱离

在当今世界，古汉语文学教学方式已经难以满足社会以及学生的需求。教师在古汉语教学过程中，仍然着重注重理论知识的讲授，缺乏课堂互动以及实践性。新媒体时代下，大学生的阅读习惯或多或少都会受到新媒体技术的影响，发生了一定的改变。正因如此，教师在进行古汉语教学的过程中，应当尝试将古汉语教学与新媒体技术有机结合在一起，拉近学生与教师之间的距离，从而使大学生形成正确的思维方式，养成良好的学习习惯。与此同时，还应当使学生在学习理论的同时，着重注意遇到的问题，利用所学知识解决问题，实现实践能力的提升。

二、新媒体背景下古汉语教学方法的创新

（一）规范古汉语教学方式，促使大学生正确看待网络流行语

在新媒体时代下对网络流行语给古汉语文学发展带来的负面影响，需要相关教师采取有效措施，严格规范教学方式，使广大大学生正确地看待网络流行语，将网络流行语与古汉语进行正确的区分，这种做法符合古汉语发展规律，但也应当意识到科学合理地运用网络语言能够实现古汉语的发展与创新。在实现网络语言与古汉语的有机结合上，应当以借鉴和学习为主，做到取其精华，去其糟粕，加强传统优秀文化的学习与弘扬。

（二）充分运用网络平台，提高学生学习的主动性

想要实现古汉语文学专业的可持续发展，相关教师在教学过程中就应当紧密依靠网络平台，建立现代化的古汉语文学教学体系。目前古汉语文学教学模式的变化，就充分地说明了这一点。而应用网络平台的关键就是建构相应的古汉语知识体系，这需要教师全面了解教材，并同相关科研人员进行有效的沟通和交流。

（三）建立多元化合作式教育方式

传统的古汉语教学过程中，大多采用以教师为主导、学生为知识传播对象的教学模式，这种教学模式对学生的学习来说是非常不利的，也不利于古汉语文学的发展。正因如此，在新媒体环境开放的情况下，教师应当建立多元化的合作式教育模式，可以通过开通

QQ平台和微信平台的形式，同学生进行广泛的交流和沟通。通过这种合作式教育模式，学生可以将自己在学习过程中遇到的问题及时反馈给老师，并同同学进行有效的沟通和交流，实现问题的解决。

新媒体时代的出现，给古汉语文学的发展带来了机遇和挑战。本文系统地阐述了新媒体时代下古汉语发展困境，并在此基础上提出了古汉语教学方法的创新路径，这对于进一步提高古汉语教学水平来说，具有非常重要的意义。在这里呼吁广大学生，无论是在日常的学习过程中，还是在课堂上，学生都应当着重注意古汉语的规范性与规律性，充分发扬古汉语的积极意义。

（四）互动式教学模式在古代汉语教学中的应用

"互动式教学模式"是以培养学生实践能力和创新能力，以"让学生爱学、会学、善学"为目标，"教"和"学"之间相互统一的交互影响和交互活动过程。围绕互动式教学模式，我们主要进行着以下几方面的探索。

1. 知识层面的师生互动

互动式教学模式首先要实现知识层面的互动，关键要处理好教学内容与学生内在知识结构和水平之间的关系，学生中学阶段接触过古代语言，大一阶段系统学习过现代汉语，有一定的语言学基础，因而教师要使教学内容与学生原有知识建立联系，促使知识体系的确立，促进新的知识结构形成。教师可以利用课前3~5分钟时间交给学生播报文言阅读情况，建构由"专任教师+学生"组合的"立体讲台"，建立良好的师生互动基础。为此，教师首先要精心选择互动教学内容，根据教学目标设计问题情境，采取精讲、略讲、自学、讨论等形式，唤起学生的学习兴趣，鼓励学生独立思考，主动看书，提出问题，展开争论，有效学习和理解语言理论知识。比如讲授"古书中的用字"一节，中学教学一般并不区分古今字和通假字，只是笼统地称为通假，大学从文字学的角度来研究，才提出这一问题。教师搜集关于古书用字方面的研究成果，对这些成果做简单介绍，以激发学生对这一问题的兴趣，引导学生用自己的理解方式思考问题。如"反"在先秦有翻转、反叛、违反、返回等义项，汉代人们将"返回"的意义从"反"字所表示诸意义中分化出来，从"辵"，写成"返"，在返回义上"反"和"返"成为一对古今字。学生发现古字和今字造字构形上有一定相承关系，那么是否古今字构形上都是具有相承关系呢？教师引导学生进一步思考身—娠、亡—无、伯—霸、要—邀等，学生会发现造字构形是不具有相承关系的。学生进而在阅读过程中悉心留意这方面的问题，具有明确的探究方向。带着问题去阅读可以培养学生自主提出问题的能力，激发学生学习、探索、创新的欲望。

2. 思维层面的师生互动

互动教学模式是教师主导性与学生主体性的相互结合的过程，教师主导性体现在启发学生，学生的主体性体现在独立思考并且解决问题上，教学过程将"问、答"作为教学的必要组成部分，根本目标在于培养学生良好思维习惯。古代语言去今久远，教学中"动"在难点、疑点、重点，教师重在理论联系实际，在文选篇目的学习中教会学生独立阅读、思考，将知识变成问题，运用多种教学方法发展学生智力和语言技能，"以疑引趣""以趣引思""以思引愉"，变"苦"学为"乐"学，变"死"学为"活"学，变被动学习为主动思考，使学生成为课堂的参与者，培养思维的创造性、深刻性和灵活性，锻炼发现问题、分析问题和解决问题的实际技能。"互动式教学模式"主张课堂要留给学生足够的思考时间和空间，教师教学设计要有创新意识，通过学生的动手实践、动口交流、动脑思考等方式培养学生的创造性思维。如何改变教师"一言堂"，还需要师生思维共振，教师不断提高"答"的能力，善于借机引申、因势利导、循循善诱，如古代汉语的异体字教学，这是造成古书难读的重要原因之一，古书用字情况极其复杂，同一个词常用不止一个字形来记录它。古书中读音和意义完全相同、形体不同的字，就是异体字的关系。有些字部分义项通用，还有一些义项不通用，它们不是异体字的关系，有些字在某些义项方面是异体，有些义项就不是异体关系，如沽—酤、预—豫。针对这个教学难点，通过创设问题情境，引发认知冲突，引导学生关注阅读过程中汉字"形""音""义"三者间的复杂关系，根据学生自身专业学习经验和教师提供的资料进行讨论，使学生展开丰富的想象，这些古书用字之间又有何联系呢？此时变教为诱、变学为思，引导学生争取找到答案。实践证明，"问、答"将教与学互联、互动，既锻炼了学生的思维能力、表达能力，又及时反馈了教学效果，在课堂教学中具有不可替代的作用。

3. 技能层面的师生互动

古代汉语课是一门理论联系实践的学科，拓展实践能力、培养学生一定的语言技能是古代汉语课不可忽视的一项重要任务。应该将该技能训练贯彻教学过程始终，让课堂"活"起来、学生"动"起来，教师要悉心营造"立体"课堂，引导学生理论联系实际，亲身经历社会实践和探究过程，结合实践深化课堂知识，培养自主学习探究的能力。互动式教学模式符合"学习金字塔原则"中的有效性学习方式，能够产生很好的学习效果，真正培养语言学习的听、说、读、写各项能力。首先教师自身的口语表达、板书设计和教态形象等影响学生，使学生明确合格教师的各项技能标准。目前，围绕学生实际情况及课程基本要求，拓展实践技能方面，高校开展众多的实践活动实施方案，学生可以充分开发网络资源，重视社会实践资料积累，使用各种语言文字工具书，汇总、整理所搜集语料，做好调查笔记和研读笔记，撰写报告或者心得并展示成果，由学生自己做出判断，既有选择学习内容和方式的权利，又有自觉承担学习目标的义务，从而真正确立学习的主体地位。教师可以设计以学生小组为单位、根据课文内容创建角色的"激情互动"环节，这为学生提供了一个巨大的实战平台，对学生进行必要的技能训练，在活动中，学生的语言技能得到了提高，学习潜能得到了开发，同时培养了学生团结合作、不断创新的精神。语言不仅是工具，也是文化的载体。正因如此，世界各国都将自己的语言视为国家、民族的纽带。现代汉语是古代汉语的传承，更是中华文化的传承。我们进行语言教学时，理应尽量讲清词语渊源，注重民族文化的渗透。我们要引导学生勤查词典，强化正确的词汇积累，使学生在走上社会的时候，能具备一定的语言知识及良好的语言使用习惯。

4. 人格层面的师生互动

学生会从什么样的课堂教学中受益匪浅？经历漫长渐趋成熟的教育教学改革之后，"教育是为了人的发展"，已经成为共识。互动式教学模式以学生为主体。教学改革趋势是打破同一尺度、同一规格培养人才的现状，体现以人为本、因材施教，保护个性与灵性。有些学生学习古代汉语"迎难而退"，在新授课伊始，教师要根据学生心理、生理上的特点，制定切实可行的、学生容易达到的"阶梯式"教学目标，让学生明确自学的方法和要求，让学生在自学中去感悟新课，为互动讨论做好准备。提出具体的学习目标，就好像竖起一个指标，学生便可以"按图索骥"，可以目标明确地完成听、说、读、写等各项任务。教师的精心准备，教师的情感、态度、性格等人格和精神力量感染学生，教师的平易近人、对教学和学科的热爱给学生温暖和深刻影响，学生的尊重和情感也会在互动中融入，教学过程除了知识层面互动外，更是展现"真""善""美"的师生人格互动的过程。其次利用"小组合作学习"等形式，学生集思广益，取他人之长补己之短，当学生有困难时，教师不要轻易给他"标准答案"，而是要设法引导，让他自己做出正确或基本的答案。在学生自学的基础上，进行组内相互讨论，团结协作。学生的互帮互助、认真学习的精神，知难而进的勇气会极大鼓舞其他同学。教师以优秀的品格影响人，学生以爱师敬师的态度融入乐学之中，这样必定形成良好的学习风气。

5. 氛围层面的师生互动

课堂教学气氛影响着教学效果，具有认知和情感特征。首先，教师要成为良好互动环节和氛围的创造者，让学生成为与教师平等互动的主体。教学中要做到宽与严、张与弛的有机统一，这种课堂气氛可以使教师的主导性和学生的主体性得到和谐统一。师生双方课堂上充满热情，教与学态度端正，教学目标明确，这种稳定的群体心理状态有助于积极的课堂气氛形成。这样的课堂，学生求知欲强，注意力集中，课堂组织活动秩序井然，良性的教学循环促进学生"愉悦"的学习体验，师生间情感可以得到充分交流。以古代汉语音韵教学为例，这部分为教学难点，极易形成过分严肃的、消极的课堂气氛，对教学极为不利,因此,建立和谐的师生关系是优化课堂气氛的首要条件之一。其次,教师要不断塑造人格魅力,储备扎实的专业知识水平,使学生"亲"师、"信"师。当然音韵学的教学极易形成过分严肃的课堂气氛,教师要精心设计整个教学过程,确保愉悦和紧张、严肃和活泼的课堂气氛。教师可以引导学生以现代汉语语音系统为学习古代语音的参照,从了解自身方言音系开始理解古汉语语音,用汉语方言中存在古语音现象为引证消除对古汉语语音的隔膜,用古代诗词曲韵的特点激活古汉语古音教学。教师要对学生的见解给予积极评价、分析和指导,根据学生的反馈调整教学内容和进度,也可以从学生的回答中得到一定的启发,促使学生保持良好的反应和高涨的学习热情。

对于高校古代汉语课程教学方法、教学模式的探索,一直以来人们的注意力往往集中于"教"的一方。随着时代进步、社会发展,实际上,还需要从教与学的互动关系方面来考虑。学生是教学交流的主体,在学校和教师、同学交往,在社会各领域中与伙伴等社会关系承担者交往,因而乐于交往与表达,促进自己社会化的健康发展应当作为教育的重要目标。

"互动"式教学的关键在于为学生提供参与、表达的机会。这对传统的教学方式都提出了新的挑战。从学生方面来说,需要尽快改变上课就是"听课"的心态,将参与、自我表达作为学习的必要组成部分。从教师方面来说,面对以能力培养为主的教育理念,需要重新审视"下课铃声响起,教师刚好讲完最后一句话"的课堂模式,将课堂授课与安排学生进行上课准备、课堂提问、小组讨论、组际交流等方式有机地结合起来。为此,利用各种方法引导学生积极参与,培养学生有准备才能有参与的习惯意义重大。从教学评价机制来看,不能仅从教的角度评价教学质量,将"互动"性教学效果引入教学评价体系势在必行。古代汉语互动式教学正是通过设置问题情境、发现问题与解决问题来促进知识的迁移,同时让学生从积极的课堂氛围中体验成功的喜悦,在优秀教师人格的熏陶下感受学习的乐趣,从而促进兴趣态度的迁移。"互动式教学模式"中教师要遵循反馈性原则,及时了解学生学习和实践情况,做到及时反馈,使课堂教学更具针对性。根据以往的教学实践,互动式教学模式充分考虑了学生表现欲的特点,及时生动、活泼和强烈的好奇心,能极大地调动学生的主动性、积极性,激发学生的学习兴趣,有效提高学生的技能、素质、潜能,是一种行之有效的教学方法。

第四节　新媒体在对外汉语教学中的应用

正如安德里亚斯·克鲁斯所言,大众传媒的时代正逐渐逝去,个性化的、参与式的新媒体时代正在来临，这将深刻改变着整个传媒业以及我们生存的社会。当今时代，建立在计算机信息处理技术基础之上、依托于数字化网络互动传播的新媒体，正全面进入对外汉语课程教学的各个环节，并有深入发展的趋势。新媒体主要以计算机、移动通信设备、数字化电视等为终端，通过搭建网络平台、运用即时通信软件、分享互联P2P资源等方式向用户提供最新资讯与互动空间，移动性、即时性、互动性是其显著特征。新媒体在对外汉语课程教学中的运用，有助于优化教育资源，厘清教学体系，树立教学新规范。尽管当前还存在诸多问题，但从发展前景来看，这将是对外汉语课程教育革新模式发展的必然趋势。

一、对外汉语课程教学中新媒体的应用现状分析

对外汉语教育发展战略也从传统的对外汉语教学向全方位的汉语国际推广转变，工作重心从将外国人"请进来"学汉语向汉语加快"走出去"转变，推广理念从专业汉语教学向大众化、普及型、应用型转变。当前对外汉语火热的发展态势，向对外汉语教学的从业人员素质、教学媒介载体、教学方式方法等都提出了更高的要求。建立在计算机信息处理技术基础之上、依托于互联网数字化传播的新媒体，正好顺应了这一时代趋势。计算机、手机、移动电视等多种终端成为随时随地接收信息、交互体验的理想渠道；终端衍生出来的聊天软件、微博平台、论坛空间等新介质成为教学情景设置、资料汇集的最佳工具。同时，传统媒体的广播、电视、电影、书籍、报纸、杂志等资源，都在新媒体时代得以整合。其综合运用、因势利导将有利于拓展对外汉语教育的传播途径，革新对外汉语教育的推广理念。

对外汉语教学通常也被称为第二语言教学或汉语作为外语教学，其教学对象是以其他语言为母语的国家或民族的人，教学目标是培养学习汉语的外国人的语言交际能力，具体来说就是培养其听、说、读、写的全面运用能力。目前我国对外汉语课程教学的手段多种多样，但普遍存在教学观念传统保守、教学工具落后陈旧、教学形式单调无趣等弊病，无法达到信息时代课程革新的要求。早在1999年，时任国家对外汉语教学领导小组组长、教育部部长的陈至立就提出"要重视用现代化信息手段进行对外汉语教学"，"把对外汉语教学纳入利用现代化信息手段进行教学的轨道"。目前对外汉语教师与外国学生在生活中都广泛使用移动互联网终端，但将这些新媒体与汉语学习结合起来的却并不多见。主要原因在于国内高校和国外孔子学院汉语网络信息平台建设严重滞后，网络相关学习资源非常稀缺，互动交流学习不多。这表明新媒体在对外汉语教学中有广阔的发展空间，如果加以重视，制定措施并付诸实施，可以大大提高教师教授汉语的成效与学生学习汉语的效率，促使对外汉语课程传统教学中以教师为中心的知识传授型教学模式，向以学生为中心

的能力培养型教学模式转化,从而全面提升对外汉语课程教学的成效。

二、对外汉语课程教学中新媒体应用的三大优势

(一) 新媒体延伸了对外汉语教学课堂

从当前对外汉语教学实际情况来看,依然存在教师缺乏、学生分散、汉语教材和教学内容相对落后等亟待解决的难题。对外汉语教学中这一难题,其实可以通过引入新媒体予以解决。相对于传统媒体,建立在互联网基础上的移动信息设备、数字化终端以及信息载体平台等新媒体,具有全天候的优势,传播自由开放,不受时间与地点的局限。汉语学习者可以按照自己的需求,获得需要的最新资料与交际素材。同时,新媒体在对外汉语课程教学中的推广,使得即时互动教学成为现实。这种全新的教学模式,完全打破了对外汉语教学课堂在空间、地域方面的局限,在很大程度上实现了跨区域师资优化组合分配,在教师教案准备、师生之间互动交流方面都有着极强的优势。学习者可以利用互联网或者联网设备,在学习平台和信息交流工具上向教师咨询、问疑、分析案例等,并制定个性化的学习计划。这种借助新媒体的学习,是一种集音响图画、即时交流、信息分享于一体的交互学习,能有效促进学生的主动探究兴趣,激发语言学习过程中的发散思维。

与此同时,新媒体应用背景下的对外汉语课堂延伸,在很大程度上实现了跨区域师资优化组合分配,在教师教案准备、师生互动交流方面均具有极强的优势。学生能按自己所需甄选教学资源和设计教学情景,教师则由教学主导者变成辅导者,真正实现以生为本,将呆板的书面文字教学转化为多样丰富的媒体运用和资源辅助性教学,从而全面提升学生的自主学习能力,激发他们主动寻求汉语学习资源和机会的潜力。此外,教师还可以积累丰富的新媒体应用教学经验,革新学习内容、创新方法,开发出富有时代气息的对外汉语新教材。

(二) 新媒体强化了对外汉语教学的情景性

语言学习最重要的就是交流,或者模拟真实交流情景。使用传统媒体的对外汉语教学很难达成这一诉求,因此教学效果欠佳。随着互联网数字技术的发展,新媒体极大促进了语言学习的交际互动性。例如,在新媒体终端上运用最多的网络聊天软件,正逐渐取代传统通信设备成为当前最为流行的远程交际媒介。MSN、Gmail、Skype、QQ 等,早已成为前来学习汉语的留学生最常使用的网络交际工具。新媒体终端上应用的这些软件,不受地域和空间的限制,支持多国语言,既可以进行一对一的互动文字交流,也可以多人同时群体交流,极强地模拟了真实交际情景。随着科技的进步,这些软件不仅可以进行文字交流,

还能进行语音、视频交流，从而实现跨区域的即时互动，完成口语交际的训练要求。除此之外，数字报刊、数字广播、手机电视、移动电视、网络、桌面视窗和其他手持终端等新媒体，利用文字、图片、声音、图像可构建极强的真实交际情景，帮助学习者提高语言表达技能，有效地避免了传统汉语教学中存在的先文后语、过分强调声调等误区，为学习者带来最贴近中国社会文化的学习材料，提高跨文化交流能力。其优越性有四方面。

1. 能提升信息获取量

汉语学习者利用互联网聊天软件交际的过程中，文字交流多于语言交流，有效地提升了交际信息获取的精准性与复杂性，达到较好的交流效果，提高学生的文字表达能力。

2. 能有效改善言语交际训练

汉语学习者利用互联网聊天软件交流的过程中，教师合理引导、适当监督，将言语交际的主导权交给了学生，真正实现言语训练的放权，变言语教学为口语训练。

3. 能合理引导交际心理

汉语学习者利用互联网聊天软件进行交流，允许延迟表达，能有效地降低面对面交流不畅带来的心理焦灼感，为言语训练提供更为宽松的交际环境。同时，网络交流的匿名性质最大限度地降低了交际陌生化带来的疏远感，从而帮助汉语学习者提高使用汉语表达的信心。

汉语学习者利用互联网聊天软件交流，能保存文档，为随后的言语矫正提供了第一手素材和参照物，有利于对外汉语教学的合理开展。

对于来自各国的汉语学习者而言，要形成汉语表达关联，反复模仿和训练必不可少。通过运用新媒体终端上的互联网传播平台、聊天软件等，则比较容易实现这一要求。相对于传统体现主流价值观的教学训练平台，新媒体互联网平台的文化属性更强。文化与语言从来都是密切相关的，言语信息中常常包含着异常丰富的文化密码，人的言语表达能力也只能在文化语境中才能得以进一步的提升。正如美国的语言学家萨丕尔所说："语言的背后是有东西的，而且语言不能离开文化而存在。所谓文化就是社会遗传下来的习惯和信仰的总和，由它可以决定我们的社会组织"。言语学习的过程其实也是文化介入的过程，通过言语交流的过程进而达到文化的认知。互联网交流中的语言素材鲜活，贴近真实交际情景，比较全面地反映了中国当前社会生活的面貌，为汉语学习者带来了最准确的言语表达模式。这样的言语交际训练，能使互联网环境中的言语表达依托文化背景，提高汉语学习者的跨文化交流能力。总体说来，中国式的文化习惯、言说背景与西方国家区别还是比较大的。新媒体终端上的聊天软件和传播平台等为学习者提供了充分的文化氛围，帮助汉语学习者快速进入文化情景，从而学会汉语的准确表达。

(三) 新媒体保证了对外汉语教学的时代性

基于互联网技术的新媒体，以信息量大、快捷、实时性为主要特征，能有效保证对外汉语教学内容和形式与时俱进，富有时代性。基于互联网技术的计算机、手机等信息接收终端，是新媒体时代广大受众接受信息的主要介质。就对外汉语课程教学中新媒体的运用实效而言，新媒体打破了传统书面知识的线性结构，充分发挥了网络信息图文声像并茂、即时传递等特点。在教学过程中能促使学生发挥全身的感官体验，保持精力集中，提升学习兴趣，增强学习效果。与传统的简单言语、文字的课堂教学相比，新媒体的介入为教与学的双方提供了更加鲜活的交际素材和话题，更贴近真实的交际环境，能有效提升汉语学习者的实际运用能力。

新媒体保证对外汉语教学与时俱进最明显的实证，就是汉语学习者对网络新词汇的学习。由于是语言教学，如何保证教学内容中语言素材的鲜活性成为对外汉语教学必须面对的首要问题。但遗憾的是，汉语教学界，尤其是对外汉语教学界，反应相对冷淡以致严重滞后，这在教育大纲以及教学计划的制定、教科书的编写和课堂的教学活动中都有所体现。随着互联网在中国的兴盛，中国网民已经近10亿。应运而生的网络新词汇与中国当前民众的生活紧密相关，已经成为了解中国舆情、民情、社情、国情的窗口，具有强烈的时代性。这些网络新词具备新潮时尚、简洁生动、幽默风趣的特征，其数量之大、更新速度之快、传播面之广、影响力之强令人刮目。对外汉语教师帮助汉语学习者利用新媒体学习网络新词，不仅能让学生获取鲜活的实用性语言，提高交流能力，还能让学生了解最新的中国文化动态，强化语言附带的文化属性认知，从而使对外汉语课堂教学焕发新活力。汉语学习者也能通过学习网络词汇，保证学到的汉语的新鲜度，解决课堂所学与生活实用之间脱节的问题。

三、对外汉语课程教学中新媒体运用前景分析

在信息化建设高速扩张的时代，对外汉语课程教学中运用新媒体是历史的必然选择，也是学科建设的必要革新。但新媒体运用必须要注意三个方面：第一，必须保证交互性。在有效的教学过程中，教师与学生、学生与学生之间必须有充足的交流空间和有效的交流工具。作为对外汉语教学机构，不应仅仅停留在学生自发使用新媒体的层面，应该组织教师，重新分配教学资源，从课程学习的角度设计教学资源，建设能满足新媒体获取需求的学习平台和资源库，从而合理地、有效地、深入地将新媒体应用渗透在课堂教学与课后自主学习之中，保证课堂交际活动的友好互动与积极参与。第二，与课堂教学相结合。新媒体的运用会给对外汉语课堂教学带来大量的信息，但同时也造成了信息甄别的难题。很多

网络信息与课程内容相关性不大，不加遴选地出现在课堂教学中，必然会导致学生注意力分散。同时，实验表明，相对于传统的文本信息，网络媒体信息耗费的阅读时间明显更多。丰富的视觉媒体容易造成视觉疲劳，消耗更多的学习时间，通过屏幕阅读通常要比书面阅读速度慢30%左右。第三，师生必须都熟练新媒体的操作。新媒体的运用能否真正促进对外汉语教学，教师和学生的熟练操作是必要前提。目前大多数对外汉语教师都成长于传统的面授教学机制，也习惯了运用传统的方法教授学生。如何从观念和技术角度解决教师的新媒体操作问题，使其成为学生学习的辅导者和引导者，是必须首先解决的问题。同时，如何引导学生熟练运用新媒体获取学习材料、即时表达学习诉求，也是课程教学中的难点所在。

事实证明，新媒体的运用是推动对外汉语课程教学的有效途径。但要真正实现对外汉语课程教学中新媒体的合理运用，需要考虑和完善的实际问题还很多。如何发挥新媒体的积极因素，全面促进对外汉语课程教学的发展，这将是一个值得学界深思的问题。

第五节　新媒体下移动学习在汉语国际教育中的应用

一、新媒体移动学习在汉语国际教育中的优势

第一，打破时间、空间限制，提高学生学习的自主性。新媒体主要通过互联网实现运行，不会受到时间和空间的限制，留学生可以根据自身的情况随时随地进行汉语学习。第二，给碎片化学习提供可能。在人们的生活和工作节奏日益加速的今天，新媒体的出现很好地适应了时间碎片化的特点，尤其给成人学习者带来了学习的便利。第三，提高汉语学习的交际互动性。新媒体下各种App的出现，使学习者在学习过程中可以随时人机互动，新媒体所提供的各种社交平台，也使汉语学习群体化、小组化得以实现，更加方便学习者们交流学习方法、分享学习成果。第四，多感官刺激性。在新媒体技术的支持下，留学生可以通过音频、视频、互联网、交际媒体、各种App等多维度地了解汉语知识以及汉语文化。新媒体为学习者们提供的种类丰富的汉语学习资源，从不同角度对学习者学习过的知识进行激活。这种从多维度提供的刺激同时也为远程汉语文化的学习提供了沉浸吸收的可能。另一方面，这种多感官的刺激也不局限于语言学习领域，而是学习、生活、工作等各个领域。因此，学习者们可以在淘宝上购物，可以在去哪儿上订机票，可以在携程上订酒店，可以在美团上要外卖。这些真实语言环境，从不同角度给学习者们带来沉浸学习的可能，对语言的习得有着极大的帮助。而且，因为新媒体所提供的信息与学习者的生活、工

作有着密切的联系，有着极强的实用性，因此学习者学习的动机和兴趣都更为强烈和持久。第五，信息的及时性。在经济的高速发展和时代的快速变革中，语言以及语言中所传递的经济、社会、文化等领域的信息都在无时无刻地更新着。语言中的新词汇、新用法也正在以前所未有的速度进行着更迭和淘汰。而新媒体既能直接快速地反映出语言中的各种更新，也为这种更新的广泛传播提供了媒介。对学习而言，新媒体为学习者提供了可以与时俱进的鲜活信息，无论对语言的学习，还是文化的学习都大有裨益。

二、新媒体下移动学习在汉语国际教育中的应用

（一）在汉语国际教育方面，新媒体下的移动学习主要应用领域

1. 翻译

新媒体下的移动汉语学习最早广泛使用在翻译领域。除了常用的、百度等翻译网站，Lingoes（灵格斯）和 Babylon（巴比伦）、Pleco（鱼）、hanping（汉拼）等翻译软件也在不断更新。20 世纪 90 年代中期，翻译软件开始真正开发和应用。如今 Google（谷歌）翻译可以提供 102 种语种之间的互译，与此同时还支持摄像头取词等功能，长句翻译的表现也在不断进步；Lingoes 已经能够支持全球超过 80 多种语言的词语、句子以及文本的翻译。从汉语学习的角度上来说，Pleco 是一款被人称为比 iPhone 历史还早的革命性的手机汉语学习软件。自 21 世纪初开始美国 Pleco 软件公司一直致力于开发世界最优秀的移动中文学习应用。Pleco 从最初的字典功能，发展到集字典、汉字卡片、汉字书写、搜索、发音、照相识别等多种功能于一体的手机 App，其功能十分强大，在处理语流音变方面也比较准确，因此对汉语学习者来说，非常实用。在汉语国际教育中，汉语学习者们几乎无一例外地会选择一个甚至多个翻译网站或者软件来辅助学习，这些翻译工具除了能给学习者提供词语释义、例句以外，也具有语音功能，部分软件还能显示汉字的笔顺等信息，因此，使学习者的学习效率能得以大大提高，同时对学习者的语音语调和汉字书写都有帮助。总的来说，目前的翻译软件在词语的翻译方面已经完全可以和专业的字典、词典媲美，从其综合性能来讲，其功能甚至优于单一依赖文字信息的字典、词典。但是目前，翻译软件仍然无法完全取代人类的翻译，尤其是长难句或者古典诗词、古代汉语等翻译仍然是翻译软件的弱点。

2. 社交平台

facebook 是全球最大的网络社交平台，除此以外，Line、Viber、微信等又各自在世界的不同区域内流行。中国范围内使用人数最多的社交平台是微信，微信全球月使用活跃用户已经突破十亿。这些网络社交平台由于功能强大，所以已不仅仅是简单的聊天工具，而

是一个蕴含着语言沟通、人际交往、文化传播、社会心理、生活方式等多种复杂语义的新型媒介。从移动设备的用途来看，网络社交是使用率最高的。在中国的学习者都选择微信作为常用网络社交工具。从汉语国际教育角度而言，微信、QQ等中文社交平台能为汉语学习者提供更多的汉语语料资源和练习机会。微信是学生和老师课外沟通的一个有效工具，使学习和生活的交流可以延展到课堂以外，同时学生们利用微信和中国人通过打字、语音、视频等方式交流，也能更有效地习得日常生活用语，对汉语初学者语感的建立有极大的帮助。与此同时，微信的群功能，还方便了对留学生们的管理，微信的公众号功能，也为留学生们提供了形式丰富的汉语学习资料。因此，微信在对外汉语教学实践中，具有自由度高、形式多样、互动性高、共享性强、时效性高、语言环境生活化以及丰富课堂管理形式等优势。汉语国际教育工作者可以通过微信公众号的建立，按照留学生的学习水平，推送不同等级的学习资源（如教学视频、课件等）和学习方法。网络社交平台的出现使交际能够轻松跨越时间和空间的障碍得以完成，使汉语学习的交际目的能够及时而便利地得以实现。对汉语初学者而言，微信等社交平台为他们提供了语言输入和输出的学习动机，也为他们自然习得日常用语起到了有效的辅助，此外也为学习者的语言丰富性奠定了更广泛的基础。但是，目前不少学者也提出了利用此类平台学习汉语，可能会因为网络语言的不规范性、句式表达的不完整性而受到负面的影响。

3. 学习软件

学习软件主要包含两类，一类是之前提到的翻译软件，另一类是汉语学习的各种App。翻译软件发展至今，已经超越了仅仅作为翻译使用的功能。以汉拼为例，这款翻译软件除了可以为用户提供及时的翻译之外，也具有分类学习的功能。它将学习分成三类，第一类是常用汉字学习，第二类是HSK词汇学习，第三类是汉语成语学习。因此，学习者可以根据自身需求，从字、词、成语这三方面进行有针对性的学习。另一类学习软件，就是现如今大量涌现的各种汉语学习App。从教学内容的角度，将汉语学习的App分为三大类：工具类、技能训练类（语音、词汇、汉字、语法、听力）、语言文化类。工具类的学习软件如上文所述，大都是由传统的翻译软件发展而来，具有翻译和学习两种功能。技能类软件在设计的时候主要按照语言的听、说、读、写四种技能进行分类，其提供的学习方式多具有趣味性和娱乐性，比如说汉字拼读游戏。此外，也有将语言要素进行综合的学习软件，如Chinese Skill。这款App涵盖了汉字、拼音、生词、句子等方面的学习。另一个大的类别就是语言文化类的App。这类App多将语言与文化结合在一起，试图以语言为媒介，传递更深层次的文化信息。比如中国国际广播电台根据高等教育出版社的同名读物制作的《你好，中国》就主要围绕100个代表中国传统文化精髓的词汇展开，比如孔子、指南针等，该软件以精良的视频方式呈现，并配以多种媒介语言，让学习者在学习汉语词汇的同时，了解到这些常用汉语词汇的文化背景，从而加深对中国文化的理解。此外，某些提供有声读物的 App，将图片、汉字、拼音结合起来，并通过同步朗读的方式，使故事原始的视觉信息，转变为了视觉和听觉相结合的信息，从更多维的角度刺激学习者的学习，使学习者在听故事的过程中学习汉语并了解到中国传统文化。Pinyin News 的新闻更新率比较快，用户可掌握最新的新闻资讯，并且新闻皆注有拼音，更便于学习者的阅读理解。初级汉语学习者在各类 App 的使用数量上都占有较大比重，内容涉及听说读写各个方面。随着学习的进步，汉语学习者对 App 的使用率开始降低，并且 App 的内容也越倾向于单一化。总的来说，汉语学习的 App 软件内容丰富，形式多样，但是质量却良莠不齐，同质化程度偏高。因此，如果学习者没有仔细甄别，难以保证持续、科学、有效的学习。

（二）混合学习

综合上述新媒体汉语移动学习的主要应用领域，可以看出，新媒体的出现和技术上的不断成熟，让移动学习的效率和效果都日益提高，各种学习软件的开发可以让学习者更有针对性地进行独立的学习，其娱乐性、趣味性、开放性、实用性都是传统教学模式难以企及的。这可以有效地缓解目前日益严重的三教问题，缓解师资不足、教材陈旧、教学方法单一等诸多缺点，但是我们也应该看到目前，新媒体的各种技术尚未成熟到完全的人工智能化，学习者如需系统、严密地学习，依旧离不开教师的指导。因此"互联网+"的学习模式仍将是今后很长一段时间的内最值得推行的学习方式。"互联网+"的学习模式说到底是一种混合学习（Blended Learning）的模式。混合学习理论是随着互联网的兴起而提出的，混合式学习的核心是在"合适的"时间为"合适的"人采用"合适的"学习技术和适应"合适的"学习风格而传递"合适的"技能来优化与学习目标对应的学业成就。也就是说，混合学习理论最核心本质就是运用以互联网为依托的技术手段，并辅以合适的教学和学习方法，从而来实现特定内容的高效学习。这种模式可以将传统学习和以网络为主要媒介的新媒体学习有效地融合起来，使二者扬长避短，让汉语学习的数量和质量都得到更有效的提升和保障。

三、新媒体下的移动学习对汉语国际教育工作者的启迪

首先，汉语国际教师应该对新媒体移动学习的主要应用领域有所了解，对主流学习平台和 App 的优缺点应该了然于心。在此基础上将新媒体的学习与学生课堂学习结合起来，使新媒体提供的移动学习方式成为课堂教学的有益补充。其次，汉语国际教师可以自主地整合汉语学习资源，对纷繁的学习资源按照学习者的情况进行进一步的分类与筛选，并适时给予学生引导，这可以使学习者在教师的指引下更有条不紊地进行学习。最后，由于新

媒体的出现,学习者的自主性更强,教师应该积极调整自己的角色,尊重学生的自我探索过程,同时督促学生的学习进度。此外,教师还应该及时纠正学生在各种网络平台上学习到的不规范语言,比如不规范的写法,任意改动的成语、俗语等,教师皆应该向学生指明并纠正。

综上所述,我国汉语国际教育的开展中仍旧存在一定的问题,需要教育工作者进行教学方式的创新。新媒体移动学习非常适用于汉语国际教育,值得推广应用。在应用新媒体进行汉语学习时,要求汉语教师进行相应的引导,确保新媒体移动学习的作用得到充分的发挥,提高汉语学习者的汉语水平,促进中国文化的传播。

参考文献

[1] 聂中华. 外国语言文学与社会文化研究 [M]. 北京：中国国际广播出版社，2020.

[2] 邢娜，白宁. 中国优秀传统文化与语言文学 [M]. 吉林出版集团股份有限公司，2020.

[3] 史小兰. 英语语言文学与文化理论研究 [M]. 西安：西北工业大学出版社，2020.

[4] 胡可先. 语言文学研究的会通与发微 [M]. 杭州：浙江大学出版社，2020.

[5] 陈菁，吴光辉. 外国语言文学论文集 [M]. 厦门：厦门大学出版社，2019.

[6] 段峰. 外国语言文学与文化论丛 [M]. 成都：四川大学出版社，2019.

[7] 袁凤识. 外国语言文学学科教改论文集 [M]. 汕头：汕头大学出版社，2019.

[8] 张宝.《新青年》百年典藏3. 语言文学卷 [M]. 郑州：河南文艺出版社，2019.

[9] 周春霞，孙海英. 外国语言文学研究丛书·日语句式研究 [M]. 汕头：汕头大学出版社，2019.

[10] 王西维. 汉语言文学与大学生人文素质教育 [M]. 长春：吉林人民出版社，2019.

[11] 潘伟斌，何林英，刘静. 现代汉语言文学研究的多维视角探索 [M]. 长春：吉林大学出版社，2019.

[12] 车洁，张继文. 语言文学文化 [M]. 武汉：武汉大学出版社，2018.

[13] 楚军. 语言·文学·翻译研究 [M]. 成都：电子科技大学出版社，2018.

[15] 刘志强. 亚非语言文学研究1 [M]. 世界图书出版广东有限公司，2018.

[16] 杜寒风. 语言文学前沿（第8辑·语言与文化专辑）[M]. 北京：知识产权出

版社，2018.

［17］马玲，邓兵. 外国语言、文学、文化研究与翻译赏析［M］. 昆明：云南大学出版社，2018.

［18］周琳，邹莉，杨晓琼. 外国语言文学的本体与教学研究［M］. 成都：西南交通大学出版社，2018.

［19］梁显雁. 语言魅力与文学欣赏［M］. 长春：吉林人民出版社，2018.

［20］许燕. 新媒体环境下汉语言文学教学优化策略［M］. 长春：吉林文史出版社，2018.

［21］邓心强. 汉语言文学课程教学研究［M］. 徐州：中国矿业大学出版社，2017.

［22］张龙海. 漫漫求索外国语言文学教学与研究［M］. 厦门：厦门大学出版社，2017.

［23］潘雁飞. 中国语言文学类专业经典书目导读［M］. 北京：光明日报出版社，2017.

［24］史兴松. 当代外国语言文学学术文库·来华留学生跨文化语言社会化研究［M］. 北京：对外经济贸易大学出版社，2017.

［25］吴春兰. 泉州师范学院中国语言文学学科建设系列教材·欧美古典文学教程新编［M］. 厦门：厦门大学出版社，2017.

［26］冯文坤. 语言·文学·翻译研究［M］. 成都：电子科技大学出版社，2016.

［27］王菊丽，贾正传，陈宗利. 语言文学翻译研究专辑（2016）［M］. 成都：西南交通大学出版社，2016.

［28］吴伟凡，李培涛. 文苑漫步大学语言文学教育论集［M］. 北京：首都经济贸易大学出版社，2016.

［29］张东昌，李淑琼. 语言文学与文化研究［M］. 北京：知识产权出版社，2015.

［30］胡习之，朱丽婷. 汉语言文学专业人才培养与课程教学研究［M］. 合肥：中国科学技术大学出版社，2015.